MASQUERADE EVE

by Keigo Higashino

매스커레이드 이브

MASQUERADE
EVE

히가시노 게이고 연작소설 | 양윤옥 옮김

H
현대문학

차 례

가면도 제각각

1

오후 6시를 넘어설 무렵부터 프런트를 찾는 손님이 부쩍 늘었다. 거의 비즈니스맨으로 보이는 남자 손님들이다. 이 시간대에 체크인 하는 손님은 대부분 표정이 밝다, 라는 건 상사인 프런트 오피스 매니저의 설設이다. 상담商談이든 영업이든 일이 잘 풀리지 않고서야 이런 시간에 호텔에 들어오는 경우는 없을 테니까, 라는 게 그 이유였다.

차례차례 찾아오는 투숙객들의 얼굴을 보면서 그 설이 어느 정도 맞는지도 모르겠다고 야마기시 나오미는 생각했다. 그들의 표정에서는 어딘지 모르게 안도하는 기척이 느껴졌다. 그에 비해 밤늦게 나타나는 손님들 중에는 단순한 피로의 기색과는 또 다른, 초조함이라고 해야 할 것을 풍기는 사람이 많다. 그런 때는 최소한 이 호텔에 있는 동안만이라도 편히 지낼 수 있기를 진심으로 바라게 된다.

한 여자 손님이 다가왔다. 나이는 이십 대 후반쯤일까. 긴 머리에 웨이브가 들어갔고 단정한 얼굴의 여자다. 스타일도 좋아서 회색 원피스가 무척 잘 어울렸다. 나오미는 그 옷을 폭시 매장에서 본 기억이 있었다. 들고 있는 백은 아마도 프라다일 것이다.

여자 손님은 "니시무라예요"라고 이름을 댔다.

나오미는 재빨리 단말기 화면을 확인했다. 목록에서 해당하는 성씨를 찾아내기까지 5초도 걸리지 않았다.

"니시무라 미에코 님이시지요?"

"네."

"잘 오셨습니다. 내일까지 일박, 디럭스 더블을 이용하는 것으로, 괜찮으시겠습니까."

니시무라 미에코는 약간 새침한 표정으로, 예, 라고 응했다.

"그럼 여기에 성함과 연락처를 기입해주십시오."

나오미는 숙박표를 여자 손님 앞에 내놓고 그녀가 거기에 필요 사항을 기입하는 동안 단말기를 두드려 방을 찾았다. 예약 때의 희망 사항은 '흡연 가능한 디럭스 더블'이라고 되어 있었다. 휘익 훑어본 뒤에 1105호실을 선택했다.

여기, 라는 여자 손님의 목소리가 들렸다.

나오미는 여자가 내민 숙박표의 내용을 재빨리 훑어보고 물었다. "손님, 현금 결제십니까 아니면 신용카드?"

"현금으로." 대답하면서 여자 손님은 프라다 백에서 지갑을 꺼냈다. 이건 샤넬인 것 같았다.

"그러시면 저희 호텔에서는 예치금을 받고 있습니다. 이번 경우라면 7만 엔 정도입니다. 물론 정산하실 때에……."

다 들을 것도 없다는 듯이 여자 손님은 슬쩍 손을 들더니 말없이 지갑에서 만 엔짜리 지폐 일곱 장을 꺼내 작은 접시에 얹었다. 손톱은 연한 분홍색으로 끝에 금빛 라인이 들어가 있었다.

"고맙습니다."

현금을 받은 뒤, 이번에는 예치증에 기입을 부탁했다. 여자 손님은 못마땅한 기색으로 볼펜을 급히 내달렸다. 하룻밤 자는 것뿐인데 일일이 귀찮다, 라고 얼굴에 쓰여 있었다.

예치증을 확인하고 카드키를 꺼냈다. "1105호실입니다. 지금 안내해드리겠습니다."

벨보이를 불러주려고 했지만 여자 손님은 괜찮다면서 카드키에 손을 내밀었다.

"그러십니까. 그럼 편안한 시간 되십시오."

카드키를 받아 들자 여자 손님은 망설이는 기색 없이 엘리베이터 홀로 향했다. 그 뒷모습을 지켜보며 나오미는 후우 숨을 내쉬었다.

등 뒤에서 인기척이 느껴졌다. 돌아보니 선배 프런트 클러크 구가가 온화한 웃음을 짓고 있었다.

"꽤 익숙해진 것 같아. 절차에 괜한 낭비가 없어졌어. 근데 아직도 표정이 좀 딱딱해."

"그렇습니까?" 나오미는 저도 모르게 자신의 뺨에 손을 댔다.

"어제도 생각한 건데, 나오미 씨는 젊은 여자 손님을 상대할 때 좀 긴장하는 것 같아."

"딱히 의식하는 건 아닌데……."

"아마 자기도 모르게 호기심이 발동하겠지. 이런 시티 호텔에 젊은 여자 혼자 무슨 일로 찾아오나 하고. 그래서 필요 이상으로 상대를 관찰해버리는 거야."

정확히 맞힌 말이었다. 특히 상대가 자신과 비슷한 또래일 경우에는 이런저런 상상력을 발휘하여 옷차림이며 소지품 등을 체크하는 버릇이 있었다.

"전에도 말했지만 호텔을 찾는 사람들은 가면을 쓰고 있어. 손님이라는 가면. 그걸 벗기려고 해서는 안 돼."

"네, 주의하겠습니다." 나오미는 살짝 머리를 숙였다.

구가는 쓴웃음을 지으며 그녀의 어깨를 툭 치고 자리를 떴다.

나오미는 몰래 코를 찡그리며 손끝으로 관자놀이를 긁적였다. 역시 어려운 직업이라고 생각했다. 남에게 도움이 되고 싶은 마음에 이 직업을 선택했는데 상대에게 너무 지나치게 관심을 가져서도 안 된다니.

나오미가 코르테시아도쿄 호텔에 취직하고 4년 남짓 지났다. 하지만 처음에 희망했던 프런트 오피스에 배속된 것은 지난달의 일이었다. 처음에는 체크아웃 업무를 맡으라는 지시가 내려왔다. 기본적으로 요금을 계산해서 정산해주는 것뿐이라 신입에게도 그리 어려운 일이 아니었기 때문이다.

하지만 그래도 이따금 실수를 범하곤 했다. 이를테면 부녀간으로 보이는 손님에게 정산을 해줄 때, 여자 쪽이 디즈니랜드 팸플릿을 보고 있길래 "이제부터 따님과 디즈니랜드에 가십니까? 좋으시겠어요"라고 남자 쪽을 향해 말해버렸다. 나오미의 말이 들렸는지 여자가 풋 웃음을 터뜨렸고 남자 손님은 부루퉁한 표정으로 대꾸도 하지 않았다. 그 즉시 나이 차 많은 커플이라는 것을 깨달았지만 수습할 말이 얼른 떠오르지 않아 어색한 분위기 속에 수속을 마쳤다. 웃음을 떨 여유조차 찾지 못해서 틀에 박힌 '편히 다녀오십시오'라는 인사도 하지 못했다.

이용 요금을 소리 내어 말했다가 "다른 사람에게 알려지는 것을 꺼리는 경우도 있으니까 주의해야지"라고 혼이 난 적도 있다. 파격 할인 패키지 요금을 함께 온 여자에게는 숨긴 모양이었다. 이 일은 나중에 구가에게서도 재차 주의를 받았다.

그래도 무난히 일을 해낸 끝에 지난주부터는 체크인 업무로 옮겨 왔다. 이쪽은 체크아웃 업무에 비해 훨씬 더 일이 까다롭고 신경이 쓰였다. 손님들이 요구하는 것도 천차만별이어서 때로는 괜한 트집을 잡는 경우가 적지 않았기 때문이다. 그래도 임기응변을 발휘해 트러블이 일어나지 않도록 대처해나가는 것이 프로급 프런트 클러크다. '안 됩니다'라는 말은 호텔맨에게는 금지

어다.

진짜 프로가 되는 건 언제쯤일까, 과연 그런 날이 오기는 할까—. 실수를 저지를 때마다 나오미는 그렇게 불안해졌다.

오후 8시를 조금 지났을 무렵에 그 세 명 일행의 손님이 들어왔다. 모두 남자들이고, 양복을 입은 건 한 사람뿐, 다른 두 사람은 대충 걸친 차림새였다. 둘은 똑같이 체격이 좋았지만 한쪽 남자는 유난히 몸집이 컸다. 그의 얼굴을 보고 나오미는 적잖이 긴장했다. 2년쯤 전에 은퇴한 전 프로야구 선수 오야마 마사히로였던 것이다. 요즘은 탤런트 활동이나 야구 해설 등을 하고 있다. 야구에는 문외한인 나오미도 알아볼 정도니 꽤 유명한 선수였다는 얘기다.

자세히 보니 체격 좋은 또 한 사람도 낯이 익었다. 역시 전 야구 선수다. 이름은 기억나지 않지만 오야마 마사히로의 스포츠계 아우로서 텔레비전 등에 자주 등장했다. 선수로서의 실적은 그리 대단하지 않았어도 토크가 재미있다는 평판을 들은 적이 있다.

그들 뒤쪽으로 왜건을 밀고 오는 벨보이의 모습이 보였다. 왜건에는 캐리어가 실려 있었다. 아무래도 해외여행을 가는 모양이다. 여기 호텔에서 일박하고 내일 나리타 공항으로 향하려는 것인지도 모른다. 코르테시아도쿄 호텔은 공항에의 접근성이 좋아서 바로 옆에 공항행 리무진버스 터미널이 있다. 하긴 오야마 마사히로 일행쯤이라면 리무진 택시를 이용하겠지만.

혼자 양복을 입은 남자가 잰걸음으로 프런트에 다가왔다. "미야하라라는 이름으로 예약했는데요."

나오미는 단말기 화면으로 시선을 향했다. 미야하라―. 예전에 자주 듣던 성씨다.

미야하라 다카시라는 이름을 발견하고 가슴이 철렁했다. 성씨뿐만 아니라 이름까지 똑같다. 저도 모르게 남자 얼굴을 빤히 바라보다가 숨을 헉 삼켰다. 저절로 앗, 하는 소리를 흘리고 있었다.

그 바람에 남자도 알아챈 모양이었다. 그녀의 얼굴에 시선을 던진 순간, 그의 눈이 둥그레졌다. 동시에 입이 반쯤 헤벌어졌다.

이어서 그의 시선은 나오미의 왼편 가슴으로 옮겨 갔다. 이름표를 확인하는 것이다.

그 눈이 다시 그녀의 얼굴로 향했다. 몇 번 눈을 깜빡거린 뒤에 입가가 풀어지며 웃음을 지었다. "와아, 놀랍네. 여기서 일하고 있었구나."

나오미는 조용히 고개를 숙이며 "오랜만이에요"라고 대답했다. 아는 사람을 만났을 때의 대응에 대해서는 교육을 받았다. 사적인 대화는 필요 최소한으로 줄이는 것이 원칙이다. 그래도 그가 호텔 손님이라는 건 변함이 없다. 이런 때에도 임기응변이 요구된다.

"그러고 보니 예전에 그런 얘기를 했었지, 호텔에서 일하는 게 꿈이라고. 생각나네."

나오미는 미소와 함께 고개를 끄덕이고 단말기로 예약 내용을 확인했다.

"스위트룸 하나, 디럭스 트윈 하나, 싱글 하나, 그리고 싱글만 금연을 희망하셨는데 틀림없습니까."

"응, 맞아."

나오미는 세 장의 숙박표를 카운터에 내놓고 투숙객의 성함과 연락처를 기입해달라고 말했다.

"이거 모두 내가 대신 써도 될까?"

"가능하면 본인이 직접 기입해주셨으면 합니다만."

알았다면서 미야하라는 두 사람이 있는 곳으로 돌아갔다. 두 사람은 담소를 나누고 있었는데 미야하라가 뭔가 얘기하자 오야마의 얼굴에서 웃음이 사라졌다. 자네가 대신 써줘, 라는 굵직한 오사카 사투리의 목소리가 나오미의 귀에도 들렸다.

미야하라가 잰걸음으로 돌아왔다. "아, 미안한데 역시 내가 써야겠어."

"네, 알겠습니다."

그가 숙박표를 쓰는 동안 단말기 화면으로 예약 내용을 확인해가면서 방을 선택했다. 그때 미야하라의 회사가 〈오야마 프로덕션〉이라고 적혀 있는 게 눈에 들어왔다. 오야마 마사히로를 매니지먼트 하는 회사인 모양이다.

곁눈으로 슬쩍 미야하라의 모습을 살펴보았다. 예전에 비하면 약간 살이 찐 것 같았다. 뾰족하던 턱 선이 둥그스름해졌다. 어쩐지 우수가 느껴지던 얼굴 표정도 선한 것으로 바뀌었다. 왼손을 쳐다봤지만 반지는 없었다.

"이거면 될까?" 미야하라가 물었다.

나오미는 세 장의 숙박표를 확인했다. 스위트에 묵는 건 오야마, 미야하라는 싱글, 남은 한 사람이 디럭스 트윈이었다. 미야하라의 글씨체를 보고 가슴에 그리움이 뭉클하게 번지려고 했다.

좋습니다, 라고 말하고 카드키를 넣은 종이홀더 세 장을 카운터에 내놓았다. 방 번호를 설명해준 뒤, 벨보이를 불러 종이홀더를 한데 모아 건넸다.

"그럼 편안한 시간 되십시오." 나오미는 미야하라를 향해 공손히 머리를 숙였다.

응, 고개를 끄덕이고 미야하라는 등을 돌렸다. 하지만 다시 돌아서더니 카운터로 몸을 내밀었다.

"여기 일, 몇 시까지야?" 작은 소리로 묻는다.

10시까지, 라는 대답이 깜빡 튀어나오려는 것을 가까스로 참았다.

"볼일이 있으면 언제든지 말씀해주십시오. 담당자가 24시간 대응해드립니다." 트레이닝 받은 대로 발성과 말투를 되새기며 나오미는 대답했다. 물론 트레이닝 받은 대로 웃는 얼굴도 덧붙였다.

미야하라는 일순 상처 입은 표정을 보였지만 곧바로 웃으면서 고개를 끄덕였다. "응, 알았어."

그가 다른 세 사람과 함께 엘리베이터 홀로 향하는 것을 눈으로 배웅하다가 바로 옆에 있던 구가와 시선이 마주쳤다. 선배 프런트 클러크는 잘했어, 라는 듯이 턱을 살짝 끄덕였다. 아무래도 나오미와 미야하라의 대화를 듣고 있었던 모양이다. 왠지 창피해져서 나오미는 시선을 떨구었다.

2

미야하라 다카시는 나오미가 대학에 다니던 시절의 선배다. 지방 출신인 그녀는 어떻게든 도쿄에서의 인간관계를 한시바삐 구축하기 위해 다양한 동아리에 참가했다. 그중 하나인 영화연구회에 있었던 게 미야하라였다. 나이는 나오미보다 네 살 많지만 그는 재수해서 그녀가 입학했을 때는 막 4학년에 올라간 참이었다.

신입생 환영회라는 명목의 미팅이 있었고 그 자리에서 신입생들은 각자 좋아하는 영화 몇 편에 대해 얘기하라는 지시를 받았다. 나오미는 세 편쯤 얘기했지만 그중에 「그랜드 호텔」이 있었다. 입학하기 전에 DVD를 빌려 봤는데 내용이 너무 좋아 감동했고 직접 구입까지 했을 만큼 마음에 쏙 들었다.

환영회가 중반에 접어들 무렵, 미야하라가 나오미 옆으로 다가왔다. 맥주를 따라주며 그가 한 말은 「그랜드 호텔」이라는 영화를 얘기해줘서 반가웠다, 라는 것이었다.

"아카데미 작품상까지 수상한 작품인데 우리 회원 중에도 그 영화를 본 사람이 거의 없어. 오래된 흑백영화지만 그랜드 호텔 형식의 원점이라고 할 수 있는 명작인데 말이야. 넌 그 영화에서 어떤 등장인물이 좋았어? 나는 뭐니 뭐니 해도 존 배리모어가 연기한 사기꾼 남작이 마음에 들었는데. 그토록 경박한 인물을 표현해냈다는 건 어떤 의미에서는 대단한 일이야. 어때, 그렇잖아?"

맞아요, 라고 나오미는 동의했다.

"단지 내 경우에는 딱히 특정한 인물이 좋다거나 그렇지는 않았어요. 전체적으로 모든 등장인물이 개성 있고 제각각 인생에 깊이가 있다고 생각했죠. 하지만 내가 그 영화를 좋아하는 건 그런 모든 것이 담긴 인생의 잡탕 같은 걸 날마다 변함없이 받아들여주는 호텔이란 장소가 좋았기 때문이에요."

돌이켜보면 신입생 주제에 참 건방진 소리를 했다는 생각이 든다. 하지만 그때 그 마음이 8년여가 지난 지금도 전혀 변함이 없다는 건 사실이다.

미야하라가 1학년 여학생의 의견을 건방지다고 생각했는지 어떤지는 알 수 없다. 하지만 재미있어하고 관심을 가져준 것 같기는 했다. 그 뒤에도 「그랜드 호텔」에 대해 꽤 오랜 시간 치열한 대화를 나누었다. 미야하라도 그 영화를 좋아한다는 건 거짓말이 아닌 듯했다.

그 일을 계기로 두 사람은 급속도로 가까워졌다. 영화연구회라고 해도 실제로는 이따금 모임을 갖고 영화에 관한 이야기, 때로는 영화와 전혀 관계없는 이야기를 해가며 술을 마시는 것뿐이었지만 나오미와 미야하라는 달랐다. 둘이서 다양한 영화를 보고 몇 시간이고 이야기를 나눴다. 그런 관계가 연애로 발전하는 데는 그리 많은 시간이 걸리지 않았다. 미야하라가 졸업한 뒤에도 둘의 교제는 이어졌다.

미야하라는 약간 소심한 면이 있는 사람이었다. 항상 남들에게 지나치게 신경을 쓰느라 손해를 보는 듯한 인상이 있었다. 하지만 심성이 착하고 남을 배려한다는 점에서는 나오미가 아는 한 최고였다. 영화관에서 그는 항상 고개를 움츠리듯이 앉곤 했다. 자신의 큰 키 때문에 뒷자리에 앉은 사람이 제대로 못 볼까 걱정했기 때문이다. 반대로 나오미 앞에 키 큰 사람이 앉으면 반드시 자리를 바꿔주었다. 그래서는 미야하라가 영화를 제대로 못 보는 거 아니냐고 나오미가 걱정하면 그는 이렇게 말하곤 했다.

"괜찮아. 혹시 못 보면 나중에 너한테 어떤 내용이었는지 물어볼게."

그러니까 내 몫까지 잘 봐야 해, 라고 덧붙이는 것도 잊지 않았다.

다른 세세한 부분에도 그는 배려를 아끼지 않았다. 영화관에 갈 때는 항상 큼직한 가방을 메고 왔고 거기에 무릎 덮개가 들어 있다는 것을 나오미는 알고 있었다. 영화관에서 빌려주는 게 없는 경우를 대비한 것이다. 물론 자신이 아니라 나오미를 위해 준비한 것이다.

그런 그가 취직한 곳은 중견 부동산 건설 회사였다. 업무 내용은 자세히는 알지 못한다. 다만 그의 말을 들어본 바로는 그 무렵에는 아직 큰 일거리는 맡지 못한 듯한 눈치였다. 선배 뒤나 졸졸 따라다닌다, 라는 식으로 말했었다. 그래도 보람은 있는지 눈빛에 생기가 넘쳤다. 그리고 그런 연인을 나오미는 마음 든든하게 바라보았다.

하지만 얼마 지나지 않아 암울한 시기가 닥쳤다. 회사가 도산한 것이다. 미야하라에게도 갑작스러운 일이었는지 나오미를 만났을 때도 무슨 영문인지 모르겠다면서 멍해진 모습이었다.

직장을 잃은 상태에서 데이트를 즐길 여유라고는 있을 리 없었다. 미야하라에게서 점점 연락이 뜸해졌다. 물론 나오미 쪽에서도 어쩐지 연락하기가 어려웠다.

만나서 하고 싶은 말이 있다, 라는 전화가 걸려 온 것은 소식 두절 상태가 3주쯤 계속된 다음이었다. 어떤 예감을 품고 나오미는 약속 장소로 나갔다.

미야하라의 표정은 밝았다. 그래서 나오미는 자신의 예감이 빗나간 거라고 생각했다. 하지만 그의 입에서 나온 말은 역시 예상했던 대로였다. 일단 우리 둘의 관계는 없던 일로 하자, 라는 것이었다.

"오사카 쪽 회사로 가게 됐어. 역시 부동산 관련 회사지만 이번에는 괜찮을 거야."

그는 원래 교토 출신이다. 그래서 간사이 쪽에 약간의 인맥이 있다는 것이었다.

"원거리 연애라는 방법도 있지만, 어떻든 지금은 일로 머릿속이 가득해서 솔직히 당분간 다른 데는 신경을 쓸 수 없을 것 같아. 내 사정만 내세워서 너한테는 정말 미안하다."

미안, 이라면서 미야하라는 머리를 숙였다.

그런 그를 보고 이 사람은 정말 성실하구나, 라고 생각했다. 게다가 바보처럼 정직하다. 따로 좋아하는 여자가 생긴 거라면 또 모르지만 그렇지도 않다면 우선 나오미와의 관계를 유지한 채 오사카에 가고, 일이 어떻게 흘러가느냐에 따라 태도를 정하는 것도 얼마든지 가능할 터였다. 하지만 그의 성격상, 그런 어중간한 짓은 안 된다고 생각한 것이리라.

나오미는 알았다고 대답했다. "힘내서 열심히 해. 부디 몸조심하고."

고맙다고 미야하라는 말했다.

고등학교 시절에도 남자친구는 있었지만 2년 넘게 사귄 건 그가 처음이었다. 좋아하는 마음에 변함은 없지만 이별의 악수를 할 때도 이상하게 슬프지는 않았다. 이 사람, 정말 괜찮을까, 라는 걱정이 앞섰을 뿐이다.

그 뒤, 몇 번 메일을 주고받았다. 메일에 의하면 미야하라는 새로 들어간 회사에서 그럭저럭 열심히 활동하는 모양이었다. 하지만 나오미가 대학을 졸업할 무렵에는 그런 메일 교환도 없어졌다. 그녀가 취업 활동으로 정신없이 바빠서 그쪽에 거의 신경을 쓰지 못하게 된 탓이었다.

나오미는 그의 현재 직장을 머릿속에 떠올렸다. 오야마 프로덕션—.

부동산 건설 회사에서 근무하고 있어야 할 그가 왜 전직 프로야구 선수의 매니저 일을 하고 있을까.

멍하니 그런 생각에 잠겨 있던 나오미를 현실로 다시 불러들인 것은 전화 소리였다. 뒤쪽에서 울리고 있었다. 반응이 조금 늦는 바람에 구가가 먼저 수화기를 들었다. 호출음이 세 번 이상 울리기 전에 전화를 받는 것이 사내 규칙이다.

구가는 "네, 이쪽으로 돌려줘요"라고 말하며 단말기를 두드리기 시작했다. 그것을 보고 당일 예약인 모양이라고 나오미는 짐작했다. 당일 예약 전화가 걸려 왔을 경우, 오퍼레이터는 예약 담당자가 아니라 프런트 쪽으로 전화를 돌린다.

"기다리시게 해서 죄송합니다. 오늘 숙박할 예정이시라고요. 한 분이십니까? ……네, 두 분요. ……아, 그렇군요. 잘 알겠습니다. 잠시만 기다리십시오." 구가는 키보드를 두드리며 화면을 들여다보았다. 그 눈이 얼핏 나오미 쪽을 향했다. 어라, 하고 생각했다. 구가답지 않게 눈에 뭔가 영악한 빛이 담겨 있었기 때문이다.

구가는 수화기를 얼굴에 바짝 댔다.

"아, 죄송한데요, 오늘은 더블과 디럭스 더블, 모두 만실입니다. 그다음은 스위트, 혹은 그 이상의 방입니다만. ……알겠습니다. 그러시다면……. 아, 손님, 오늘은 스위트도 없군요. 프레지덴셜 스위트라면 준비해드릴 수 있습니다."

나오미는 놀라서 단말기 화면을 들여다보았다. 스위트는 물론이고 더블이나 디럭스 더블에도 빈방이 몇 개나 있다. 게다가 프레지덴셜 스위트는 이 호텔에서는 로열 스위트 다음으로 급이 높은 방이라서 일박 정규 요금이 18만 엔이나 된다.

하지만 전화한 사람이 구가의 제안에 응한 모양이었다. 상대와 통화하던 그의 목소리 톤이 갑자기 높아졌다.

"잘 알겠습니다. 그러면 오늘 밤, 프레지덴셜 스위트를 이용하시는 것으로 준비하겠습니다. 우선 손님의 성함부터 여쭤봐도 될까요. ……네, 가모타 님. 실례지만 전체 성함을……."

이름에 연락처, 도착 예정 시각, 나아가 신용카드 번호까지 구가는 묻고 있었다. 직전에 예약 취소하는 것을 막기 위해서다.

"그러면 저희 호텔에서 뵙겠습니다." 그렇게 말한 뒤에 구가는 전화를 끊고 나오미를 향해 한 눈을 찡긋했다. "도박을 했는데 성공했어."

"그 손님, 용케 오케이 해주셨네요. 그렇게 비싼 방은 필요 없다고 거절할 수도 있었을 텐데."

"그러니 도박이지. 하지만 목소리를 듣자마자 딱 감이 왔어.

이 손님은 어떻게든 우리 호텔에서 묵어야 할 사람이야. 여자와 함께 갑작스럽게 숙박할 곳이 필요한데 방을 구하지 못해 쩔쩔매는 눈치였거든."

"그렇다고 프레지덴셜 스위트를 추천하다니……." 나오미는 선배의 얼굴을 쳐다보며 고개를 저었다. "대단하시네요."

"단 5분 만에 18만 엔의 매상을 올렸잖아." 구가는 손목시계를 내밀어 보이며 웃었다.

호텔에서 가면을 쓰는 것은 손님만이 아니다. 호텔맨의 가면을 벗기면 그 밑에는 장사꾼의 얼굴이 있다. 나오미는 그런 생각을 했다.

3

그날 나오미의 근무시간은 오후 10시까지였다. 그렇기는 해도 야간 담당자에게 업무 인계가 있어서 곧바로 돌아갈 수는 없다. 특히 프런트 클러크로서는 아직 신입인 그녀에게는 그 밖에도 아직 할 일이 많이 남아 있었다.

코르테시아도쿄 호텔은 도로를 끼고 맞은편에 별관이 있고 회사 사무 부문 대부분이 그쪽에 들어가 있었다. 근무를 마친 나오미는 유니폼을 갈아입을 새도 없이 오늘의 업무 내용을 컴퓨터에 정리하는 작업에 몰두했다. 상사의 명령에 따른 것이 아니라 자발적으로 하는 일이었다. 한시바삐 선배들을 따라잡고 싶고, 최소한 거치적거리는 존재는 되고 싶지 않은 마음에서 나온 행동이었다. 이번 주는 저녁 당번이라 내일은 오후 4시까지 출근하면 된다. 집에 가는 길에 항상 들르는 편의점에서 뭔가 먹을 것을 사 들고 가자고 생각했다. 본가의 어머니는 "밥은 잘 챙겨 먹니? 날마다 외식이나 도시락만 먹으면 균형 잡힌 영양을 섭취할 수 없어"라고 잔소리를 했지만, 지금은 그런 것에 신경 쓸 여유가 없었다. 집에 돌아가면 샤워하고 편의점 도시락 먹고 그대로 쓰러져 잔다. 잠이 지금의 자신에게는 가장 좋은 영양분이다.

드디어 작업이 일단락되었다. 자아, 옷을 갈아입을까 하고 자리에서 일어서려는데 상의 주머니에 들어 있던 휴대전화가 울렸다.

이 시간에 누굴까, 하고 의아해하며 액정 화면을 들여다보고 저도 모르게 등을 꼿꼿이 세웠다. 미야하라 다카시라는 이름이 찍혀 있었기 때문이다.

망설이기는 했지만 전화를 받기로 했다. "네에."

"아, 나오미 짱? 나야, 미야하라."

뭐가 '나오미 짱'인가. 친한 척 그런 이름으로 부르지 말아줘, 라고 대꾸하고 싶은 것을 꾹 참고 "네, 미야하라 님이시군요"라고 한껏 공손하게 응했다.

"다행이다, 전화번호 바뀌지 않아서."

말을 듣고, 그러고 보니 그렇다고 생각했다. 휴대전화는 고등학생 때부터 갖게 됐지만 그 이후로 내내 똑같은 번호였다. 그리고 미야하라도 마찬가지인 것이리라. 그래서 나오미의 휴대전화에 착신 표시로 그의 이름이 찍힌 것이다.

"무슨 일이십니까." 사무적인 말투로 물었다. "저희 호텔에 관한 문의라면 프런트에……."

"아니, 좀 급한 일이 생겼어." 미야하라가 나오미의 말을 가로막았다. "네 도움이 필요해."

"네?" 대체 무슨 일이야, 라고 물을 뻔했지만 아슬아슬한 참에 멈췄다. "그러니까, 어떤 일이신지요."

"전화로는 얘기할 수 없어. 잠깐 방으로 와줄 수 없을까?"

"방이라니……. 저는 지금 근무 중이 아니니까 누군가 다른 사람에게……."

"글쎄 안 된다니까." 미야하라는 절박함이 담긴 목소리를 냈다. "나오미, 너 아니면 안 돼. 누구든 괜찮다면 프런트에 전화했겠지. 그게 안 되니까 폐가 될 줄 알면서도 너한테 전화한 거야. 난 지금 지푸라기라도 붙잡고 싶은 심정이야."

그럼 내가 지푸라기라는 거야, 라고 쏘아붙이고 싶은 걸 꾹 참고 "하지만 저는 이미 근무시간이 끝나서 손님께 별 도움이 되지 않을 것 같습니다"라고 말해보았다.

"도움이 될지 말지, 얘기를 들어보기 전에는 모르는 일이잖아. 너라면 어떻게든 해줄 수 있을 거야. 아무튼 지금 좀 와줘. 호텔에서는 범죄 같은 게 아닌 한, 손님의 요구에 응해줘야 하지? 노,

라고 말해서는 안 되는 데잖아. 옛날에 네가 그렇게 말했었어."

미야하라의 말에 나오미는 반론할 수 없었다. 분명 그런 말을 했던 게 기억난다. 그리고 그것이 호텔맨의 철칙이라는 건 사실이었다.

얼굴에서 휴대전화를 떼고 크게 숨을 내쉬었다. 그러고는 다시 입가로 가져왔다.

"알겠습니다. 그럼 지금 찾아뵙겠습니다."

안도한 듯한 기척이 휴대전화를 통해 전해져 왔다.

"고마워. 이 은혜는 꼭 갚을게."

"아직 도움이 될지 말지도 모르는데 그런 인사치레는 안 하셔도 됩니다. 방 번호를 알려주시겠습니까?"

"내 얘기를 들어주는 것만으로도 큰 도움이 돼. 방은 1105호실이야."

"1105호실." 나오미는 볼펜을 들고 왼쪽 손등에 '1105'라고 썼다. 그 순간, 머릿속에 뭔가 위화감이 생겼다. "그 방이 맞습니까? 미야하라 씨의 방은 다른 층인 걸로 알고 있는데요."

후우 하고 숨을 내쉬는 소리가 들려왔다.

"역시 대단하네. 맞아, 여기는 내 방이 아니야."

"그럼 어떤 분의……."

"그런 건 그쪽에서 단말기를 보면 금세 알잖아."

"그야 그렇지만……."

"아무튼 기다리고 있을게. 그리고 이 일은 다른 사람한테는 말하지 말아줘. 상사나 동료들에게도."

"그건 좀……. 일의 내용에 따라서는 보고해야 할 수도 있어요."

"그러니까 그걸 좀 부탁한다니까. 내 평생소원이야."

애걸복걸하는 미야하라의 말에 나오미는 까마득한 옛날에도 똑같은 말을 들었던 게 생각났다. 데이트에서 돌아오는 길, 그녀를 집 앞까지 데려다준 그가 잠깐 들어가게 해달라고 두 손을 맞대고 애걸복걸했었다. 그때까지 두 사람 사이에 육체관계는 없었다.

평생소원은 그때 들어줬잖아, 라고 쏘아붙이고 싶은 대목이었다.

"네, 알겠습니다. 일단 제가 지금 그쪽으로 가겠습니다."

"고마워. 정말 고마워. 그럼 기다릴게." 그렇게 말하고 그는 전화를 끊었다.

나오미는 얼굴을 찌푸리며 다시 상의를 집어 들었다. 대체 무슨 일이 생겼다는 건가. 귀찮은 일에 휘말리고 싶지 않으면서도 한편으로는 호기심이 발동하는 것도 사실이었다.

프런트에 돌아오자 당연한 일이지만 야간 담당자가 의아한 얼굴로 나오미를 보았다.

"어라, 나오미 씨, 아직 퇴근 안 했어? 무슨 일 있어?" 나오미보다 정확히 열 살 많은 선배 프런트 클러크가 물었다.

"별일 아니에요. 손님에게 전해드릴 게 있어서요." 대답하면서 단말기를 사용해 1105호실의 투숙객을 확인했다. '니시무라 미에코'라는 글자를 확인하고 '아, 그 여자!' 하고 생각이 났다. 폭시 원피스를 입은 늘씬한 미인이다.

왜 그 여자 방에 미야하라가? 어쩐지 불길한 예감이 들었다. 그리고 아마도 그 예감은 틀림없이 맞을 터였다.

역시 거절했어야 한다고 후회했지만 이미 때는 늦었다. 가는 수밖에 없다.

엘리베이터로 11층에 올라가 복도 안으로 걸어갔다. 1105호실 앞에 멈췄다. 이곳은 디럭스 더블룸이다. 여자 혼자 묵을 만한 방이 아니다.

심호흡을 한 차례 한 뒤에 문을 두드렸다. 뺨이 팽팽히 긴장했지만 애써 입 양 끝을 위로 올렸다.

문이 열리고 틈새로 미야하라가 얼굴을 내밀었다. 둘레둘레 눈을 좌우로 움직인다.

"응, 잘 왔어. 아무한테도 말 안 했지?"

"말하지 말라고 하셨잖아요."

"아, 다행이다."

미야하라가 문을 열어주는지라, 실례합니다, 라고 머리를 숙이며 나오미는 안으로 들어섰다. 얼굴을 들었을 때, 가장 먼저 눈에 뛰어든 것은 룸서비스용 왜건이다. 그 위에는 와인 쿨러와 돔 페리뇽 병이 실려 있었다. 나아가 테이블 쪽으로 시선을 던지자 그곳에는 샴페인 잔 두 개와 오르되브르 접시가 놓여 있었다.

한쪽 샴페인 잔에는 루주 자국이 찍혔고 그게 묘하게 생생하게 느껴졌다.

뒤를 돌아보면서 "대체 무슨 일이……"라고 말한 참에 나오미는 숨을 헉 삼켰다. 미야하라가 목욕 가운 차림이었기 때문이다.

"옷 좀 입지?" 미간을 찌푸리며 저도 모르게 그렇게 말하고는 입을 가렸다. "……아차, 죄송합니다."

"됐어, 그런 말투. 이제 좀 그만해." 미야하라가 답답하다는 듯이 말하고 벽에 걸린 거울을 쳐다보았다. "근데 맞는 말이긴 하네. 미안해, 지금 얼른 갈아입을게." 욕실 문을 열고 안으로 들어간다.

나오미는 한숨을 내쉬고 새삼 실내를 둘러보았다. 더블베드는 아직 사용하지 않았는지 커버가 덮인 채였다. 나이트테이블 앞에 놓인 의자 등받이에 살색 스타킹이 걸쳐져 있었다.

욕실 문이 열리고 미야하라가 나왔다. 양복바지에 와이셔츠를 입은 차림새였다. 상의와 넥타이는 자기 방에 놓고 온 모양이었다.

그는 머리를 긁적이며 "진짜 미치겠다"라고 중얼거렸다.

"어떻게 된 일이십니까."

나오미가 묻자 미야하라는 짜증스러운 듯 입매가 삐뚜름해져서 침대에 털썩 걸터앉았다.

"그 말투 좀 그만두라니까. 근무시간은 끝났다고 했지? 그럼 그냥 평상시처럼 얘기해도 되잖아."

나오미는 크게 숨을 들이쉬고, 전 남자친구를 내려다보며 툭 내뱉었다. “대체 무슨 일이야?”

미야하라는 뒷목을 쓱쓱 비볐다. “보시는 대로야.”

“봐도 모르겠으니까 묻는 거잖아.”

그러자 미야하라는 부루퉁한 얼굴로 “여자가 사라졌어”라고 말했다.

“사라져?”

“내가 샤워하고 나왔더니 갑자기 없어졌더라고.”

“잠깐. 처음부터 순서대로 얘기해줄래? 도통 뭔 소린지 모르겠잖아. 여자라는 건 누구야? 니시무라 미에코 씨를 말하는 거야?”

“니시무라 미에코? 아, 이번에는 그런 이름으로 체크인 한 모양이네. 그렇다면 맞아, 그 여자야. 이 방에 묵고 있는 여자.” 미야하라는 답답하다는 듯이 대꾸했다.

나오미는 바닥을 가리키며 물었다. “근데 왜 미야하라 씨가 여기, 그 여자 방에 있는 건데?”

“왜냐니, 그야…….” 그는 어깨를 움츠렸다. “그렇고 그런 사이니까 그렇지.”

나오미는 일순 머리가 핑 도는 느낌이었다. 역시 예상했던 대로였다.

그러니까, 라고 말하며 그녀는 입술을 깨물었다.

“당신과 그 여자는 여기 디럭스 더블룸에서 룸서비스 샴페인을 마시는 그런 사이라는 얘기야? 게다가 아마도 그것만으로는 끝나지 않겠지. 샤워를 하고 그다음은……?" 침대로 시선을 던졌다.

응, 하고 미야하라는 팔짱을 낀 채 고개를 끄덕였다.

"그 여자가 당신의 뭔데?"

"뭐라고 해야 할까." 그는 고개를 갸우뚱했다. "가장 알아듣기 쉬운 말로 하자면, 역시 불륜 상대라고 하면 되나?"

나오미는 다시 살짝 현기증을 느꼈다. "미야하라 씨, 결혼했어?"

"응, 2년 전에." 겸연쩍은 듯 다시 뒷목을 손끝으로 긁적인다.

나오미는 눈이 둥그레졌다. "근데 2년 만에 벌써 바람을 피워?"

"이래저래 사정이 좀 있었어. 잠깐 한눈을 판 게 깜빡 오래 끌어버려서……. 미안해."

"나한테 사과할 거 없어."

미야하라는 고개를 떨구고 몸을 최소한으로 줄이려는 듯 등을 움츠렸다. 그 모습은 마치 작은 동물 같았다.

"불륜 상대를 왜 이런 데까지 데려왔는데?"

"그야 웬만해서는 만날 기회도 없고, 내가 내일부터 해외에 나가야 해서……."

"항상 이런 식이었어? 그 여자한테 다른 방을 체크인 하게 하고 밤중에 몰래 숨어드는 방법?"

"항상 그런 건 아니지만 숙박할 일이 있을 때는 자주……."

"다른 사람들은 이런 거 알아? 오야마 씨는?"

"아무도 모르지. 대장은 둔감해서 남이야 뭘 하건 상관도 안 하는 사람이야."

대장이라는 건 오야마 마사히로를 가리키는 말인 모양이다.

나오미는 두 손을 허리에 짚고 옛 연인을 내려다보았다.

"그래서? 불륜 관계의 그 여자는 왜 사라진 건데?"

"글쎄 그걸 도무지 모르겠어. 보시는 대로 나와 그녀는 사이좋게 샴페인을 마셨어. 그러고는 내가 샤워를 하고 있었는데 갑자기 욕실 문이 열리더니 그녀가 얼굴을 내밀고 말했어."

"말했다니, 무슨 말?"

"안녕, 이라고."

"안녕?"

"둘이 대화하는 사이에 당신의 본성을 깨달았다. 내가 바보였다. 더 이상 살아봤자 별것도 없다. 그러니 안녕……." 그때 일을 떠올리듯이 미야하라의 시선이 허공을 헤맨 끝에 나오미 쪽으로 돌아왔다. "그렇게 말하고 나가버렸어. 쫓아가려고 했지만 내가 한창 샤워하던 중이었잖아. 서둘러 복도로 나가봤는데 이미 그녀의 모습은 어디에도 없었어."

나오미는 미야하라를 노려보았다. "당신, 그 여자한테 무슨 말을 했는데?"

"아무 말도 안 했어. 방금 말했듯이 사이좋게 샴페인을 마셨다니까.”

“그럴 리가 없잖아. 그렇다면 왜 그 여자가 갑작스럽게 그런 말을 하겠어?”

“글쎄 모르겠어. 내가 도리어 묻고 싶은 심정이야.”

나오미는 눈을 거듭 깜빡이다가 걸음을 옮겨 창가로 다가갔다. 커튼이 활짝 열려 있고 창밖으로는 멋진 야경이 펼쳐졌다.

창문 옆의 소파에 앉았다. 손님 앞에서 소파에 앉는 건 금기지만, 이 남자에게 손님 대접을 해줄 마음은 이미 없었다.

다시 한 번 테이블 위를 보았다. 오르되브르 접시 귀퉁이에 하얀 크림이 듬뿍 남아 있었다.

“대체 그 여자와는 어떤 얘기를 했었어?”

“별로 대단한 얘기도 아니야. 서로의 근황 보고라든가 여행 선물로 뭘 사다 줄까라든가, 그냥 그런 평범한 얘기였어.”

“다시 한 번 잘 생각해봐. 당신에게는 별것 아닌 얘기라도 그 여자한테는 큰 상처가 되었을 수도 있어.”

“아무리 그래도 나는 마음에 짚이는 게 없어. 게다가 지금 이런 얘기를 할 때가 아니야. 그녀를 찾아내는 게 선결 문제라니까.” 미야하라는 답답한 듯 무릎을 달달 떨었다. “그녀가 전에도 몇 번 일을 저질렀단 말이야.”

“일을 저지르다니, 뭘?”

“그러니까 그게, 자살 미수.”

나오미는 일순 할 말을 잃었다. 침을 꿀꺽 삼키고 “진짜야?”라고 물었다.

"처음에는 손목을 그었고 그다음은 수면제였나. 두 번 다 다행히 별일은 없었지만."

"대체 왜 그러는데? 동기가 뭐야?"

"나도 모르겠어." 미야하라는 양쪽 손바닥을 슬쩍 들어 올렸다. "갑자기 정신적으로 불안정해지는 때가 있는 모양이야. 그런 때는 무슨 말을 해도 소용없어."

나오미는 미간을 찌푸린 채 조금 전에 미야하라가 한 말을 되짚어보았다.

"더 이상 살아봤자 별것도 없다, 라니 아무래도 좀 위험한 거 같아. 경찰에는 연락했어?"

미야하라는 급히 고개를 저었다. "경찰에는 연락하면 안 돼."

"왜?"

"왜냐니, 그야……."

"바람피운 걸 아내에게 들킬까 봐서?"

"꼭 그것만은 아니야. 자칫 잘못하면 대장이나 회사에도 폐를 끼치게 돼."

"당신 한 사람만 해고되면 그걸로 끝날 일이잖아." 차갑게 쏘아붙였다.

미야하라는 입을 꾹 다물었다. 침통한 표정으로 시선을 떨구었다.

나오미는 자리에서 일어나 나이트테이블로 다가갔다.

"어쩌려고?" 미야하라가 물었다.

"당연하지, 프런트에 연락할 거야. 우선 나이트 매니저에게 알리고 대책을 강구해야겠어." 나이트 매니저란 야간의 숙박부 책임자다.

나오미가 수화기를 집어 드는 것과 동시에 미야하라가 덮치듯이 뛰어왔다. 잽싸게 한쪽 손을 내밀어 전화기 훅을 누른다.

"아니, 그건 좀 곤란해."

"마음을 가라앉히고 잘 생각해봐. 이건 사람 목숨이 걸린 일이야."

"그건 나도 알아. 그래서 너한테 도움을 청했잖아."

"나 같은 말단 직원이 뭘 할 수 있다는 거야?"

"일이 커지면 이 호텔 이미지에도 흠집이 날 수 있어. 하지만 지금 이대로라면 뭔가 큰일이 터져도 호텔에 책임을 물을 일은 없어. 호텔 측에서는 전혀 몰랐다고 주장할 수 있잖아. 너한테 상의했다는 거, 나는 절대로 아무한테도 말하지 않을 거야."

"이미지니 뭐니, 지금 그런 문제가 아니라……."

"부탁이야, 제발 나 좀 살려줘." 전화기 윗부분을 잡은 채 미야하라는 머리를 숙였다.

나오미는 고개를 돌려버렸다. 옆의 재떨이가 눈에 들어왔다. 흰 필터가 달린 담배꽁초 두 개가 있었다. 어떤 브랜드인지는 모르겠지만 여자들이 좋아할 만한 가느다란 담배였다.

미야하라에게로 시선을 돌렸다. 그는 아직도 깊숙이 머리를 숙이고 있었다. 정수리 근처에 흰머리가 드문드문 섞여 있었다. 이제 막 서른이 되었을 텐데 벌써…….

나오미는 한숨을 내쉬었다. "알았어. 아무에게도 말하지 않을게."

미야하라가 아래쪽에서 슬쩍 올려다봤다. "정말이지?"

"그래."

"아, 살았다." 미야하라는 진심으로 안도한 표정을 짓더니 침대에 털썩 걸터앉았다.

나오미는 수화기를 제자리에 돌려놓았다.

"근데 어쩔 생각이야? 방금도 말했지만 나는 별 도움이 못 돼."

"뭔가 좋은 아이디어가 없을까? 조용히 그 여자를 찾아내기 위한 방법 같은 거."

"휴대전화에는 걸어봤어?"

"몇 번을 걸어봤는데 계속 전원이 꺼진 상태야. 우선 부재중 전화에 메시지를 남기고 문자도 보냈는데 아직까지 아무 반응이 없어."

나오미는 고개를 저으며 다시 소파에 앉았다. "그 여자하고는 어디서 알게 됐어?"

미야하라는 무거운 입을 열고 "도쿄 기타신치의 클럽에서"라고 대답했다.

"호스티스구나. 고향은?"

"어디였더라." 미야하라가 고개를 갸웃거렸다. "근데 왜 그런 걸?"

"이쪽 지리를 잘 아는지 판단해보려는 거야. 친한 친구가 있다든가 하는 것도."

"글쎄 그런 얘기는 들은 적이 없네."

나오미는 머리를 굴렸다. 이 호텔에서 여자가 밤중에 혼자 뛰쳐나갔다면 과연 어디로 향할까. 기분 전환을 위해 술을 마시러 갔다, 라는 식으로 우선 생각해봤다. 그런 거라면 닌교초의 유흥가가 가깝고 긴자도 그리 멀지 않다.

미야하라는 팔짱을 낀 채 고개를 푹 숙이고 있었다. 몹시 지친 것처럼 보였다.

저기, 라고 나오미는 말문을 열었다. "어째서 오야마 프로덕션이야? 부동산 건설 회사에 재취직했던 거 아니었어?"

미야하라는 고개를 들고 힘없이 웃으며 머리를 긁적였다.

"취직은 했는데 그 회사도 경영 부진으로 결국 인원 감축 대상에 올라버렸어. 계약직 사원이었거든."

"그랬구나……."

"우리 사촌 누나하고 대장의 부인이 친구 사이야. 그리고 그 부인이 오야마 프로덕션 사장이기도 하고. 그 연줄로 채용됐어. 마침 매니저 겸 운전기사가 사직한 참이라 후임을 찾고 있었거든."

"부동산 건설 회사에서 연예 매니저라니……."

“나도 놀랐어. 설마 이런 일을 하게 될 줄은 상상도 못 했지. 근데 막상 해보니까 꽤 재미있어. 의외로 내가 이쪽에 소질이 있는 것 같아.” 미야하라는 흐뭇하게 말한 뒤, 문득 정신을 차린 표정으로 미간을 좁혔다. “지금 태평하게 이런 얘기를 할 때가 아니야. 빨리 그 여자를 찾아야 하는데…….”

“내일 해외에 나간다고?”

“스페인에서 축구를 볼 예정이야, 텔레비전 방송사 기획으로. 여기서 오전 7시에는 출발해야 되는데.”

나오미는 손목시계를 보았다. 이제 곧 오전 1시가 된다. 그녀는 자리에서 일어섰다.

“어디 가려고?” 미야하라가 물었다.

“그 여자를 찾아야지. 뭔가 방법을 생각해볼게.”

“나는 어떻게 할까?”

“당신은 여기 있어. 그 여자가 불쑥 돌아올지도 모르니까.”

“응, 그렇지. 알았어.”

나오미가 문을 향해 한 걸음 내디뎠을 때, 침대 밑에서 뭔가 반짝 빛났다. 자세히 보니 귀걸이였다. 손에 집어 들자 살짝 분홍빛이 감도는 하트 모양의 장식이 흔들렸다. 니시무라 미에코가 떨어뜨리고 간 모양이었다.

나이트테이블에 내려놓으려다가 생각을 바꿨다. 무슨 겨를엔가 한쪽 귀걸이만 떨어뜨렸다면 다른 한쪽은 아직 그 여자 귀에 달려 있을지도 모른다. 그렇다면 목격자를 찾는 데 이 귀걸이가 중요한 눈짐작이 될 수 있다.

티슈페이퍼를 뽑아 거기에 귀걸이를 감싸서 상의 주머니에 넣었다.

4

"아니, 난 못 봤는데."

벨보이 스기시타는 나오미가 내민 귀걸이를 흘끗 보자마자 고개를 저었다. 이것과 똑같은 귀걸이를 한쪽 귀에만 단 여자를 못 봤느냐고 물어본 것이다. 벨보이라고 해도 스기시타는 나오미보다 1년 선배여서 투숙객을 접한다는 점에서는 그녀보다 훨씬 경험이 풍부하다. 그래서 그녀가 프런트 오피스에 배속된 뒤로 이것저것 그와 상담하는 일이 많았다.

"아마 회색 원피스를 입었을 거예요. 늘씬하고 아름다운 여자인데요."

"내가 계속 여기 있었는데 그런 사람은 못 봤어. 귀걸이고 뭐고, 그 시간에는 젊은 여자 자체가 지나가지 않았어. 물론 내가 못 보고 놓쳤을 수도 있지만."

스기시타가 말하는 '여기'라는 것은 벨 캡틴 데스크 옆이다. 여기에서라면 로비 전체가 훤히 내다보인다. 물론 정면 현관을 출입하는 사람도 체크할 수 있다.

"그 사람이 어쨌는데?"

"아뇨, 별일은 아니에요."

"나오미 씨는 오늘 야간 근무 아니지? 별일 아니라면 나중 일은 다른 사람에게 맡기고 얼른 퇴근하는 게 좋아."

"네, 그렇게 할게요."

고맙습니다, 라고 인사를 건네고 그 자리를 떴다.

심야의 로비에 인적은 없었다. 바의 영업도 진즉에 끝났다.

로비 벽 쪽에 붙어 서서 정면 현관을 바라보며 아무래도 이상하다고 나오미는 고개를 갸웃거렸다. 니시무라 미에코가 호텔을 나갔다면 오후 11시 이후다. 이미 사람들의 출입이 줄었을 시각이다. 주의력이 요구되는 벨보이 중에서도 특히 우수한 스기시타가 그 모습을 놓쳤으리라고는 생각되지 않았다.

게다가 아까 단말기로 확인해본 바로는 니시무라 미에코는 체크아웃을 하지 않았다. 만일 호텔에 돌아올 마음이 없다면 정산을 하고 가지 않았을까. 그녀는 예치금으로 7만 엔을 맡겼었다. 혹은 자살할 생각이라서 돈 따위는 어떻게 되건 상관없었던 걸까.

그런 생각을 해가며 무심코 프런트 쪽으로 시선을 돌리자 조금 전에 말을 나누었던 선배 프런트 클러크가 전화 통화를 하는 참이었다. 그 얼굴 표정이 어딘지 모르게 험악했다.

나오미는 마음에 걸려 그쪽으로 다가갔다.

선배 프런트 클러크는 수화기를 내려놓은 뒤, 그녀를 알아보고 놀란 듯 눈이 둥그레졌다.

"뭐야, 아직도 집에 안 갔어?"

"깜빡 잊은 게 있어서요. 그보다 무슨 일 있었어요?"

"아니, 그리 대단한 건 아냐. 프레지덴셜 스위트에 묵은 고객이 지나치게 호화로운 룸서비스를 주문하니까 식당 쪽에서 괜찮겠느냐고 문의 전화를 했더라고. 그래서 신용카드 회사에 알아봤는데 도난 신고가 들어온 것도 없고 블랙리스트에 오른 것도 아니었어. 그래서 별문제 없다고 대답해준 거야."

"그래요?"

이따금 있는 일이었다. 투숙객이 값비싼 요리와 술을 먹고는 요금을 모두 방 번호로 달아둔다. 그러고는 체크아웃 수속도 없이 몰래 호텔을 빠져나간다. 예치해둔 신용카드는 아무짝에도 쓸모없는 물건. 전형적인 스키퍼의 수법이다. 하지만 방금 들은 바로는 이번 손님은 그런 건 아닌 모양이다.

"인계할 때도 그 얘기가 나왔었어. 구가 씨가 살짝 허풍을 쳐서 그 방을 선택하게 했다던데. 그리 수상쩍은 손님은 아니라고 했으니까 아마 괜찮을 거야."

그 손님이 체크인 할 때의 일은 나오미도 어렴풋이 기억이 났다. 가모타라는 성을 가진 수수한 인상의 남자였다. 담당한 건 구가였기 때문에 얼굴을 정확히 본 건 아니었다.

나오미는 단말기를 들여다보았다. 그 호화로운 프레지덴셜 스위트의 룸서비스 주문 내용이 표시되어 있었다. 얼핏 보기에도 분명 값비싼 술과 요리 이름이 줄줄이 이어졌다. 게다가 요리에는 세세한 주문까지 딸려 있었다.

그것을 읽어보는 사이에 번쩍 떠오르는 생각이 있었다. 나오미는 프런트 안쪽으로 돌아 들어갔다. 직원용 복도로 나가 엘리베이터를 타고 지하 1층에 내려갔다. 그곳에 룸서비스 요리를 만드는 주방이 있는 것이다.

주방과 통로 사이에 카운터가 있고 그 앞에 젊은 벨보이가 서 있었다. 그도 나오미를 보고 당혹스러운 빛을 띠었다. "엇, 나오미 씨, 웬일이에요?"

거기에는 대답하지 않고 오히려 나오미가 질문을 던졌다. "혹시 프레지덴셜 스위트에 가져갈 거야?"

"네, 맞아요. 그 손님 굉장해요, 돔 페리뇽이 벌써 두 병째예요." 그가 그렇게 말한 직후에 요리사가 나와서 카운터에 아이스 쿨러를 내려놓았다. 안에는 돔 페리뇽 병이 들어 있었다.

"저기, 부탁이 있는데……." 나오미는 벨보이를 향해 말하고 가슴 앞에 손을 맞댔다. "꼭 좀 들어줘. 내 평생소원이야."

5

휴대전화 소리에 눈을 떴다. 하지만 미리 맞춰둔 알람이 아니라 착신음 소리에 깬 것이다. 사실 이건 반쯤 예상한 일이기도 했다. 시간을 보니 오전 6시를 넘어선 참이었다.

네에, 라고 응했다.

"나야, 미야하라. 자고 있었어?"

"응, 잠깐."

"그렇군. 미안하다. 하지만 안심해. 그 여자, 돌아왔어, 방금 전에."

"어디 있었대?"

"호텔 근처의 바에서 술을 마신 모양이야. 지금 샤워하고 있어."

"바에서 술……."

"별로 놀라지도 않는 거 같네?"

"아니, 그렇지 않아. 그냥 실감이 안 나서. 아무튼 다행이야."

"엄청 애를 태웠는데 이제 마음이 놓인다. 너한테도 큰 신세를 졌어."

"나야 뭘 한 게 있나. 결국 그 여자를 찾아내지도 못했고."

"하지만 도와줘서 고마웠어. 정말 고맙다."

나오미는 빙긋이 웃었다. 어떻게 대답해야 좋을지 몰라서, 응, 이라고 대답해두었다.

"잠시 뒤에 출발할 거야."

"괜찮겠어? 한숨도 못 잤을 텐데."

"비행기 안에서 자면 돼. 그보다 나오미, 지금 어디 있어?"

"호텔 사무동. 직원 휴게실에 있어."

"그렇구나. 나 때문에 큰 고생을 했네. 저기, 지금 잠깐 시간 좀 내줄 수 있을까."

나오미가 침묵하고 있자 "얘기할 게 있어서 그래"라고 그는 말했다. 알았다고 대답했다.

"좀 있다 로비에 가 있을게. 체크아웃 하고 나서 미야하라 씨가 편한 때에 나한테 찾아와줘."

"고마워. 그리 오래 걸리지 않을 거야."

"응, 그럼 이따 봐."

전화를 끊고 나오미는 좁은 침대에서 몸을 일으켰다. 직원 휴게실에서 밤을 새운 건 처음이었다.

얼굴을 씻은 뒤, 옷차림을 어떻게 해야 할지 잠깐 망설였다. 하지만 결국 유니폼을 입기로 했다. 재빨리 화장을 하고 사무동을 나섰다.

이른 아침의 로비는 북적거릴 정도는 아니지만 드문드문 사람들이 보였다. 엘리베이터 홀에서 차례차례 투숙객이 나타나 프런트를 향해 걸어갔다. 호텔에서의 시간을 충분히 즐겼을까. 그들의 얼굴을 볼 때마다 나오미는 그게 마음에 걸렸다.

이윽고 큼직한 몸집의 오야마 마사히로가 나타났다. 바로 뒤에는 또 한 명의 전직 야구 선수와 함께 미야하라 다카시의 모습이 보였다.

미야하라는 잰걸음으로 프런트로 향했다. 그가 체크아웃 수속을 하는 동안에 오야마 일행은 로비의 소파에 앉아 이야기를 하고 있었다. 거기에 가족으로 보이는 일행이 다가갔다. 아직 어린 아이도 있었다.

아무래도 함께 사진을 찍어달라고 부탁하는 것 같았다. 우락부락한 이미지가 강한 오야마지만, 그들에게 상냥하게 웃는 얼굴을 내보였다. 좋지요, 라고 입이 움직이는 게 보였다.

가족은 서로 자리를 바꿔가며 몇 장이나 사진을 찍었다. 그래도 오야마는 싫은 기색 없이 그들이 원하는 만큼 잘 어울려주었다. 마지막에는 악수에도 응했다. 가족 일행은 몇 번이나 머리 숙여 감사한 뒤에 행복한 얼굴로 떠나갔다.

수속을 마친 미야하라가 돌아왔다. 그는 나오미 쪽을 흘끗 쳐다보더니 오야마 일행을 현관 앞까지 안내했다. 택시를 예약했었는지 뒷좌석에 태워주는 모습이 유리창 너머로 보였다.

미야하라는 아직 타지 않았는데 택시가 출발했다. 그걸 배웅한 뒤에 미야하라는 다시 호텔로 돌아왔다. 나오미 쪽으로 급히 걸어온다.

"오래 기다렸지?"

"함께 가지 않아도 돼?"

"잠시 뒤에 가겠다고 했어. 아직 수속할 게 남았다고 둘러댔거든." 미야하라는 옆의 소파를 가리켰다. "잠깐 앉자."

"응, 어서 앉아. 난 이대로 괜찮아."

"그럼 나도 서 있을게." 자리에 앉으려다가 미야하라가 다시 자세를 바로잡았다. "정말 미안해, 무리한 부탁을 해서."

"그건 괜찮은데, 할 얘기라는 건 뭐야?"

미야하라는 응, 하고 일단 시선을 떨구었다가 다시 얼굴을 들었다.

"실은 사과할 게 있어." 침을 꿀꺽 삼키는 기척이 있은 뒤에 입을 열었다. "너한테 거짓말을 했어."

나오미는 다물었던 입을 풀며 푸훗 웃었다. "내가 맞혀볼까."

미야하라가 어리둥절하며 허를 찔린 듯한 표정을 보였다. "뭘 맞혀?"

"니시무라 미에코 씨는 당신과는 아무 관계도 없어. 그 여자의 진짜 불륜 상대는 오야마 마사히로 씨였어. 그렇지?"

미야하라의 눈동자가 허공을 허우적거리다가 몇 번을 깜빡거렸다. "알고 있었어?"

"당연하지. 호텔맨의 눈을 무시하지 말아줘."

"어떻게 알았어?"

나오미는 어깨를 으쓱했다.

"간단해. 그 여자의 방은 흡연실이고, 그래서 재떨이가 있었지만 담배꽁초는 한 종류밖에 없었어. 당신은 일부러 금연실을 선택할 정도니까 담배를 피운 건 당신이 아니야."

"그 여자가 피운 거라고 생각할 수도 있잖아."

나오미는 가볍게 고개를 가로저었다.

"아니, 그건 아니야. 샴페인 잔, 못 봤어? 가장자리에 루주 자국이 있었어. 근데 담배꽁초 필터는 깨끗한 흰색이었지. 어때, 이상하잖아."

미야하라는 작게 입을 헤벌렸다. 그 얼굴을 지그시 바라보며 나오미는 미소를 지었다.

"담배를 피운 건 그 여자도 아니야. 그러면 누굴까. 당신이 대역을 떠맡을 정도의 인물이라면 단 한 사람밖에 없겠지."

미야하라는 얼굴을 찌푸리고 부루퉁한 표정으로 고개를 끄덕였다.

"그렇군. 분명 호텔맨의 눈은 예리하네."

"당신이 마치 자기 일인 것처럼 얘기했던 내용은 모두 오야마 씨가 겪은 일이었지?"

"그래, 그렇다고 해두자."

미야하라는 한숨을 내쉬고 얼굴을 쓱쓱 비볐다. 그러고는 천천히 털어놓기 시작했다.

그에 의하면, 니시무라 미에코의 본명은 요코타 소노코였다. 오야마 마사히로와 그녀의 관계는 3년 전쯤부터 지금까지 이어졌다. 소노코가 기타신치의 호스티스란 건 사실이고, 일주일에 한 번꼴로 오야마가 소노코의 집에 찾아가는 관계라고 했다.

그런데 최근 들어 오야마의 아내가 남편을 의심하기 시작했다. 그래서 항상 알리바이를 만들어둘 필요가 있었다. 물론 그건 미야하라의 일거리로 떨어졌다.

"아는 사람과 식사하기로 했다든가 전에 소속됐던 구단 관계자를 만나기로 했다든가, 이런저런 핑곗거리를 만들어냈어."

"진짜 힘들었겠네." 나오미는 진심으로 그가 딱했다.

"힘들긴 해도 두세 시간쯤이라면 어떻게든 해볼 수 있어. 그보다 더 난처한 건 대장이 그 여자 집에 가서 하룻밤을 보낼 때야. 그런 경우에는 대장이 나하고 둘이 사우나에 갔다가 그대로 아침까지 잠들어버렸다느니 뭐니, 상당히 군색한 핑곗거리를 쥐어짜내야 해."

"그 여자 집에서 자지는 말아달라고 오야마 씨에게 부탁하면 되잖아."

"물론 부탁해봤지. 그러면 알았다고 대답은 하는데 그래도 몇 번에 한 번꼴로 꼭꼭 자고 온다니까. 아마 소노코 씨가 가지 말라고 붙잡는 모양이야. 대장이 그 여자 말이라면 껌뻑 넘어가거든."

"그러다가 부인에게 바람피우는 거 들키면 그때는 정말 본전도 못 찾잖아."

"그거야 대장도 잘 알고 있지. 하지만 어쩔 수가 없는 모양이야. 소노코 씨가 자살 미수를 되풀이한다는 얘기는 했었지? 대장은 자신이 돌아온 뒤에 그녀가 행여나 자살을 꾀할까 봐 무작정 뿌리칠 수가 없는 거 같아."

"참 성가신 여자네."

"누가 아니래. 근데 이번에는 일이 더 성가시게 됐어. 대장이 무슨 일이 있어도 그 여자를 스페인에 데려가겠다는 거야."

설마, 하고 나오미는 흠칫 놀랐다. "그럼 그 여자도 함께 떠나는 거야?"

"그렇다니까. 어떻게든 좋은 아이디어를 내달라고 대장이 신신당부하더라고. 그래서 생각해낸 게 따로따로 이동해서 현지에서 합류하는 작전이야."

"그런 작전까지 짰을 정도면 간밤에도 호텔을 따로 잡았으면 좋았잖아."

"나도 그렇게 생각했는데, 모처럼 부인의 눈이 닿지 않는 곳에 왔는데 아무 일 없이 흘려보내는 것도 아쉽다고 생각한 모양이야. 근데 너도 알다시피 일이 뜻하지 않은 방향으로 어긋나버렸어."

미야하라의 방으로 대장 오야마에게서 전화가 걸려 온 것은 어젯밤 오후 11시쯤이었다고 한다. 지금 당장 1105호실로 와달라는 것이었다. 그곳이 요코타 소노코의 방이라는 건 미야하라도 알고 있었다.

급히 달려가보니 오야마가 혼자서 기다리고 있었다. 소노코의 모습은 어디에도 없었다. 불길한 예감을 안고 어떻게 된 일이냐고 물었다.

오야마의 설명은 미야하라가 나오미에게 이야기했던 내용과 거의 동일하다. 오야마가 한창 샤워를 하는데 갑자기 욕실 문이 열리고 소노코가 얼굴을 내밀더니 묘한 말을 남기고 뛰쳐나갔다, 라는 것이다.

"대장이 그녀를 찾으러 나가겠다고 했지만 그건 안 될 일이지.

대장은 금세 남의 눈에 띄는 사람이잖아. 내가 어떻게든 해볼 테니 아무튼 대장은 일단 자기 방에 돌아가라고 했어. 하지만 나도 무슨 뾰족한 수가 있었던 건 아니야. 그나마 최악의 상황에 대비해 가능한 한 방법을 강구해보자는 생각뿐이었지."

"최악의 상황이라는 건……."

"물론 그 여자가 자살을 꾀했을 경우야. 그러면 당연히 그 여자가 묵었던 방을 조사하게 되겠지. 경찰은 함께 있었을 것으로 추정되는 남자를 찾아내려고 할 거고. 일이 그렇게 된 뒤에야 내가 그 남자라고 나서봤자 이미 때늦은 일이야. 그래서 사전에 누군가 증인이 필요했어."

"그래서 나를 부른 거야?"

"너한테 폐를 끼치는 건 나도 정말 괴로웠어. 하지만 대장을 지키기 위해서는 어쩔 수 없었어."

나오미는 미간에 주름을 잡고 미야하라의 얼굴을 지그시 들여다보았다.

"그렇게까지 오야마 씨를 지켜내야 해? 어째서? 그 사람이 당신을 먹여 살리니까?"

혹시 화를 낼지도 모른다고 생각했지만, 그의 표정은 변하지 않았다.

"물론 그런 것도 있어. 대장은 우리 회사의 귀중한 수입원이니까. 하지만 꼭 그것만은 아니야. 대장은 수많은 사람들에게 꿈을 주는 존재야. 그의 홈런이 얼마나 많은 사람에게 용기를 주고 격려가 되었는지 알아? 은퇴는 했지만 지금도 그는 수많은 사람들의 히어로야. 모두가 그를 응원하고 있어. 그런 팬들의 꿈을 망가뜨려서는 안 되잖아."

단호히 말하는 미야하라의 표정에는 스스로를 비하하는 듯한 기미는 털끝만큼도 없었다. 오히려 자랑스러워하는 얼굴이었다.

아, 그렇구나, 라고 나오미는 생각했다. 이 사람에게는 이런 방식의 삶이 잘 맞는지도 모른다. 스스로를 희생해서라도 누군가를 행복하게 만들어주는 것이 결과적으로 자신의 행복과 연결된다고 생각하는 사람인 것이다.

내 몫까지 잘 봐야 해.

영화관에서 속삭이던 그의 목소리가 귓가에 되살아났다.

"오야마 씨의 바람기를 끊게 하자는 생각은 못 해?"

나오미의 물음에 미야하라는 어깨를 으쓱 쳐들었다.

"그야 이제 좀 끊어준다면 더 바랄 게 없지. 하지만 내가 아무리 말해도 소용없어. 그런 사람은 누군가의 충고로 자신의 삶의 방식을 바꾸지 않아. 그렇기 때문에 더더욱 그만한 실적을 남길 수 있었던 거야. 바람기 따위는 자신의 인생에 아무 도움도 되지 않는다고 스스로 깨닫는 날이 오기만을 기다리는 수밖에 없어."

"그날까지 당신은 계속 그를 지켜줘야겠네?"

"그게 내 일이니까." 그렇게 말하고 미야하라는 조금 심각한 얼굴이 되었다. "지금 이 이야기, 꼭 비밀로 해줘."

나오미는 쓴웃음을 지었다. "설마 내가 이런 얘기를 떠들고 다니겠어?"

"고맙다. 잘 부탁해. 아, 그나저나……." 미야하라는 새삼 나오미의 얼굴을 빤히 보았다. "내가 대타로 나섰다는 것을 미리 알았으면서 왜 아무 말도 하지 않았어?"

이 물음에 나오미는 대답해야 할지 말아야 할지 잠깐 망설였다. 애매하게 얼버무리는 것도 가능하기는 하다. 하지만 상대는 다름 아닌 옛 연인이다. 현재의 자신을 알려주기 위해서도 그 말만은 꼭 들려주고 싶었다.

"호텔맨은 고객의 가면을 벗기려고 해서는 안 돼."

"가면?"

"설령 그 가면이 지독히 조잡해서 민낯이 훤히 보이는 것이라고 해도."

미야하라는 당혹스러운 눈빛으로 그녀를 바라보았지만, 이윽고 얼굴을 풀며 빙긋이 웃었다.

"그렇구나. 너는 너대로 지금 하는 일에 단단히 자부심을 품고 있는 거야."

"물론이지."

미야하라는 고개를 끄덕이더니 손목시계를 보았다.

"이제 가야겠다. 대장이 슬슬 짜증을 낼 시간이야."

나오미는 그를 정면 현관문까지 배웅했다.

"그럼 조심해서 잘 다녀오십시오." 그녀는 등을 꼿꼿이 세우고 말한 뒤, 공손히 인사했다. "다시 찾아주시기를 기다리겠습니다."

미야하라는 빙긋 웃으며 고개를 끄덕이고 길을 떠났다.

나오미는 그의 뒷모습을 지켜본 뒤에 후우 숨을 내쉬고 시간을 확인했다. 오전 7시가 되려는 참이었다. 서둘러 집에 돌아가면 세 시간쯤은 잘 수 있을 것이다.

사무동으로 가려고 발길을 돌렸을 때, 프런트에서 체크아웃 수속을 하는 요코타 소노코의 모습이 눈에 들어왔다. 나오미는 발을 멈추고 그녀를 지켜보았다.

수속을 마친 요코타 소노코는 새침한 얼굴로 정면 현관을 향해 걸음을 뗐다. 리무진버스나 택시를 이용해 나리타 공항으로 갈 생각이리라.

나오미는 빠른 걸음으로 그녀에게 다가가 말을 건넸다. "저어, 손님."

요코타 소노코는 멈춰 서서 의아한 눈빛을 던져 왔다.

나오미는 상의 주머니에서 티슈페이퍼에 감싼 것을 꺼내 그녀 앞에 펼쳐 보였다.

"복도에 이게 떨어져 있었는데, 혹시 손님 물건 아닌가요?"

티슈 안에 든 것은 귀걸이였다. 아아, 하고 요코타 소노코의 표정이 누그러들었다.

"어머, 내 귀걸이네. 없어진 건 알았는데 찾지를 못해서." 귀걸이를 손끝으로 집어 들었다. "복도에 떨어져 있었어요?"

"네, 문 앞에 있었습니다."

"어라, 내가 다 찾아봤는데."

나오미는 조용히 입을 열었다. "네, 1105호실이 아니라 2450호실, 즉 프레지덴셜 스위트룸 문 앞에 있었어요."

요코타 소노코의 얼굴에서 핏기가 스르르 빠져나가는 것 같았다. 하지만 그건 한순간의 일이었다. 뒤를 이어 빰이 붉어지기 시작했다. 날카롭게 노려보는 눈빛을 보니 창피해서가 아니라 화가 난 것 같았다.

"뭔가 알고 있는 모양이네." 매몰찬 목소리로 그녀는 말했다.

"걱정하실 것 없습니다. 미야하라 씨에게는 말하지 않았으니까요."

"미야하라?" 요코타 소노코는 의아한 눈빛으로 나오미를 쳐다보았다. "그 사람과는 어떤 사이?"

"좀 아는 사람입니다. 그분의 부탁으로 당신을 열심히 찾아다녔어요."

"그래서 결국 나를 찾아냈어요?"

나오미는 여자의 찌르는 듯한 시선을 받아들이며 웃음을 지었다. "두 번째 돔 페리뇽을 갖다 드린 건 저예요."

요코타 소노코의 눈이 큼직해졌다. "설마."

"정말이에요. 당신은 창가에서 야경을 바라보고 있었죠. 그때 프라다 백은 거실 싱글소파 위에 놓여 있었고."

모두 사실이다. 나오미는 벨보이에게 부탁해 그를 대신하여 돔 페리뇽을 프레지덴셜 스위트룸까지 싣고 갔다. 계산서에 사인을 한 가모타라는 남자는 전혀 수상쩍어하지 않았다. 그녀도 호텔 유니폼을 입고 있었으니 당연한 일이다.

"내가 그 방에 있다는 건 어떻게 알았어요?"

"간단한 일이에요. 1105호실의 오르되브르 접시에는 사워크림만 남아 있었습니다. 원래 차려낸 건 아마도 크래커에 사워크림을 바르고 캐비아를 올린 것, 즉 샴페인과 최고로 잘 어울리는 오르되브르였을 거예요. 그런데 사워크림만 덜어내고 드셨더군요. 특이한 분이라고 생각했습니다. 그리고 그 얼마 뒤에는 2450호실에서도 똑같은 요리를 주문하셨어요. 게다가 이번에는 사워크림을 빼달라는 주문도 있었습니다. 두 사람이 동일 인물일지도 모른다고 생각하는 건 당연한 일이겠지요. 더구나 손님인 듯한 여자분이 호텔 밖으로 나가는 것을 아무도 본 사람이 없었습니다. 즉 손님은 이 호텔 어딘가에 있었다는 얘기예요."

요코타 소노코는 후우 숨을 토해내고 자신의 손목시계에 시선을 떨구었다.

"5분만 시간을 내줄래요? 당신에게 할 말이 있는데."

"네, 알겠습니다."

조금 전에 미야하라와 마주했던 자리에서 두 사람은 나란히 섰다.

"당신, 결혼은?"

요코타 소노코의 질문에 아뇨, 라고 나오미는 대답했다.

"나도 그래요. 하지만 결혼을 생각하는 사람은 있어요. 단지 그건 오야마 씨가 아니에요. 그 사람에게는 부인이 있잖아요."

"그러면 가모타 씨라는 프레지덴셜 스위트의 그 남자분?"

그녀는 고개를 끄덕였다.

"생김새도 시원찮고 인간적인 매력도 부족하지만 인터넷 관련 사업에 성공해서 억대 연봉을 받는 사람이에요. 여자에 대해서는 좀 늦된 편이라 뭐든 내가 시키는 대로 다 하죠. 어때요, 결혼 상대로는 이상적이잖아요."

나오미는 가벼운 웃음을 돌려주었다. "무엇을 이상으로 삼느냐는 사람마다 제각각 다르겠지요."

요코타 소노코는 일순 불끈한 표정을 보였지만 곧바로 새침한 얼굴로 돌아갔다.

"그런 그가 요즘 나를 의심하고 있어요. 자기 외에 딴 남자가 있는 거 아니냐고. 이번에 나 혼자 스페인 여행을 떠난다는 말도 믿지 못한 모양이에요. 그래서 일부러 오사카에서부터 내 뒤를 밟아 온 거예요."

"뒤를 밟아요? 그래서 다급하게 당일에 예약을 하셨군요."

"맞아요. 그 방, 일박에 18만 엔이라면서요. 완전히 봉을 잡았다고 생각한 모양인데, 좀 너무한 거 아니에요?" 요코타 소노코는 입가를 삐뚜름하게 들어 올렸다. 역시나 호스티스답게 세상사의 이면을 간파하는 능력이 뛰어난 것 같다.

"그분이 당신을 자기 방으로 불러낸 거였어요?" 나오미는 물었다.

"다행히 마침 오야마 씨가 샤워를 할 때였어요. 휴대전화로 지금 같은 호텔에 있다는 말을 들었을 때는 심장이 멎을 뻔했죠. 자기 방으로 와달라는데 선뜻 둘러댈 말이 한 마디도 생각나지 않더라고요."

"그래서 히스테리를 일으킨 척하며 방을 뛰쳐나갔군요."

"궁여지책이었어요. 근데 의외로 그리 나쁘지 않은 방법이었던 것 같아. 미야하라 씨에게서 들었는지 모르지만, 내가 전에도 몇 번 자살 소동을 벌였거든요. 이번에도 또 그런 걸로 생각해주기를 바랐는데 내 작전이 딱 맞아떨어졌죠."

자신의 자살 미수에 대해 태연히 말하는 그녀를 보며 나오미는 퍼뜩 생각난 게 있었다.

"혹시 전에 일으킨 자살 소동도……."

"물론 연극이었어요. 오야마 마사히로 같은 거물급을 사로잡으려면 온갖 수단 방법을 다 동원해야죠." 서슴없이 말하고 나서 그녀는 얼굴을 찌푸렸다. "근데 바보 같은 실수를 했지 뭐야. 가모타 씨가 룸서비스로 돔 페리뇽을 사준다는 바람에 신이 나서 또 캐비아를 주문했는데 사워크림을 빼달라는 잔소리는 붙일 일이 아니었어. 설마 그런 데서 들통이 날 줄은 몰랐네."

"사워크림을 싫어하세요?"

"그렇지도 않아요. 단지 처음 주문했을 때 캐비아가 아까운 생각이 들었어요. 비싼 캐비아인데 그 맛만 즐기는 게 훨씬 더 좋죠, 당연히. 그래서 사워크림을 덜어냈어요. 주방에 말 좀 하세요, 고급 캐비아를 구했을 때는 쓸데없는 건 끼워 넣지 말라고."

"기회가 있으면 그렇게 전하겠습니다." 그리고 나오미는 여자를 지그시 바라보았다. "한 가지, 여쭤봐도 될까요."

"뭔데요?"

"결혼할 남자분이 계시다면 위험한 불륜은 그만두는 게 좋지 않을까요. 주제넘은 말입니다만."

요코타 소노코는 흥, 콧숨을 토해냈다.

"매사에 순서라는 게 있죠. 물론 그와 결혼하기 전에 오야마 씨와는 헤어질 생각이에요. 하지만 헤어진다는 게 그리 간단한 일이 아니에요. 지금은 말하자면 그런 기간이에요."

"그래서 스페인 여행도 함께 가시는 건가요?"

"오야마 씨가 꼭 함께 가자는데 어쩌겠어요. 하긴 마침 좋은 기회예요. 이번 여행을 끝으로 오야마 씨와는 헤어질 생각이에요. 진짜로." 요코타 소노코는 나오미 쪽으로 몸을 내밀었다. "그래서 당신에게 모두 털어놓는 거예요. 나를 도와줬으면 해서."

"뭘 도와드려야 할까요?"

"가모타 씨는 지금 방에서 쿨쿨 자고 있어요. 돔 페리뇽을 연거푸 몇 잔이나 마신 데다 그중 한 잔에는 내가 수면제를 탔으니까. 이따 눈을 뜨면 내가 남겨둔 메모를 볼 거예요. 너무 기분 좋게 자고 있어서 깨우지 않고 나갑니다. 스페인에서 멋진 선물 사 올게요, 라고 썼어요. 근데 그 사람, 몹시 의심 많은 남자라서 여전히 나를 못 믿을 거예요. 아마 호텔 직원에게 내가 정말 혼자였느냐고 확인해보겠죠. 그야말로 아낌없이 돈을 풀어가면서."

"그러니까 이런 말씀이시군요. 혹시 가모타 씨에게서 당신에 대한 질문을 받더라도 절대 사실대로 말하지 말아달라는."

"간단히 말하면, 네, 그거예요. 입을 다물어준다면 가모타 씨가 당신에게 줄 돈의 두 배를 줄게요. 물론 무사히 그와 결혼한다면 그러겠다는 얘기."

나오미는 자신의 뺨이 딱딱해지는 것을 느꼈다. 가슴속이 불쾌감으로 뜨끈해지면서 거친 말을 내뱉고 싶은 충동에 휩싸였다.

하지만 그것을 억누르고 애써 입 끝을 올리며 웃음을 지었다.

"걱정하지 않으셔도 됩니다. 저희는 아무리 많은 돈을 쥐여줘도 고객의 가면 뒤에 감춰진 진짜 얼굴을 다른 분께 발설하는 일은 결코 없습니다. 그 민낯이 아름답다면 또 모르지만 추할 경우에는 더더욱 그렇지요."

그 말을 들은 순간, 요코타 소노코의 얼굴에서 표정이 사라졌다. 그것은 가면조차도 아니고, 그래서 더더욱 그녀의 내면에 존재하는 거센 증오가 넘쳐 나오는 것 같았다.

하지만 몇 초 뒤에 그 가면은 차갑게 웃는 얼굴로 바뀌었다.

"그래요? 그렇다면 다행이고." 요코타 소노코는 로비를 둘러보았다. "꽤 좋은 호텔이었어요. 두 번 다시 올 일은 없겠지만."

"만족하셨다니 참으로 영광입니다." 나오미는 그렇게 말하고 머리를 숙였다. "그럼 조심해서 가십시오."

상대의 대꾸는 들리지 않았다. 나오미가 얼굴을 들었을 때, 요코타 소노코는 정면 현관 앞에서 택시를 타고 있었다.

미야하라 다카시의 얼굴이 떠올랐다. 스페인 여행 동안 그가 얼마나 악전고투할지, 상상할수록 가엾기만 했다.

힘을 내요, 대장을 꼭 잘 지켜주고.

그나저나 미야하라가 2년 전에 결혼했다는 건 사실일까. 그걸 확인하지 않은 게 아주 조금 후회가 되었다.

루키 형사의 등장

1

문득 알아차렸을 때, 귀에 익은 착신 멜로디가 울렸다. 아니, 그보다 그 소리에 잠이 깬 것이리라. 윗몸을 일으키고 주위를 둘러보았다. 항상 자던 그 침대가 아니었다. 좀 더 큰 더블베드다. 그렇지, 여기는 내 방이 아니다. 어젯밤에 도내 호텔에 들어온 것이다. 지금 몸에 걸친 건 트렁크스 한 장뿐이다.

차광 커튼 틈새로 아침 해가 꽂혀 들었다. 덕분에 휴대전화를 찾아냈다. 나이트테이블 위에서 울리고 있었다.

착신 표시를 확인했다. 전화한 사람은 선배 모토미야였다. 야쿠자 뺨치는 무시무시한 얼굴이 눈앞에 선히 떠올랐다.

"예, 닛타 고스케입니다. 안녕히 주무셨습니까." 나이트테이블의 시계를 쳐다보며 말했다. 오전 8시를 넘어선 참이었다.

"어이, 바람둥이. 이제야 잠이 깼나." 모토미야의 컬컬한 목소리가 들렸다.

"진즉 일어났죠. 뭡니까, 바람둥이라니."

"그 말뜻 그대로야. 어제 화이트데이였으니까 분명 어딘가의 언니하고 호텔에서 죽치고 있겠지. 바다가 보이는 시티 호텔 같은 데서."

"에이, 무슨 말씀을, 그럴 리가 있습니까." 닛타는 전화기를 귀에 댄 채 침대에서 내려와 창가로 다가갔다. 소파 등받이에 검은 스타킹이 걸쳐져 있는 것을 곁눈질하면서 커튼을 열자 바로 앞에 도쿄 만의 바다가 보였다. "어제는 밤늦도록 제 방에서 승진 시험을 대비해 열심히 공부했습니다."

"흥, 바람피우는 것보다 출세욕이 더 강한 거야? 미국 물 먹은 엘리트는 뭐가 달라도 다르네."

"그보다 웬일이십니까, 이렇게 아침 일찍. 설마 사건은 아니죠?"

"설마가 사람 잡지. 경시청에 있는 자들이 인플루엔자로 몇 명 녹다운이라나 뭐라나, 아무튼 그 덕에 우리한테 일거리가 떨어졌어. 지금 즉시 회사에 나오라는데?"

"현장은 어딥니까."

"나도 몰라. 회사 나가보면 알겠지."

모토미야를 비롯해 수많은 경찰관이 자신들의 직장을 회사라고 말한다. 외부에서 이야기할 때, 주위 사람들에게 경찰 관계자라는 게 드러나지 않도록 하기 위해서라고 했다. 하지만 닛타는 이해할 수 없었다. 그렇게 신경 쓰인다면 경찰 업무는 외부에서 얘기하지 않으면 되는 거 아니냐는 생각이 들었다. 요즘 세상, 밀담 장소 따위는 어디에나 널려 있다.

즉시 출발하겠습니다, 라고 말하고 전화를 끊었다. 그러고는 욕실로 이동했다. 문 건너편에서 드라이어 소리가 들려왔다.

문을 노크했다. 대답이 없어서 이번에는 연거푸 세게 두드렸다. 그제야 드라이어 소리가 멈췄다.

"왜?" 긴장감이라곤 한 조각도 없는 여자 목소리가 돌아왔다.

"호출이야. 지금 즉시 나가봐야 해."

아이참, 이라는 불만스러운 목소리. "오늘은 느긋하게 우리 둘이서만 있을 거라고 했잖아."

"호출이 떨어질지도 모른다는 말도 했지. 아무튼 빨리 좀 나올래? 얼른 샤워도 하고 싶고 이도 닦고 싶어."

"잠깐만. 아직 화장을 안 했어."

"나중에 하면 되잖아. 나는 지금 나갈 거지만 넌 천천히 나와도 돼. 정산은 내가 해둘 테니까."

"안 돼."

"왜 안 되는데?"

"내 민낯, 자기한테 보이기 싫어."

"뭔 소리야, 이미 수없이 봤는데."

"그래도 다르다니까."

"뭐가 달라?"

"그건 진짜 민낯이 아니란 말이야. 민낯처럼 보이게 한 것뿐이지. 근데 지금은 진짜 민낯이야. 그러니까 안 돼."

그녀의 말에 닛타는 가벼운 두통을 느꼈다. 이건 또 뭔 소리람. 민낯에도 진짜와 가짜가 있다는 건가.

"그럼 우선, 민낯처럼 보이지만 실제로는 민낯이 아니라는 그 상태로 해줄래? 그거라면 빨리 끝날 거 아냐."

"아니, 그렇지도 않아. 도리어 손이 더 많이 가."

닛타는 미간을 찌푸렸다. 그러면 대체 무엇 때문에 그런 이상한 짓을 하는가. 여자친구가 생길 때마다 통감하는 것이지만 여자의 행동에는 이해할 수 없는 점들이 너무도 많다.

"얼마나 더 걸릴 거 같아?"

"음, 30분쯤?" 느긋한 말투로 대답해 온다.

"그렇게나? 조금만 더 서둘러줄 수 없어?" 저도 모르게 목소리가 뾰족해졌다.

"자기가 이렇게 빨리 일어날 줄은 생각도 못했단 말이야."

닛타는 조바심이 났다. 게다가 요의가 몰려온다. 지금 이러고 있을 때가 아니다.

바로 뒤편의 클로젯을 열고 양복 상하의와 와이셔츠, 그리고 넥타이를 꺼냈다. 양말은 침대 옆에 떨어져 있었다.

서둘러 옷을 입고 넥타이를 매고 구두를 신었다. 욕실 문을 두드렸다. "이봐, 어느 정도야, 화장은 끝났어?"

"아직 전혀. 오줌도 싸야 해서."

그 대답에 닛타는 허리 힘이 쑥 빠질 뻔했다. 이건 안 되겠다 싶었다.

"그럼 난 이만 간다. 뒷일은 잘 부탁해."

"앗, 가려고? 조금만 더 기다려줘. 모처럼 데이트하는 건데."

"안 돼, 나도 모처럼 수사 1과에 배속됐어. 이번 신입은 아무짝에도 못 쓸 놈이라는 소리는 듣고 싶지 않아. 자, 또 연락할게."

그녀가 불퉁불퉁 뭔가 부르짖는 소리를 들으며 닛타는 문을 열고 복도로 나왔다. 소개팅에서 만나 교제한 지도 이제 석 달째가 되어가지만 아무래도 서로 파장이 맞지 않는다. 이래서야 길게 가기는 힘들겠다고 생각했다.

2

사건은 화이트데이 밤에 일어났다.

심야 오전 2시 5분에 도쿄 주오 구의 고층 맨션에 사는 다도코로 미치요라는 여자에게서 경찰에 전화가 걸려 왔다. 러닝을 하러 나간 남편이 돌아오지 않는다는 것이었다. 그녀는 일부러 차를 몰고 러닝 코스까지 더듬어봤는데 남편을 찾아내지 못한 모양이었다.

가까운 파출소에서 순찰차가 출동해 러닝 코스를 중심으로 수색이 시작되었다. 이윽고 고토 구 에이타이 니초메의 인도에서 혈흔이 발견되었다. 거기서부터 주위를 살펴본바, 바로 옆의 펜스로 둘러싸인 공사장에 남자가 쓰러져 있었다. 남자는 스포츠웨어 위에 바람막이를 걸쳤지만 그 옷 위로 등과 복부를 칼에 찔린 상태였다. 곧바로 병원에 실려 갔지만 잠시 뒤에 사망이 확인되었다. 남자는 다도코로 미치요의 남편 쇼이치였다.

관할 경찰서뿐만 아니라 인근 경찰서에도 긴급 수배령이 떨어지고 주변 경비가 실시되었다. 하지만 범인인 듯한 인물은 결국 발견하지 못했다. 오전 6시가 되자 수배령은 해제되고 관할 경찰서에 특별수사본부를 개설한 것이었다.

첫 특별수사본부 회의 종료로부터 약 한 시간 뒤, 닛타는 얼그레이 찻잔을 마주하고 있었다. 괜찮다고 말했지만 상대로서는 아무것도 내놓지 않는 건 마음이 편치 않았던 것이리라.

"그러면 남편분의 러닝 습관에 대해 많은 사람들이 알고 있었다고 생각해도 무방하겠군요." 모토미야가 공손한 말투로 확인하고 있었다. 이 사람도 이런 말투를 쓸 줄 아는구나, 하고 닛타는 옆에서 들으면서 적잖이 감탄했다.

"네, 딱히 감출 일도 아니고, 오히려 남편은 사람들에게 자랑스럽게 얘기했었어요. 1년 넘게 계속해왔다는 긍지가 있었는지……." 다도코로 미치요는 침착한 목소리로 대답했다. 약간 고개를 떨구고 있었지만 소파에 앉은 자세는 등이 꼿꼿해서 강단 있게 느껴졌다. 나이는 서른일곱 살이라고 했는데 좀 더 젊게 보였다. 오늘은 약간 수수한 인상이지만 화장을 어떻게 하느냐에 따라 화려하게 변신하는 것도 가능할 터였다.

"달리는 코스에 대해서는 어떻습니까. 다른 사람들에게 자세히 얘기하곤 했던가요?"

"글쎄요, 그건……." 다도코로 미치요는 고개를 갸우뚱하며 말했다. "잘 모르겠어요. 하지만 그리 자세한 얘기는 하지 않았을 것 같아요. 저만 해도 대강만 알고 있었으니까요. 그날그날의 날씨나 몸 상태에 따라 코스를 바꾸기도 한 모양이에요."

"시간은? 어젯밤에는 오후 11시경에 집에서 나가셨다던데, 그건 날마다 정해놓은 일이었습니까."

"그렇죠, 네에, 대개는 그 정도 시간에 집을 나갔어요."

"그럼 돌아오시는 건?"

"12시 전이에요. 40분쯤 들여서 7킬로미터를 달린다는 얘기를 자주 했었어요."

러너로서는 그리 대단하지는 않네, 라고 닛타는 머릿속에서 시간을 계산해보며 생각했다. 하지만 마흔여덟 살이라는 나이를 고려하면 대부분 그런 정도일 것이다.

닛타는 주위로 시선을 내달렸다. 눈앞에 놓인 것은 얼핏 보면 단순한 유리 테이블이지만 밑받침으로 흰 대리석이 사용되었다. 그리고 검은 가죽 소파는 아마도 니콜레티 브랜드일 것이다. 본가에서 집 인테리어를 새로 할 때, 카탈로그에서 본 기억이 있다. 너무 뻔한 선택이라면서 아버지는 싫어했지만 닛타는 나쁘지 않은 소파라고 생각했었다.

역시 이번 피해자는 상당히 성공한 인물인 모양이다. 고급 타워 맨션을 올려다봤을 때부터 느낀 것이지만, 둘이서 살기에는 지나치게 넓은 거실로 안내를 받아 이렇게 조명이며 장식품을 바라보는 사이에 그 생각은 확신으로 바뀌었다.

사업상 트러블인가, 라고 닛타는 상상력을 펼쳐보았다. 살해된 다도코로 쇼이치는 수많은 음식 체인점을 경영하는 사업가다. 성공한 인물 중에는 누군가를 짓밟고 올라온 자도 적지 않다. 짓밟힌 자 역시 언제까지고 입 다물고 있지는 않는다. 한밤중에 태평하게 달리기를 하고 있다는 걸 알았다면 칼을 들고 숨어서 기다리자는 마음도 들 것이다.

"최근에 러닝에 관해 남편분이 뭔가 얘기한 적은 없습니까." 모토미야가 질문을 이어가고 있었다. "수상한 사람을 봤다든가 누군가 미행을 했다든가."

다도코로 미치요는 생각에 잠긴 표정을 보이고는 고개를 가로저었다. "아뇨, 그런 얘기는 들은 적이 없어요."

"그러면 이상한 전화가 걸려 왔다든가 메일이 왔다든가 하는 얘기는?"

"아무 얘기도 없었던 것 같아요."

"회사 쪽은 어떻습니까, 남편분이 다양한 외식 사업을 하셨다던데, 혹시 인간관계에서 다툼이 있었다든가 하는 얘기는 못 들으셨습니까."

"글쎄요, 저는 남편이 하는 일에는 일절 관여하지 않아서……."

"그렇습니까." 모토미야는 손끝으로 가느다란 눈썹 끝을 긁적였다. 눈썹 위에 5센티미터 정도의 흉터가 있다.

다도코로 미치요가 코를 훌쩍였다. 그러고는 무릎 위에 움켜쥐고 있던 손수건을 눈가에 댔다. 희고 가느다란 약지에서 한눈에 해리 윈스턴이라는 것을 알 수 있는 다이아몬드 반지가 반짝 빛났다.

닛타는 벽 쪽으로 시선을 던졌다. 아마도 이탈리아제인 듯한 사이드보드 위에 투명한 케이스가 놓였고 그 안에 여섯 개의 검은 와인 잔이 줄지어 서 있었다.

"바카라[✦]의 '다크사이드 컬렉션 욍 파르페[✦✦]'로군요." 닛타는 말했다.

"네?" 다도코로 미치요가 붉어진 눈으로 이쪽을 보았다.

"사이드보드 위의 와인 잔 말이에요. 여섯 개의 잔 중에 완성품은 한 개뿐이고 나머지 다섯 개는 어딘가 결함이 있는 불량품이지요? 일부러 완전한 한 개와 불완전한 다섯 개를 한 세트로 만들어 철학적인 의미를 부여한 상품이라고 하던데요. 상당히 희귀한 물건입니다만, 직접 구입하신 건가요?"

다도코로 미치요는 후우 숨을 토해냈다.

✦ 프랑스 북부의 도시. 세계적으로 유명한 고급 크리스털 제품의 생산지이자 상품명.

✦✦ 프랑스어로 '하나의 완성품'이라는 뜻.

"아주 잘 아시네요. 남편이 내게 선물한 거예요, 결혼 1주년 기념으로."

"그러셨군요. 바카라를 좋아하십니까."

"바카라뿐만 아니라 제가 하는 일이 그쪽이라서 식기에 관심이 많아요."

"일이라면, 어떤?"

"요리교실요. 한 회 수강생이 겨우 몇 명 정도밖에 안 되는 작은 규모지만. 남편과는 거기 수강생의 소개로 알게 됐어요."

"그러셨습니까. 실례지만, 결혼은 언제 하셨지요?"

"3년 전 가을에요."

옆에 있던 모토미야가 놀란 듯 얼굴을 들었다. "이제 겨우 3년?"

네, 라고 다도코로 미치요는 고개를 끄덕였다. "겨우 3년이에요."

억지로 웃으려고 한다는 것을 닛타도 눈치챘다. 저절로 가슴이 뭉클해졌다.

"반드시 범인을 체포하겠습니다." 닛타는 그녀의 눈을 지그시 바라보며 말했다.

그 뒤에도 모토미야가 몇 가지 질문을 던졌지만 피해자의 부인에게서는 딱히 수사에 도움이 될 만한 대답은 나오지 않았다. 뭔가 생각나면 연락해달라는 말을 남기고 두 사람은 그만 일어나기로 했다.

집을 나서자마자 모토미야는 복도를 걸어가며 말했다. "괜찮은 여자야. 남편이 그런 일을 당하면 막 울고불고할 텐데 전혀 약한 모습을 보이지 않잖아. 미인일 뿐만 아니라 마음도 아주 다부진 여자야."

"동감입니다." 닛타는 눈물로 글썽이던 다도코로 미치요의 눈을 떠올렸다.

특별수사본부에 돌아와 계장 이나가키에게 보고했다. 이나가키는 "수고했어"라는 대답을 할 뿐이었다.

"다른 쪽은 좀 어떻습니까." 닛타가 물었다.

"다른 쪽?" 이나가키가 흘끔 올려다보았다. "뭐야, 다른 쪽이란 게?"

"수사 상황 말입니다. 뭔가 단서가 될 만한 게 나왔습니까?"

이나가키는 고개를 돌려 손 밑의 자료에 시선을 떨구었다. "자네는 그런 건 생각하지 않아도 돼."

그래도, 라고 말한 참에 귀를 붙잡혔다. 모토미야였다. 그대로 끌려 나왔다.

"아야얏, 왜 이러십니까."

이나가키에게서 한참 멀어진 참에야 겨우 귀를 놓아주었다.

"자네는 대체 무슨 생각을 하는 거야?" 모토미야가 혀를 끌끌 찼다. "신입이면 신입답게 얌전히 대기하고 있어야지."

"그래도 정보는 공유해야지요."

"그걸 누가 모르냐? 그래서 수사회의라는 게 있잖아. 형사 한

명 한 명에게 죄다 설명해주다가는 계장님은 몸이 열 개라도 모자랄 거 아냐."

"지금 그렇게 바쁘신 거 같지도 않은데요?"

"시끄러워. 이러니저러니 따질 시간 있으면 일찌감치 보고서나 작성해둬." 모토미야는 닛타의 가슴팍을 손끝으로 쿡쿡 찌르고 빙글 발을 돌려 사무실을 나갔다.

닛타는 자신의 짐을 놓아둔 자리로 돌아와 컴퓨터를 켰다. 인터넷으로 검색해보니 요리교실 사이트가 금세 나왔다. 홈페이지에 '긴급'이라는 제목으로 '개인 사정으로 이번 주 수업은 휴강합니다. 다음 일정은 추후에 연락드리겠습니다'라는 공지 사항이 떠 있었다.

요리교실은 교바시 쪽에 있는 모양이었다. 수강생들이 웃는 얼굴로 도마에 칼질을 하는 사진이 올라와 있었다. 시식회라는 제목의 사진에는 다도코로 미치요의 모습도 보였다.

〈수강생의 의견〉이라는 것이 있어서 클릭해보았다. 줄줄이 글이 이어졌다. 다음과 같은 내용이었다.

'요리에는 원래 소질이 없었는데 예상했던 것보다 훨씬 수월하게 실력이 늘어서 놀랐어요. 선생님이 정말 활기차고 명랑한 분이고 교실 분위기도 좋아서 마음이 놓입니다. 계속 배워볼 생각이에요.'

'미치요 선생님이 꼼꼼하고 빈틈없이 가르쳐주셔서 큰 도움이 되었어요. 요리 중간중간에 들려주시는 이야기도 재미있어서 마음 편히 수업을 들을 수 있답니다. 앞으로도 잘 부탁드립니다.'

'사십 대 남자입니다. 한 반의 인원이 아주 적어서 선생님이 항상 옆에서 직접 가르쳐주시니 요리 경험이 전혀 없던 나도 제법 잘 따라가고 있습니다. 고맙습니다.'

그 밖에도 많았다. 설마 이런 곳에 요리교실에 대한 불만을 올릴 사람은 없겠지만, 다도코로 미치요가 수강생들에게 인기가 있다는 건 틀림없는 사실 같았다.

특별수사본부가 개설되면 그대로 사무실에서 잠까지 자는 형사가 많지만, 닛타는 아자부주반의 집으로 돌아왔다. 우선 개인용 메일부터 확인하니 몇 건이 들어와 있었다. 모두 그리 중요하지도 긴급하지도 않은 것이지만 그중 하나는 어머니가 보낸 것이었다. 다음 달에 귀국할 예정이니 만나서 식사할 수 있는 날을 만들어두라는 지시였다.

여전히 뭘 모르시네, 라고 닛타는 한숨을 내쉬었다. 그런 얘기를 해봤자 수사가 어떻게 진행될지 모르는 것이다. 상황에 따라서는 앞으로 한참 동안 휴일도 없이 뛰어다녀야 할지도 모른다.

닛타의 부모님과 여동생은 현재 시애틀에서 살고 있다. 아버지가 일본계 기업의 고문 변호사로 근무하고 있기 때문이다. 닛타는 그 시애틀 집에서는 살아본 적이 없지만, 역시 아버지의 회사 사정으로 십 대 초반의 2년여를 로스앤젤레스에서 보냈다. 모토미야가 그를 미국 물 먹은 엘리트라고 놀려대는 건 그런 이력 때문이었다.

고등학교 때부터는 일본 학교에 다녔다. 대학 법학과에 입학한 건 경찰 일에 흥미가 있어서였다. 하지만 그런 얘기를 들은 아버지는 어이없어했다.

"형사사건을 다룬다는 건 손해 보기 딱 좋은 일이야. 형법 자체가 고대 함무라비 법전과 별반 차이가 없어. 물건을 훔친 자는 감옥에 처넣는다, 사람을 죽인 자는 사형시킨다, 그야말로 단순하고 야만적인 세계라고. 게다가 변호사를 목표로 한다면 또 모르겠지만 경찰이라니, 나 원 참. 어때, 진로를 바꿔볼 생각은 없어?" 미국에서 국제전화로 그런 말을 해 왔다.

그럴 생각은 없다고 딱 잘라 대답했다. 어려서부터 미스터리 소설을 좋아해서 항상 지능범과의 대결을 꿈꿔왔다. 변호사가 되어서는 범인과 싸울 수 없다.

어머니에게 '어려운 사건을 맡았어요. 다음 달 일정은 아직 짜기가 어렵습니다'라는 답장 메일을 보냈다.

양복을 벗고 스포츠웨어로 갈아입은 뒤, 휴대전화 등을 넣은 데이백을 등에 짊어지고 집을 나섰다. 택시로 다도코로 부부의 맨션 앞에 도착하자 거기서부터 천천히 달리기 시작했다. 시각은 오후 11시를 넘어선 참이고, 뛰어가는 곳은 다도코로 쇼이치가 달렸던 러닝 코스다.

3월 중반을 지났다지만 아직도 겨울의 차가운 기운이 남아 있었다. 달리다 보니 몸속은 훈훈해졌는데 역시 귀가 따끔거리고 손이 얼었다. 모자와 장갑을 가져오지 않은 것을 후회했다.

잠시 뒤에 사건 현장 근처에 도착했다. 바로 옆에 스미다가와 강이 흘러가는 주택지였다. 완만한 커브를 그리는 외줄기 길이 뻗어 있어서 그 길로 북쪽으로 쭉 가면 에이타이바시 다리가 나올 터였다.

문제의 공사장이 보였다. 인도와 펜스로 구분되어 있었다. 닛타는 달리는 속도를 늦추고 이윽고 걷는 걸음으로 바꾸었다. 천천히 발을 움직이며 주위를 둘러보았다.

도로 폭은 넓은 편이지만 일방통행이었다. 그래서 그런지 자동차는 거의 오고 가지 않았다. 가로등이 적어서 가로수 밑은 컴컴했다.

이미 처리했는지 혈흔 등은 눈에 띄지 않았다. 닛타는 발을 멈추고, 달려온 길을 돌아보았다. 범인의 행동을 머릿속으로 상상해보았다.

도난당한 물건이 없었으니 우발적인 범행이라고는 생각할 수 없다. 다도코로 쇼이치의 러닝 습관을 잘 아는 자가 잠복하고 있었다고 생각하는 게 가장 타당할 것이다. 피해자는 처음에는 배를 찔리고 그다음에 등을 찔렸을 가능성이 높다고 했으니까 범인은 몸을 숨기고 있다가 타이밍을 노려 피해자 앞으로 뛰어나왔다는 얘기다.

대체 어디에 숨어 있었을까. 가능성이 높은 건 역시 공사장 펜스 안쪽이다. 재빨리 빠져나올 만큼 틈새를 열어놓고 목표물이 다가오기를 기다리면 된다. 실제로 펜스 바로 안쪽의 땅바닥에서 담배꽁초 다섯 개가 발견되었다. 모두 똑같은 브랜드의 담배, 내버린 지 얼마 안 된 것이었다. 피해자가 오기를 기다리던 범인이 피운 것일 가능성이 높다. 그 브랜드의 담배를 피우는 인물로 뭔가 짚이는 것이 없느냐고 모토미야가 다도코로 미치요에게 물었지만, 알지 못한다는 대답이 돌아왔다. 그녀의 말에 따르면, 요즘에는 주위에 담배를 피우는 사람이 거의 없다고 한다. 그 말을 들은 헤비스모커 모토미야는 적잖이 거북스러운 기색이었다.

닛타는 펜스로 다가가 그중 한 장을 옮겨보려고 했다. 하지만 의외로 묵직해서 한 손으로는 간단히 들리지 않았다. 허리를 낮추고 양팔로 껴안다시피 들어 올렸다. 그때였다.

"이봐, 거기서 뭐 해?" 어디선가 남자 목소리가 들려왔다.

소리 나는 쪽을 보니 제복 경관이 급히 뛰어오는 참이었다.

"아, 아뇨, 아무것도." 닛타는 손을 저었다.

"그럴 리가 없어. 당신, 여기서 대체 뭐 하고 있었어?" 경관의 얼굴이 험악해졌다.

"글쎄 아무것도 안 했다니까요. 수상한 사람 아니에요."

자리를 뜨려는 닛타의 팔을 경관이 붙잡았다. "이봐, 잠깐 기다려.”

“엇, 왜 이래요?”

“나하고 같이 가자고. 신원을 확인해야겠어.”

“예에?”

우당탕탕 발소리가 나더니 또 다른 경관이 나타났다. “어이, 무슨 일이야?”

“수상한 자야!” 닛타의 팔을 잡고 있던 경관이 소리쳤다. “연행해야겠어. 여기 좀 도와줘.”

“어휴, 일이 왜 이렇게 꼬이는 거야.” 닛타는 부르짖었다.

3

“뭐, 동정의 여지가 없네.” 껌을 씹으며 모토미야는 말했다. “전날 밤에 살인 사건이 난 현장에 묘한 차림새로 나타나 묘한 행동을 하는 자가 있으면 당연히 순찰 중인 경관으로서는 수상한 인물로 생각할 수밖에.”

“저도 형사라고 말했다니까요, 몇 번이나.”

“그걸 덥석 받아들여서야 경찰이 경비하는 의미가 없지. 아무튼 오해가 풀리고 사과도 받았으니까 잘됐잖아. 그보다 우리 몰래 앞질러서 현장검증을 해본 성과는 어땠어? 뭔가 번뜩 떠오르는 거라도 있었나?”

"번뜩 떠올랐다고 할 정도는 아니지만, 한 가지 마음에 걸리는 게 있었어요."

"호오, 어떤 건데?"

"범인은 뒤쪽에 숨어서 러닝 중의 피해자를 기다리다가 불쑥 앞쪽으로 파고들어 칼로 찔렀다, 현재까지 다들 그런 식으로 생각했었잖아요. 하지만 그 방법이라면 누군가에게 목격당할 우려가 있어요. 범인이 숨어 있었다면, 이를테면 피해자와는 반대 방향에서 누군가 행인이 왔어도 전혀 알아차리지 못하거든요. 현장은 컴컴하고 게다가 길이 굽어져서 멀리까지 보이지 않았어요. 그 증거로, 저도 순찰 중인 경관이 근처에 있다는 걸 미처 알아차리지 못했잖아요. 계획적인 범행이라면 그런 리스키한 방법을 쓸 리가 없어요."

모토미야가 미간에 주름을 잡으며 닛타의 얼굴을 빤히 쳐다보았다.

"왜요?"

"아니, 제법 정통한 의견이다 싶어서. 그래서 자네 생각에는 어떤 것 같아?"

닛타는 어깨를 움츠렸다. "모르겠어요."

"뭐야, 모른다고?"

"그러니까 번뜩 떠올랐다고 할 정도는 아니라고 말했잖습니까."

흥, 하고 모토미야는 코웃음을 쳤다.

"현장 근처에서 담배꽁초가 발견됐지? 아까 얼핏 들었는데 공사장 관계자는 아무도 모른다고 한 모양이야. 그러니 역시 범인이 피운 게 아니냐는 걸로 결론이 난 것 같아. 혈액형 등의 분석도 하고 있어. '리스키하다'라는 폼 나는 말을 쓰셨지만, 이런 사건의 범인이란 전후좌우를 그렇게 깊게 생각하지도 않아. 목격자가 없는 건 단순히 범인이 운이 좋았을 뿐이지."

"그런가요?" 석연치 않았지만 더 이상 아무 말도 하지 않기로 했다.

두 사람은 지하철에 타고 있었다. 살해된 다도코로 쇼이치의 사무실에 가기 위해서였다. 그 도중에 어젯밤의 일을 이야기한 것이다.

사무실은 롯폰기 거리의 빌딩 안에 있었다. 닛타 일행을 맞은 것은 이와쿠라라는 인물이었다. 다도코로 쇼이치의 부하 직원 중에서 가장 경력이 오래되었다고 한다.

"참으로 충격적이라는 것밖에는 뭐라 표현할 말이 없습니다. 우리도 어제부터 일이 전혀 손에 잡히지 않는 상태예요. 각 체인점 책임자들도 다들 어쩔 줄 모르고 있습니다. 어디 사는 누군지 모르지만 정말 엄청난 짓을 저질렀지 뭡니까." 이와쿠라는 검은테 안경 안쪽의 눈을 두리번거려가며 말했다.

"최근에 다도코로 씨 주변에서 업무상으로나 혹은 사적으로나 트러블은 없었습니까?" 모토미야가 물었다.

"트러블이라고 할까, 업무상 다투는 건은 몇 가지나 있었죠.

하지만 모두 대화로 얼마든지 풀어나갈 수 있는 일이라서 이번 사건과 관계가 있다는 생각은 전혀 들지 않습니다."

"업무상 개인적으로 원한을 살 만한 일은 없었어요? 이를테면 누군가를 강제로 해고했다든가."

이와쿠라는 등을 꼿꼿이 세우고 "천만에요"라면서 손을 홰홰 내저었다.

"사장님은 일에는 엄격한 분이지만 도리에 어긋나는 일은 절대로 하지 않았습니다. 사람을 쓸 때는 철저히 알아보고 일을 맡길 만하다고 판단될 때까지 충분히 시간을 들이는 편이었어요. 바꿔 말하면 일단 사람을 쓴 이상, 웬만해서는 자르는 일이 없었습니다. 그러니 각 체인점 점장 등도 사장님의 의리에 반해 열심히 일을 했지요."

"하지만 그런 기대가 클수록 압박감을 느끼는 사람도 있지 않았을까요. 그런 걸로 노이로제에 걸렸다든가."

이와쿠라는 천만의 말씀이라는 듯 머리를 가로저었다.

"사장님은 그런 식으로 직원들을 몰아붙이는 분이 아니었어요. 그러기는커녕 오히려 각자의 정신적인 면을 항상 고려해주셨죠. 이를테면 직원들에게 항상 일보다 가정을 우선하라는 얘기를 하셨어요. 나한테도 아무리 일이 바빠도 가족과 함께하는 시간을 꼭 확보하라고 지시하곤 했으니까요."

"미국식이군요." 닛타가 말했다.

이와쿠라가 꾸벅 고개를 끄덕였다.

"그렇죠. 얼마 전에도 이런 일이 있었습니다. 작년에 딸을 낳은 직원이 있는데 그 친구가 밤늦게까지 잔업을 하는 걸 보고 사장님이 나무랐어요. 왜 그런 줄 아십니까?"

알지 못했기 때문에 닛타 일행은 말없이 고개를 저었다.

"그날이 3월 3일이었거든요. 바로 딸아이가 태어나 처음 맞는 명절날 아닙니까.✦ 그걸 잘 아니까 사장님이 왜 이런 중요한 날에 일찍 집에 가지 않았느냐고 꾸짖으셨죠. 제 식구 귀한 줄 모르는 자는 고객도 귀하게 대접하지 못한다, 그러니 일을 잘할 수 없다, 라는 게 지론이셨어요."

"그렇군요. 이건 우리 집사람 귀에 들어가면 안 될 얘기네." 모토미야의 말에는 현실적인 진심이 담겨 있었다.

이와쿠라 이외의 직원에게도 탐문을 해봤지만 모두 그 비슷한 말을 했다. 다도코로 쇼이치는 성인군자까지는 아니어도 나름대로 인망이 두텁고 직원들에게 사랑받는 경영자인 것 같았다. 무엇보다 가족 행사를 잘 챙기라는 주의를 받은 사람이 한둘이 아니었다.

"아무래도 사업상의 문제는 아닌 것 같아." 사무실에서 나온 뒤에 모토미야가 맥 빠진 어조로 말했다. "직원들의 평판도 좋고 거래처에서 원한을 산 듯한 기미도 없어. 게다가 그쪽으로도 깨

✦ 매년 3월 3일에 치르는 히나마쓰리는 여자아이들의 무병장수와 행복을 비는 일본의 전통 명절 행사이다.

끗했었다니, 이건 뭐 쑤셔볼 데가 없잖아."

그쪽, 이라는 건 여자관계다. 다도코로 쇼이치에게 따로 여자가 있었을 가능성에 대해 은근슬쩍 물어봤지만 모든 직원이 딱 잘라 부정했다. 가족을 무엇보다 소중하게 여기는 사장님에게 절대로 그런 일은 있을 수 없다는 것이다.

"하지만 누구라도 이면의 얼굴이라는 게 있는 법이죠. 그래서 지금 클럽에 찾아가보는 거잖아요."

"그렇긴 한데, 아무래도 빗나갈 것 같은 예감이 들어."

두 사람이 향하는 곳은 다도코로 쇼이치가 접대에 자주 이용했던 클럽이었다. 사무실에서 걸어갈 수 있는 거리라고 했다. 어쩌면 그곳에 깊은 관계를 맺은 호스티스가 있지는 않을까, 하고 엷은 기대감을 품고 있었다.

하지만 솔직히 말하자면 닛타도 모토미야와 같은 생각이었다. 아마도 이번 피해자에게는 따로 여자는 없었을 터였다. 인간성 문제 이전에, 물리적으로 어려운 일이었다. 이와쿠라와 직원들의 얘기를 들으면서 생각했지만, 다도코로 쇼이치는 매일매일 엄청나게 바쁜 시간을 보냈다. 바람 따위를 피울 여유 자체가 없었다.

롯폰기 거리의 인도는 변함없이 사람들로 붐볐다. 특히 외국인이 많았다. 닛타 일행 앞에서 한 흑인 남자가 젊은 여자에게 말을 걸고 있었다.

닛타가 문득 발을 멈췄다. 갑작스럽게 번쩍 생각나는 것이 있었다.

모토미야가 이상한 낌새를 채고 돌아보았다. "왜 그래?"

"잠깐 차나 한잔하고 갈까요."

"뭐라고?"

"상의할 게 있어요. 신입 형사의 얘기 좀 들어주시겠습니까."

"근데 그거," 모토미야가 쏘아보며 말했다. "사건에 관한 얘기야?"

"물론 그렇죠."

무시무시한 얼굴의 선배 형사는 진위를 가늠하는 눈빛으로 닛타를 바라보더니 "흥, 그렇다면 어디 한번 들어볼까"라고 대답했다.

셀프 커피숍이 눈에 띄어서 둘이 나란히 들어가 벽 쪽 자리를 확보했다. 바로 옆에 젊은 샐러리맨인 듯한 두 남자가 있었지만 모토미야의 얼굴을 보더니 금세 자리를 털고 일어섰다.

"아까 그 얘기인데요, 범인이 현장에 숨어 있다가 피해자가 뛰어오는 참에 갑작스럽게 덮치는 건 뭔가 부자연스럽다고 제가 말씀드렸잖아요."

"응, 거기 대해 뭔가 또 생각났어?"

예에, 라고 닛타는 목소리를 낮춰 말을 이었다. "불러 세웠던 거 아닐까요."

"불러 세워?"

"달려오는 피해자를 칼로 찌르자면 둘이 마주치는 딱 한 순간

밖에는 기회가 없습니다." 닛타는 양손의 검지를 세우고, 오른쪽 검지를 왼쪽 검지 쪽으로 움직였다. "하지만 이렇게 하는 건 그 순간에 누군가 행인이 나타나기라도 하면 범행을 목격당할 우려가 있어요. 근데 피해자를 불러 세워 일단 발을 멈추게 하면 행인이 있는지 없는지 확인한 뒤에 칼로 찌르는 게 가능합니다. 혹시 누군가 행인이 나타난다면 범행을 중지하기만 하면 되니까요."

모토미야는 커피를 후루룩 마시고 슬쩍 고개를 끄덕이며 팔짱을 꼈다. "흠, 그럴싸하네."

"문제는 불러 세우는 방법입니다. 선배님이라면 어떻게 했을까요? 한창 달리고 있을 때, 어떤 식으로 불러 세우면 발을 멈출까요."

"어떤 식으로?" 모토미야는 얼굴을 찌푸리며 생각해보고는 대답했다. "어떤 식이고 뭐고 없어. 그냥 부르면 발을 멈추는 거 아니야?"

"그럴까요? 이를테면 컴컴한 데서 누군가 갑작스럽게 부른다면 깜짝 놀라 발을 멈추기는 하겠지만, 그렇게 되면 일단 경계부터 하겠죠."

"오호, 그럴지도 모르겠네. 그렇다면 범인이 길가에 서 있었다는 얘긴가?"

"그건 아닐 거예요."

"어째서?"

"달리기를 하는 사람은 항상 전방을 바라보게 됩니다. 길가에 누군가 서 있다면 피해 가려고 했겠지요."

"현장 사진을 봤는데, 인도가 상당히 좁았어."

"그러니 더더욱 그렇죠. 게다가 분명 인도는 좁았지만 그 시간대에 자동차의 통행은 거의 없었어요. 좁은 인도에 사람이 서 있다면 러너는 차도로 내려와 달렸을 거예요. 그 길이 일방통행이라 뒤에서 차가 덮칠 걱정은 없으니까요. 차도로 내려가 달리는 사람을 불러 세우려면 상당히 큰 소리로 불러야 합니다. 하지만 길가에 서 있던 사람이 그런 식으로 불러대면 역시 누구라도 일단 경계부터 하지 않겠습니까?"

모토미야는 답답한 듯 머리를 긁적였다. 호주머니에서 은박지를 꺼내 씹던 껌을 뱉었다.

"러닝이라곤 해본 적이 없어서 상상이 안 되네. 대체 무슨 말을 하려는 거야. 괜히 뜸 들이지 말고 냉큼 답을 말해봐."

닛타는 입가를 풀며 빙긋이 웃었다.

"저는 이 방법밖에 없다고 생각해요. 범인은 피해자의 뒤쪽에서 말을 걸었던 겁니다."

"뒤쪽에서?"

"잠깐 실례합니다, 라고 해도 좋고, 뭔가 떨어졌어요, 라고 했을 수도 있어요. 부르는 소리를 얼른 알아듣지 못하더라도 몇 차례 반복해서 부르면 이윽고 발을 멈추게 마련입니다."

"몇 차례 반복해서 부르다니, 피해자는 달리고 있었어."

"그렇죠. 그러니까 범인도 달렸다는 얘기가 됩니다. 부인의 말에 따르면 피해자는 7킬로미터를 40분 정도의 속도로 달렸어요. 시속 약 10킬로미터지요. 대단한 속도는 아니지만 계속 뒤따라가는 건 그리 간단하지 않습니다. 게다가 뒤쪽에서 발소리를 내며 쫓아가면 피해자가 경계할 우려도 있어요."

"그렇다면……."

"조금 전에도 말했지만 그 길은 일방통행이에요. 자동차나 오토바이는 이용할 수 없습니다."

모토미야의 눈이 날카롭게 번뜩였다. "그러면 자전거?"

닛타는 조용히 고개를 끄덕였다.

"범인은 사건 현장보다 훨씬 이전의 어딘가에서 잠복하고 있었어요. 자전거 안장에 올라탄 채로. 그러다 피해자가 지나가는 것을 확인하고 자전거로 그 뒤를 쫓아가 등 뒤에서 말을 걸었습니다. 그 공사장 부근에서 멈추도록 타이밍을 쟀을 수도 있어요. 피해자가 발을 멈추자 그에게 다가가 목격자가 없는 것을 확인하고 칼로 찔렀다……. 어떻습니까."

모토미야는 입가에 주먹을 대고 생각에 잠겼지만 이윽고 검지를 닛타에게로 향했다.

"그럼 그건 어떻게 되지? 현장 부근에 떨어져 있던 그 담배꽁초."

닛타는 고개를 가로저었다.

"그건 범인의 카무플라주 아닐까요. 거기에 잠복하고 있었다고 경찰이 착각하게 해서 수사를 교란시킬 목적으로."

모토미야는 아랫입술을 툭 내밀고 턱 밑을 긁적였다.

"그렇군. 앞뒤가 딱 맞아떨어지는 얘기이긴 해. 하지만 그걸로 어떻게 범인을 밝혀낸다는 거지? 현장 부근에는 방범 카메라가 없었어. 자전거를 이용했다는 것만으로는 탐문 수사를 해볼 방법이 없잖아."

"아뇨, 저는 꽤 큰 단서라고 생각해요. 우선 범인은 사건 현장에서 그리 멀지 않은 곳에 사는 사람이에요. 자전거를 타고 거기까지 왔으니까요."

"내 지인 중에 가와구치에서 우에노까지 자전거로 출퇴근하는 놈도 있어."

닛타는 얼굴 앞에서 손가락을 옆으로 흔들었다.

"범인의 심리를 한번 생각해보세요. 누구든 범행 후에는 최대한 신속하게 자취를 감추려고 하겠지요. 예상외로 일찌감치 사체가 발견되고 즉시 긴급 수배령이 떨어질 수도 있잖습니까. 장시간 자전거를 타고 가는 건 너무 위험하죠."

"흠, 그건 그럴지도 모르겠네." 모토미야는 떨떠름한 얼굴로 동의했다.

"그리고 또 한 가지 큰 열쇠가 바로 그 담배꽁초예요. 다섯 개가 모두 똑같은 브랜드의 담배였고, 피운 지 얼마 안 된 것이라는 게 감식 결과 판명되었어요."

"하지만 그건 카무플라주라면서? 범인이 피운 게 아니라면 단서가 될 수 없잖아."

"그럴까요? 자, 그럼 잠깐 묻겠는데요, 선배님이라면 남이 피운 담배꽁초를 어떻게 입수하시겠습니까. 다섯 개를 모두 똑같은 브랜드로, 게다가 피운 지 얼마 안 된 것이어야 합니다."

허를 찔린 듯 모토미야가 일순 눈을 크게 떴다.

"그러면 어딘가의 흡연실에서? 아니지, 그래서는 다섯 개는 좀 힘든가."

"네, 그건 좀 힘들죠. 게다가 많은 사람이 이용하는 흡연실이라면 다양한 브랜드의 담배가 뒤섞여 있습니다."

"그렇다면…… 음식점?"

"맞습니다. 요새 금연하는 식당이 많아졌지만 아직도 흡연석을 마련해놓은 음식점이 있어요."

"음식점 손님의 재떨이에서 담배꽁초를 슬쩍했다는 건가. 그럼 범인은 음식점 종업원?"

"아니, 그건 아닐 거예요. 근무 중에 가게를 빠져나와 범행을 저질렀다고는 생각할 수 없으니까요."

"그건 그렇지. 하지만 다른 손님의 재떨이에서 담배꽁초를 훔친다는 건 의외로 힘들어. 그 손님이 돌아간 직후를 노린다고 해도 주위에서 보는 눈이 있잖아."

"보통 음식점이라면 그렇죠. 하지만 아주 쉽게 남의 담배꽁초를 가져올 수 있는 음식점도 있습니다."

모토미야는 미간을 좁혔다. "그런 데가 있어?"

"있죠." 닛타는 아래쪽을 가리켰다. "이 커피숍은 전체가 금연석이라서 안 되지만요."

"이 커피숍?" 모토미야는 가게 안을 둘러보다가 흠칫 놀란 얼굴이 되었다. "아, 셀프 식당!"

"정답입니다. 셀프 식당이라면 자신이 사용한 재떨이를 직접 정해진 자리에 갖다 놓잖아요."

"오호, 그렇군. 재떨이를 내놓는 곳에 가보면 담배꽁초가 가득한 재떨이가 줄줄이 늘어서 있어. 거기라면 담배꽁초쯤은 마음대로 골라잡을 수 있지." 모토미야는 먼 곳을 응시하며 커피를 소리 내어 서둘러 마시고 닛타를 흘끔 쳐다보았다.

"제법이네, 신입 주제에."

"나쁘지 않은 추리였지요?"

"좋아, 그렇다면 클럽 탐문 조사는 나중으로 미뤄도 되겠어. 우선은 계장님에게 보고부터 해볼까."

"선배님의 아이디어라고 하셔도 괜찮습니다."

닛타의 말에 "뭐야?"라고 모토미야가 쓱 노려보았다. "이 녀석, 지금 나를 우습게 보는 거야?"

"앗, 죄송합니다!" 서둘러 사과했다. "선배님이 그런 쩨쩨한 짓을 하실 리가 없지요, 남의 공을 가로채는 그런 짓을."

모토미야는 엉덩이를 쳐들고 팔을 쭉 뻗어 닛타의 넥타이를 잡았다.

"이봐, 신입, 왜 우리가 둘이서 움직이는지 알아? 원래는 자네나 나나 관할 경찰과 한 팀으로 일할 거였어. 그러면 괜히 손만 많이 가는 일거리는 죄다 관할 경찰에게 떠넘기고 나는 나 하고 싶은 대로 움직일 수 있었다고. 근데 위에서 신입을 잘 돌봐주라고 얘기하니까 이렇게 한 팀으로 묶어주는 거란 말이야."

"네, 잘 알고 있습니다. 정말 죄송합니다." 닛타는 계속 머리를 숙였다.

"신입 교육이라는 귀찮은 일을 받아들였을 때는 나도 뭔가 특전이 있어야 할 거 아냐. 남의 공을 가로챈다고? 그런 쩨쩨한 짓, 당연히 해야지."

"예?" 닛타는 얼굴을 들었다.

모토미야는 넥타이를 놓아주고 으스스한 웃음을 건넸다. "알았으면 얼른 본부로 돌아가자고."

4

모토미야가 이나가키 계장에게 어떻게 얘기했는지는 모르지만, 현장 주변의 셀프 음식점 전체에 대한 철저한 탐문 수사가 결정되었다. 그렇긴 해도 흡연석을 마련해놓은 음식점은 이제 그리 많지 않다. 게다가 대부분의 음식점이 가게 안에 방범 카메라를 설치해둔 터라 그 영상을 확인하는 게 수사원들의 주요한 작업이었다. 현장에 떨어져 있던 담배꽁초의 상태 등으로 미루어 범인이 그런 음식점에 들어갔다면 오후 9시 이후일 것으로 추정되었다.

그 결과, 도요초에 자리한 햄버거 가게에서 수상쩍은 움직임을 보이는 인물의 영상이 발견되었다.

그곳에 찍힌 것은 서른 살 전후로 보이는 남자였다. 검은 점퍼에 면바지 차림, 머리에는 야구 모자를 쓰고 있었다. 흡연석에는 그 남자 외에 두 팀의 손님이 있었다. 기묘하게도 남자는 담배를 피우지 않았다. 오후 10시를 조금 지났을 무렵, 한 팀의 손님이 돌아갔다. 그러자 야구 모자의 남자는 천천히 자리에서 일어나 재떨이를 내놓는 곳으로 다가갔다. 그리고 점퍼 주머니에서 하얀 비닐봉지를 꺼내더니 재떨이 하나를 집어 들고 잽싸게 담배꽁초를 그 안에 넣었다. 그러고는 태연한 얼굴로 자리를 떴다.

이 햄버거 가게에는 다른 장소에도 방범 카메라가 설치되어 있어서 모든 카메라에 남자의 모습이 찍혔다. 그 영상 중에 비교적 얼굴이 또렷하게 보이는 몇 장면을 사진으로 인쇄해 수사원들에게 나눠주었다. 남자의 얼굴은 광대뼈가 튀어나왔다는 것, 턱이 뾰족하다는 것 등이 특징이었다. 그 사진을 들고 수사원들은 각자 담당 구역으로 향했다.

당연한 일이지만 닛타와 모토미야는 우선 다도코로 미치요를 찾아갔다. 그리고 거기서 큰 성과를 올리게 되었다. 사진을 본 그녀가 "이 남자라면 알고 있어요"라고 겁에 질린 눈빛으로 말했던 것이다.

"남편께서 아는 사람입니까."

모토미야의 질문에 다도코로 미치요는 고개를 저었다.

"아뇨, 남편은 모를 거예요. 그리고 이 사람도 우리 남편을 알지 못할 텐데."

"그러면 부인께서 아는 사람입니까."

네, 라면서 그녀는 말을 이었다. "요리교실 수강생이에요."

남자의 이름은 요코모리 히토시라고 했다. 주소는 고토 구 도요초, 문제의 햄버거 가게에서 200미터도 떨어지지 않은 곳에서 살고 있었다. 직장에 다니는 기색은 없고 종일 집 안에 틀어박혀 있는 일이 많다, 그리고 자전거를 소지하고 있다, 라는 것 등이 동향을 알아본 수사원에 의해 밝혀졌다.

수사진은 또 한 가지, 큰 수확을 얻어냈다. 요코모리가 훔쳐낸 담배꽁초의 주인을 찾아낸 것이다. 근처 회사에 근무하는 회사원으로, 햄버거 가게의 단골이었다. 혹시 다음에 나타나면 알려달라고 가게 측에 부탁해두었더니 곧바로 지금 와 있다는 연락이 들어왔다. 즉시 수사원이 햄버거 가게로 달려가 본인을 만났다. 그리고 DNA 감정에 대한 협조도 받기로 했다.

감정 결과, 담배꽁초가 그 회사원의 것이라는 게 판명되었다. 이로써 요코모리가 살해 현장에 담배꽁초를 버렸다는 것이 명백해졌다. 일이 여기에 이르자 드디어 요코모리에게 임의동행을 요구한다는 결단이 내려졌다.

모토미야가 어떤 작전을 폈는지는 잘 모르겠지만, 그가 직접 요코모리의 취조를 담당하게 되었다. 닛타도 기록 담당자로서 동석했다.

요코모리는 햄버거 가게에서 남의 담배꽁초를 가져온 것, 나아가 그것을 공사장에 버린 것은 인정했다. 하지만 범행에 대해서는 부인했다. 자신은 결코 사람을 죽인 적이 없다, 라고 주장하는 것이었다.

"그럼 왜 담배꽁초를 버리셨습니까." 이 시점까지 모토미야의 말투는 아직 공손했다.

요코모리는 귀찮다는 기색으로 대꾸했다.

"그냥 항의 차원에서 버린 거예요."

"항의 차원?"

"가끔 그 공사장 근처를 지나다니는데 소음이 심해서 미치겠더라고요. 그래서 작은 항의랄까, 뭐 그런 거였어요."

요코모리가 매우 침착하게 응한 것은 경찰에 결정적인 물증이 없다고 내다봤기 때문인 듯했다. 하지만 모토미야가 가택수색의 가능성을 슬쩍 내비치자 그 즉시 낭패한 기색을 보였다.

"가택수색이라니, 왜 그런 걸 당해야 하죠? 내가 뭘 어쨌는데? 대체 누가 살해됐는지는 모르겠지만, 아무 증거도 없이 남의 집을 마구 수색해도 됩니까?" 얼굴은 창백한데 눈 주위만 불그레한 기를 띠고 있었다.

"잘 모르시는 모양이네. 당신은 말이지, 이미 체포된 거나 마찬가지야."

"무슨 뜻입니까?"

"어이, 설명 좀 해드려."

모토미야의 말에 닛타는 당혹스러운 기색의 요코모리를 지그시 바라보았다.

"당신은 담배꽁초를 공사장에 버린 것을 인정했습니다. 그 행위는 경범죄법 제1조에 저촉됩니다. 구류는 1일 이상 13일 미만, 벌금은 1천 엔 이상 1만 엔 미만입니다."

"말도 안 돼……."

"어때, 잘 아셨나? 오늘 밤은 여기서 편히 쉬셔. 이 유치장이 꽤 지내기 좋다고들 하더라고." 모토미야는 흐뭇하게 말했다.

곧이어 요코모리의 집에 대한 가택수색에 들어갔지만 유감스럽게도 흉기는 발견되지 않았다. 만일 범행 때 사용했다면 분명 혈흔이 남아 있을 터인 장갑 같은 것도 발견되지 않았다. 하지만 방범 카메라에 찍힌 검은 점퍼는 있었다. 나아가 여섯 벌의 면바지와 일곱 켤레의 구두 전량, 그리고 야구 모자를 압수했다.

압수 물품을 조사한 감식과에 따르면, 검은 점퍼의 소매를 세제로 빤 흔적이 있었다. 세탁소에 맡기지 않은 건 점원이 수상하게 여기는 것을 걱정했기 때문일 터였다. 하지만 세탁소에 맡겼더라도 결과는 달라지지 않았을 것이다. 현재의 과학수사에서는 마이크로 단위까지 혈흔의 검출이 가능하다.

결국 점퍼 소매 끝에서 혈흔이 발견되었다. DNA 감정 결과, 다도코로 쇼이치의 것이라는 판정이 내려졌다.

처음에는 침묵으로 일관하던 요코모리였지만 증거를 들이대자 체념한 듯 범행을 인정하는 말을 하기 시작했다. 모토미야가 범행 동기를 추궁하자 그는 "다도코로 미치요를 내 것으로 만들기 위해서"라고 대답했다.

요코모리가 요리교실에 다니기 시작한 것은 작년 가을부터였다. 어느 날 문득 내 손으로 직접 빵을 구워보자는 마음이 들어 인터넷으로 검색해보니 다도코로 미치요의 요리교실이 나왔다. 그리고 첫 수업 날 그녀와의 만남은 요코모리의 말에 따르자면 '운명적인 만남'이었다.

사이트에서 사진을 봤을 때도 느꼈던 것이지만 직접 만나본 다도코로 미치요는 멋진 매력을 가진 여자였다. 겉모습만 아름다운 게 아니라 상대를 감싸주는 따스함이 있고 세심하게 배려할 줄 아는 총명함이 있었다. 요코모리를 대할 때는 특히나 다정다감했다. 그가 조금 실수를 하면 곧바로 격려하며 용기를 북돋아주었다. 그 목소리에는 누나가 남동생에게 보이는 듯한 친밀함이 담겨 있었다…….

"글쎄, 정말 그랬을까요." 요코모리가 이야기하는 도중에 닛타가 끼어들었다. "그 여자가 다정다감했던 건 당신이 요리교실 수강생이었기 때문이고, 누구에게나 똑같이 대했던 거 아니에요?"

"그렇지 않아요." 요코모리는 입을 툭 내밀었다. "나한테는 특별했어요. 빵 반죽을 할 때, 내 뒤에 서서 손을 잡고 가르쳐줬습니다. 그렇게 해준 사람은 나뿐이에요."

"그건 당신이 너무 서투르니까 그냥 두고 볼 수 없었기 때문이겠죠."

"아니라니까!" 요코모리는 책상을 내리쳤다.

"어허, 진정해, 진정해." 모토미야가 손을 흔들며 달래고 나섰다. "우선 이야기를 끝까지 들어보자고." 닛타를 향해 말한 뒤에 다시 요코모리를 돌아보았다. "한마디로, 당신은 그 요리교실 선생에게 한눈에 반했다는 얘기네."

요코모리는 불끈했다. "한눈에 반한 게 아니라 그건 운명적인 만남이었어요."

"그거야 뭐든, 이제 됐어, 됐어. 그래서 그 뒤에 어떻게 했어?"

"물론 그 뒤에도 계속 요리교실에 다녔어요, 내 일정이 허락하는 한."

요코모리는 작년 9월부터 휴직 중이었다. 회사에 가면 자꾸 가슴이 두근거려서 앉아 있기도 힘들고 이마에서 식은땀이 줄줄 흘렀기 때문이라고 했다. 병원에 갔더니 우울증이라는 진단이 내려졌다는 것이다.

덕분에 시간이 넉넉해서 날마다 요리교실에 나갈 수 있었지만 유감스럽게도 소수 정원제였다. 게다가 수강료도 만만치 않았다. 결국 일주일에 이틀이나 사흘 참석하는 게 고작이었다.

요코모리는 요리 수업 날이 오기를 안달복달 손꼽아가며 기다렸다. 다도코로 미치요를 만나는 것만이 인생 최대의 즐거움이었다. 오늘은 어떤 옷을 입고 올까, 헤어스타일은 어떻게 하고 올까, 그리고 나에게 어떤 웃는 얼굴을 보여줄까. 상상만 해도 마음이 둥실 떠올랐다.

이윽고 요리 수업만으로는 성에 차지 않았다. 미치요 선생에 대해 좀 더 깊이 알고 싶었다. 나아가 독점하고 싶은 욕망이 나날이 커져갔다.

어느 날, 교실에서 둘만 남게 되었다. 이 기회를 놓칠 수 없다는 생각에 마음을 굳게 먹고 고백했다. 좋아합니다, 진심으로 사랑합니다, 라고.

"그랬더니 다도코로 씨가 뭐라고 했지?" 모토미야가 물었다.

요코모리는 진한 한숨을 내쉬었다. "고맙다, 라고."

"고맙다? 응, 그래서?"

"그것뿐이에요." 요코모리는 희미한 웃음을 보였다. "그래서 물어봤어요, 선생님은 나를 어떻게 생각하느냐고."

"그에 대한 대답은?"

"착한 사람이라고 생각한다고 했어요. 수업도 열심히 잘 듣고 성실하다고."

모토미야가 양쪽 입 끝을 구부렸다. "그거 다행이네. 싫어하지는 않았잖아."

"그녀로서는 그렇게 대답하는 게 최선이었겠지요. 남편이 있는 처지니까." 요코모리는 차가운 표정으로 말했다.

"그건 아닌 거 같은데." 모토미야는 시들한 얼굴로 중얼거리다가 흠칫 놀란 듯 입을 열었다. "이봐, 혹시 그게 이번 일의 동기야?"

"그래요. 처음에 말했잖아요, 그녀를 내 것으로 만들고 싶었다고."

"남편을 살해한다고 그 여자가 당신 것이 된다는 보장도 없잖아."

요코모리는 겁내는 기색도 없이 흰자위가 번뜩이는 눈으로 모토미야를 노려보았다. "당신들은 몰라요."

"뭘 몰라?"

"모든 게 잘 풀릴 예정이었어요. 그 남자가 죽고 그녀는 자유의 몸이 됐잖아요. 자유롭게 연애도 할 수 있었다고요, 나하고. 그러면 우리 둘 다 지금까지보다 훨씬 더 행복하게 살 수 있었단 말입니다." 그렇게 말하고 요코모리는 증오가 터져 나오는 것처럼 입가를 뒤틀었다. "경찰이 모든 걸 엉망으로 만들어버렸어."

모토미야는 눈을 부릅뜨고 닛타 쪽을 보며 슬쩍 고개를 저었다. 이자는 제정신이 아니다, 라고 얼굴에 쓰여 있었다.

이어서 요코모리는 범행 순서를 상세히 진술했다. 피해자의 러닝 습관에 대해서는 다도코로 미치요에게서 들었고, 코스는 몇 차례 미행하면서 확인했다고 한다. 자신의 집이 바로 근처라는 것을 쉽게 짐작해버릴 우려가 있어서 자전거 이용을 감추려고 현장에 담배꽁초를 남겨두기로 했다. 게다가 그는 담배를 피우지 않았기 때문에 일석이조로 수사를 교란시킬 목적이었다. 해당 햄버거 가게에는 몇 번 드나든 적이 있어서 흡연석의 상황도 잘 알고 있었다.

범행 방법은 대부분 닛타가 추리한 그대로였다. 달려가는 다도코로 쇼이치를 자전거로 쫓아가 뒤에서 말을 건넸다. 다도코로 씨, 라고 이름을 불렀다. 피해자는 놀라서 발을 멈췄다. 그 공사장 바로 앞이었다.

요코모리는 자전거에서 내려 그에게 다가갔다. 경계하지 않도록 환하게 웃으면서 "오랜만입니다"라고 인사를 건넸다.

"피해자와 면식이 있었어?" 모토미야가 물었다.

요코모리는 고개를 저었다.

"내 쪽에서야 잘 알고 있었지만 그 사람은 나를 몰랐어요. 하지만 오랜만입니다, 라는 말을 들으면 누구라도 우선 기억을 더듬어보잖아요. 어디서 만난 사람인가 하고. 그 한순간의 공백을 노린 거예요."

행인이 없는 것을 확인하고 품속에 감춰뒀던 칼을 꺼내 복부를 찔렀다. 칼을 뽑아내자 피해자는 배를 움켜쥐고 주저앉았다. 그런 피해자의 팔을 끌고 미리 열어둔 공사장 펜스 틈새로 안에 들어갔다. 그리고 다시 한 번 등을 찔렀다. 피해자는 땅바닥에 쓰러져 움직이지 않게 되었다.

준비한 담배꽁초를 버리고, 공사장 밖으로 나와 펜스를 원래 자리에 맞춰놓은 뒤에 자전거에 올라타고 페달을 밟았다. 에이타이바시 다리가 나올 때까지 어느 누구와도 마주치지 않았다. 나는 운이 좋다, 신은 내 편이다, 라고 느꼈다…….

"당신에게 아주 좋은 걸 알려주지." 한바탕 이야기가 끝난 뒤에 모토미야가 말했다. "우리가 어떻게 당신에게 찾아가게 됐는지 알아? 방범 카메라에 찍힌 당신 얼굴을 보고 다도코로 미치요 씨가 우리한테 알려준 덕분이었어. 요코모리 히토시라는 자라고 이름까지 알려줬다고. 당신이 그토록 손에 넣고 싶어 하던 여자 때문에 잡혀 온 거야."

하지만 요코모리의 표정에는 변화가 없었다. "그래서요?"라고 시들하게 되물었다. "그게 어떻다는 겁니까."

"쓸데없는 짓을 했다는 얘기야. 당신이 한 짓은 아무 의미도 없어. 그저 인생을 망쳐버렸을 뿐이지."

그러자 요코모리는 딱하다는 눈빛으로 모토미야를 쳐다보며 억양 없는 목소리로 중얼거렸다. "당신들은 아무것도 몰라."

5

"진짜 정신 나간 놈이란 것밖에는 할 말이 없네. 형사 노릇 한 지도 벌써 몇 년째지만, 정신 나간 놈들이 점점 많아지고 있어. 금전 문제나 애증이 얽힌 문제처럼 오래전부터 있었던 범행 동기가 오히려 정상적인 것으로 보일 정도니, 나도 머리가 좀 어떻게 된 건가. 하긴 나야 이 일을 앞으로 몇 년이나 더 할지 모르는 사람이니까 그나마 괜찮지만, 자넨 이제 겨우 시작이야. 어이구,

고생문이 활짝 열렸구나. 딱하다, 딱해."

주위에 높직한 타워 맨션이 늘어선 보도를 걸으며 모토미야가 닛타에게 그런 농담을 하고 있었다. 올백의 헤어스타일이 말끔한 것은 이발소에 다녀왔기 때문이다. 그는 사건이 일단락되면 우선 이발소부터 간다고 했다.

"근데요, 정말 이걸로 다 해결된 걸까요." 닛타가 고개를 갸웃거리며 말했다.

"뭐야, 왜 또 그래? 요코모리가 자백을 했잖아. 그 진술에 대한 증거자료도 다 확보했어."

"그건 알고 있습니다만, 범행 동기에 대해 아무래도 뭔가 납득이 되지 않아요."

"그건 나도 마찬가지야. 그런 말도 안 되는 범행 동기가 어디 있느냐고. 그런 걸 누군들 납득하겠어. 하지만 사건을 저지른 본인이 제 입으로 그렇다는데야 별수 있어?"

"그야 그렇지만……."

"대체 뭐가 마음에 안 드는데?" 모토미야가 목소리에 답답함을 드러냈다.

"저도 잘 모르겠어요. 그냥 뭔가 자꾸 마음에 걸려요."

"뭔 소리야. 이봐, 담배꽁초 카무플라주를 딱 집어냈다고 괜히 우쭐할 거 없어. 그런 것쯤은 나도 좀 더 찬찬히 생각해봤으면 금세 알아냈을 거라고."

"예에, 잘 알고 있습니다."

"진짜로 알고 있어? 근데 왜 느물느물 웃어? 엇, 다 왔네. 들어가자." 모토미야가 발을 멈추고 옆의 맨션을 올려다보았다.

요코모리가 진술한 내용을 전해주는 동안, 다도코로 미치요의 단정한 얼굴은 서서히 굳어져갔다. 화장을 하고 있는데도 핏기가 사라지는 게 눈에 보였다.

"좀 더 자세한 건 차차로 밝혀질 테지만 요코모리가 진술한 내용은 대략 이 정도입니다. 얘기를 들어보시니 어떻습니까?" 말을 마치고 모토미야가 물었다.

다도코로 미치요는 눈을 몇 번이나 깜빡거리고 침을 꿀꺽 삼키듯 목을 움직인 뒤에야 겨우 입을 열었다.

"정말 놀랐어요. 설마 그 사람이 그런 짓을……. 요리교실에 다니기 전에는 전혀 요리를 해본 적이 없었던 사람이에요. 그런 사람이 이제는 요리를 무척 좋아하게 된 것 같아서 저는 정말 보람 있게 생각했었는데……."

"안타깝게도 그자가 열의를 보인 건 요리 쪽이 아니었던 모양입니다. 참으로 끔찍한 일입니다. 다시 한 번 진심으로 위로의 말씀을 드립니다." 모토미야가 머리를 숙이는지라 닛타도 따라서 머리를 숙였다.

"하지만 아직도 믿을 수가 없어요. 정말 착한 사람이라고 생각했는데."

"부인께서는 요코모리의 속마음을 알지 못하셨습니까."

모토미야의 물음에 다도코로 미치요는 약간 거북스러운 얼굴을 보였다.

"전혀 알지 못했다고 하면 거짓말이 되겠지요. 아까 말씀하신 대로 얼굴을 마주하고 직접 고백받은 적도 있으니까요."

"위기감은 없었어요? 이를테면 스토커로 돌변할까 봐 두려웠다든가."

다도코로 미치요는 괴로운 듯 고개를 저었다.

"네, 그런 쪽으로 좀 신경을 썼어야 했나 봐요. 다만 뭔가 실제적인 피해를 입은 것도 아니고 어떻게든 손을 써야 한다는 정도는 아니었어요. 그래도 역시 제가 너무 조심성이 없었는지도 모르겠네요."

"요즘 세상, 별의별 인간이 다 있으니까요. 단순히 친절하게 대했을 뿐인데 그걸 특별한 애정이라고 착각하는 자들도 많아요."

"맞는 말씀이에요. 그걸 좀 더 일찌감치 깨달았더라면……."

다도코로 미치요는 더 이상 견딜 수 없었는지 고개를 떨구고 여느 때처럼 손에 꼭 쥐고 있던 손수건으로 눈가를 훔쳤다.

닛타는 사이드보드 위로 시선을 돌렸다. 여섯 개가 나란히 늘어선, 지난번에 본 그 검은 바카라 와인 잔 '다크사이드 컬렉션 윙 파르페'가 눈에 들어왔다. 결혼 1주년을 기념해 다도코로 쇼이치가 그녀에게 선물한 것이라고 했다. 결혼 1주년. 특별한 기념일.

그 순간, 닛타의 머릿속에 서려 있던 안개가 스르륵 걷히고 지금껏 보일 듯 보일 듯하면서도 보이지 않던 것이 모습을 드러냈다. 그 광경의 의외성에 닛타 자신도 흠칫 놀랐다.

"부인의 요리교실에서는……." 문득 깨달았을 때는 벌써 말이 입 밖으로 튀어 나가고 있었다. "초콜릿도 만들어요?"

다도코로 미치요가 당혹스러운 얼굴로 닛타를 쳐다보았다. "초콜릿?"

"이를테면 밸런타인데이를 앞둔 시기 같은 때 말입니다. 텔레비전에도 자주 나오잖아요, 손수 만든 초콜릿을 선물하자든가."

아, 하고 그녀는 고개를 끄덕였다.

"그건 우리 요리교실에서도 하고 있어요. 손수 만든 초콜릿이라고 해도 실제로는 초콜릿을 만드는 게 아니라 초콜릿을 이용한 오리지널 과자를 만드는 거예요."

"올해도 그런 수업을 했습니까."

"네, 했었어요. 2월 초였던 걸로 기억합니다. 그런데 그게 왜요?"

"부인도 남편께 손수 만든 초콜릿을?"

"네, 선물했어요. 저어, 형사님……."

"사건이 일어났던 날 밤에," 다도코로 미치요의 말을 가로막으며 닛타는 질문을 이어갔다. "남편께서는 술을 드셨습니까. 그날은 3월 14일, 흔히 말하는 대로 화이트데이였어요. 회사에서 듣기로는 남편께서 가족과의 행사를 매우 중요하게 생각하는 분이라던데요. 밸런타인데이에 부인이 손수 만든 초콜릿 선물을 했다면 남편께서도 화이트데이에 그 보답을 소홀히 하지는 않았겠지요?"

다도코로 미치요가 흐흡 하고 크게 숨을 들이쉬는 기척이 있었다. 닛타에게는 마치 새롭게 기합을 넣는 것처럼 보였다.

"네." 그녀는 대답했다. "그래요. 그날 밤에 와인으로 건배를 했습니다."

"식사는? 외식은 하지 않았어요?"

"아뇨, 외식은 아니었어요. 하지만 제가 요리한 것도 아니었습니다. 그이가 해줬어요."

"남편께서 요리를?"

"맞아요. 여기저기 음식점을 경영할 정도니까 그이도 요리에는 자신이 있는 사람이에요."

"그렇군요. 그날 밤의 요리는 무엇이었습니까."

"비프 스트로가노프였어요. 레드 와인과 완벽하게 어울리는 요리였습니다."

"멋진 밤이었겠군요. 식사가 끝난 건 몇 시쯤이었습니까."

"그건 아마……." 다도코로 미치요는 고개를 갸우뚱했다.

"오후 9시나 10시쯤입니까?"

"네, 아마 그때쯤이었던 것 같아요."

"그러면 식후 두 시간이 안 된 참에 남편께서는 러닝을 하러 나갔군요. 술도 좀 드셨다고 했고, 러닝은 몸에 별로 좋지 않았을 것 같은데요."

닛타에게는 다도코로 미치요의 눈에 냉철한 번뜩임이 쓱 내달린 것처럼 느껴졌다. 물론 그건 한순간의 일이고 그녀는 곧 쓸쓸한 듯한 웃음을 짓고 있었다.

"와인을 마시긴 했는데 그리 많은 양은 아니었어요. 항상 그 정도의 술을 마시고도 러닝을 나갔으니까 그날도 별로 신경을 쓰지는 않았습니다. 하지만 돌이켜 생각해보니 그 말씀이 맞네요. 몸에 나쁘니까 나가지 말라고 말렸더라면 좋았을 텐데."

"건강에 자신 있는 분은 자칫 무리를 하기 쉽지요."

"정말 그렇죠. 이제 와서 말해봤자 때늦은 얘기지만."

"다만 정말로 무리를 했던 것인지는 자세히 조사해보지 않고서는 알 수가 없어요. 그래서 앞으로 철저히 알아볼 생각입니다."

닛타의 의도를 미처 파악할 수 없었는지 다도코로 미치요의 시선이 잠깐 허우적거렸다.

"부검 결과를 다시 살펴볼 생각이에요. 술을 마셨는지 어떤지, 그 양은 어느 정도였는지, 그리고 무엇을 먹었는지. 부검으로 그런 것이 명확히 밝혀졌을 테니까요."

요리 연구가의 아름다운 얼굴이 밋밋한 가면처럼 무표정해졌다. 그대로 입을 꾹 다물고 있었다.

"자, 그러면……." 침묵을 깨고 모토미야가 입을 열었다. "현재 수사 상황은 그런 정도입니다. 뭔가 새롭게 밝혀지면 다시 알려드리기로 하고 오늘은 이만 실례하도록 하지요."

다도코로 미치요의 얼굴에 웃음이 되돌아왔다. "네, 잘 부탁드립니다."

현관에서 다시 인사를 나누는 참에 그녀가 "닛타 씨"라고 불러 세웠다.

"부부라는 건 이런저런 속사정이 있는 법이랍니다. 아직 젊은 분이라서 그런 건 잘 모르실 수도 있습니다만."

닛타는 고개를 끄덕이고 대답했다. "네, 기억해두겠습니다."

복도로 나온 참에 모토미야가 팔꿈치로 닛타의 옆구리를 쿡 찔렀다.

"이봐, 그런 얘기를 할 생각이었으면 미리 말을 했어야지. 나 혼자 당황해버렸잖아."

"죄송합니다. 갑작스럽게 생각이 나서."

"진짜 나한테 이럴 수 있어?"

"선배님." 닛타는 걸음을 멈추고 선배 형사의 얼굴을 지그시 바라보았다. "긴히 말씀드릴 게 있어요. 제 얘기 좀 들어주십쇼. 부탁드립니다."

6

취조실에서 마주한 요코모리는 달관한 듯한 표정이었다. 의자에 앉을 때도 맞은편에 자리 잡은 닛타를 깔보듯이 턱을 쓱 치켜

든 모습이었다.

"오늘은 당신이 취조 담당이에요?" 요코모리가 물었다.

"안색이 좋군요. 전혀 기소를 코앞에 둔 살인 피의자 같지 않네." 닛타는 말했다. 오늘은 모토미야가 기록 담당이었다. 그가 이나가키와 담판을 지어서 이런 취조 형식이 실현되었다.

"그 기소 말인데, 제발 빨리 좀 하십시다. 뭘 그렇게 뜸을 들이는지 모르겠네. 내가 다 얘기했잖아요. 이제 더 이상 물어볼 것도 없을 텐데."

"그렇게는 안 되죠. 아직 사건의 전모가 명백히 밝혀지지도 않았는데."

요코모리는 기운이 빠진다는 듯 입술을 삐뚜름하게 틀었다. "대체 뭐가 불만인데요?"

"3월 14일, 다도코로 부부는 식사를 함께하지 않았어요." 닛타는 느닷없이 본론으로 들어갔다. "피해자 다도코로 쇼이치 씨는 술이라고는 한 방울도 마시지 않았고, 위의 내용물은 부인이 말했던 요리와는 전혀 다른 것이었어요. 자아, 이건 대체 어떻게 된 걸까요."

요코모리는 고개를 홱 돌린 채 중얼거렸다.

"글쎄요, 나야 모르죠."

"다도코로 쇼이치 씨는 가족 행사를 무엇보다 중요하게 생각하는 사람이었어요. 그런 사람이 화이트데이에 부인과 함께 식사를 하지 않았다? 우리는 그 이유를 좀 생각해보고 싶은데요."

"그럼 생각해보시든지. 나한테 말해봤자 알 게 뭡니까."

"당신 생각을 듣고 싶군요. 결혼한 지 3년. 보통 부부라면 화이트데이 밤에 아무 이벤트도 없이 넘어갈 리가 없잖아요."

"보통이라면 그렇겠지만, 부부라는 건 저마다 속사정이 있는 건데 죄다 한 묶음으로 얘기할 수 없는 거 아닙니까."

"흠." 닛타는 요코모리의 깡마른 얼굴을 지그시 바라보았다. "당신은 왜 하필 그날 밤을 범행일로 정했을까요."

"예?" 요코모리의 시선이 흔들렸다.

"화이트데이 밤이고, 결혼한 지 3년째인 부부라면 집에서 그날을 축하할 가능성이 높아요. 술을 마시리라는 것도 충분히 짐작할 수 있죠. 그렇게 되면 러닝을 취소할 가능성도 높아집니다. 잠복하고 있어봤자 헛수고로 끝날 우려가 크다는 생각은 못 했습니까."

"……잊어버렸어요."

"잊어버려?"

"화이트데이라는 걸 잊어버렸다니까요. 그냥 그것뿐이에요."

닛타는 고개를 가로저었다. "아니, 그럴 리가 없어요."

"대체 왜요?"

"당신이 햄버거 가게에서 무엇을 주문했는지, 방범 카메라 영상을 통해 밝혀졌어요. 화이트데이 스페셜 메뉴였습니다. 설령 깜빡 잊어버렸다고 해도 그때는 생각이 났을 텐데요."

요코모리는 허를 찔린 듯 몸을 뒤로 뺀 뒤, 부루퉁한 표정으로 고개를 홱 돌렸다.

"다도코로 부부는 아무래도 사이가 악화되었던 모양이던데." 닛타가 말했다. "조사해본 바로는 쇼이치 씨가 요즘 들어 외식하는 일이 부쩍 늘었습니다. 직원들에게 물어보니 굳이 사장님이 동석하지 않아도 되는 회식에까지 참석했다더군요. 이건 집에서 식사하는 걸 피하려고 했던 것으로 생각할 수밖에 없어요. 그런데 회식을 하면 술도 마시게 됩니다. 그런 날 밤에는 집에 돌아와서도 러닝을 하러 나가지 않았어요. 그래서 요즘 들어 다도코로 쇼이치 씨의 러닝 빈도는 한창때에 비해 크게 떨어져 있었어요. 인근을 탐문한 수사원이 그런 사실들을 알아냈습니다. 그렇다면 반대로, 어떤 날이라면 그가 확실히 러닝을 할 것으로 예상할 수 있을까요." 요코모리의 뾰족한 턱을 바라보며 닛타는 말을 이었다. "바로 가정적인 행사가 있는 날 밤입니다. 그런 날은 직원들에게 빨리 집에 돌아가라고 지시해온 터라서 쇼이치 씨 자신도 회식 예정을 잡을 수 없었겠지요. 하지만 술을 마시지 않았으니 러닝을 할 기회이기도 합니다. 실제로 그는 그날 밤에 트레이닝복으로 갈아입고 집을 나왔습니다. 문제는 어떻게 당신이 그걸 알고 있었는가, 라는 점이에요. 하필 화이트데이 밤을 범행일로 선택한 이유를 얘기해봐요."

하지만 요코모리는 대답하지 않았다. 몸을 숙이고 고개를 홱 돌린 채 꼼짝도 하지 않았다.

요코모리 씨, 라고 닛타가 그를 불렀다.

"누군가의 부탁을 받은 거 아닙니까. 다도코로 쇼이치 씨를 살해해달라는 부탁을."

요코모리의 뺨이 움찔했다.

"아주 이상한 점이 있어요. 어제도 다도코로 미치요 씨를 만나고 왔는데, 당신을 조금도 나쁘게 말하지 않았어요. 오히려 자기 쪽에 잘못이 있다는 식이었죠. 그건 대체 어떻게 된 걸까요." 그렇게 말을 던진 뒤에 닛타는 상대의 반응을 기다리기로 했다.

잠시 뒤에 요코모리가 후우 숨을 토해냈다. 그러고는 잘게 몸을 흔들었다. 킥킥거리는 의미심장한 웃음을 짓는 것이었다.

"와아, 대단하시네. 형사 중에도 머리 좋은 사람이 있기는 있군요." 닛타에게 시선을 던지며 말했다. "죄다 졸졸 불어버리는 건 폼이 나지 않아서 아무 말 안 했었는데 이렇게까지 훤히 꿰뚫어버리니 어쩔 수가 없네요."

"역시 부탁을 받았어요?"

"아니, 그런 거 아니에요. 내 쪽에서 제안을 했어요. 그녀를 구해주고 싶어서."

"그녀라는 건 다도코로 미치요 씨? 구해준다는 건 무슨 얘깁니까."

"물론 그 악마 같은 사내에게서 그녀를……." 그런 전제와 함께 요코모리가 털어놓은 이야기는 다음과 같은 것이었다.

그가 다도코로 미치요에게 어렵사리 '사랑의 고백'을 하고 며칠 지났을 무렵, 다시 둘만 있을 기회가 찾아왔다. 그때 요코모리는 깜짝 놀랄 만한 것을 목격했다. 긴소매의 카디건을 입고 있던 다도코로 미치요가 날씨가 덥다면서 그 카디건을 벗었을 때였다. 그 밑에 입은 니트 셔츠는 반소매였다. 드러난 두 팔에 거뭇거뭇한 멍 자국이 몇 개나 나 있었다.

어떻게 된 거냐고 요코모리는 물었다. 다도코로 미치요는 흠칫 놀란 얼굴로 얼른 카디건을 다시 입었다. 그러고는 아무것도 아니다, 잠깐 부딪쳤을 뿐이다, 라고 얼버무렸다.

그런 설명은 받아들일 수 없어서 무슨 일인지 솔직히 대답해 달라고 요코모리는 물고 늘어졌다. 그러자 마침내 그녀는 무거운 입을 열어 남편에게서 폭력을 당하고 있노라고 털어놓았다. 겉으로는 다정하고 포용력 있는 것처럼 행동하지만 집에서는 뭔가 마음에 들지 않는 일이 있으면 당장 손을 든다, 특히 질투심이 강해서 미치요가 다른 남자와 조금이라도 친한 듯이 보이면 미친 사람처럼 길길이 날뛴다는 것이었다. 그래서 요리교실에서도 남자 수강생은 받지 않도록 할까 생각 중이라고 그녀는 말했다.

이보다 끔찍한 얘기는 없다, 그런 놈과는 당장 헤어져야 한다, 라고 요코모리는 말했다. 그러자 미치요는 그럴 수만 있다면 얼마나 좋겠느냐고 눈물을 글썽였다. 그녀의 말에 의하면, 오래전에 아버지의 회사에 쇼이치가 거액을 원조해준 덕분에 회생한 일이 있었고, 이혼하면 그 돈을 갚으라고 할 게 틀림없다, 이제 새삼 부모님을 괴롭게 하고 싶지는 않다는 것이었다.

"정말 놀랐습니다. 평소에 그토록 활기차고 환해서 고민이라고는 전혀 없는 것 같던 그녀가 그토록 비참한 표정을 보이다니. 하지만 그게 그녀의 민낯이었어요. 실제로는 무척 섬세하고 상처 입기 쉬운 사람이었지요. 평소에는 가면을 쓰고 있었던 거예요. 그걸 그제야 비로소 깨달았습니다. 동시에 깊은 분노를 느꼈어요. 그런 어처구니없는 일이 허용되어서는 안 되잖아요. 그래서 내가 어떻게든 해결하기로 마음먹은 거예요."

"어떻게든 해결하다니, 그건 다시 말해 다도코로 쇼이치 씨를 살해한다는 것이었군요."

"당연히 그렇죠."

"그런 얘기를 미치요 씨에게도 했습니까."

"했어요, 직접적인 말은 피했지만."

"어떤 식으로 얘기했는데요?"

"만일 남편이 없어지면 나와 함께해주겠느냐는 식으로 말했어요."

"그 여자는 어떤 반응을 보였죠?"

"서글픈 듯이 고개를 저었어요." 요코모리는 눈꼬리를 내려뜨리며 말했다. "무서운 짓은 생각하지 말아달라, 자신이 참고 견디면 끝날 일인데 다른 사람을 여기 끌어들이고 싶지 않다면서. 물론 남편이 없어지면 자유롭게 사랑도 할 수 있겠지만 그건 그냥 꿈일 뿐이라서 일찌감치 포기했다는 말도 했어요. 그 말을 듣고 나는 결심했습니다. 무슨 일이 있어도 이 사람을 구해주겠다고."

닛타는 옆에 있는 모토미야와 얼굴을 마주 본 뒤에 시선을 요코모리에게로 되돌렸다. "살해 계획은 둘이서?"

"아니, 나 혼자 생각해냈어요. 당신이 아까 얘기한 대로, 화이트데이라면 그자가 확실히 러닝을 하러 나온다는 정보를 준 것은 그녀였지만."

"하지만 그녀는 결국 당신을 배반한 셈이군요. 방범 카메라의 영상을 보고 당신 이름을 댔잖아요. 그 점에 대해서는 어떻게 생각해요?"

"배반이라고 생각하지 않아요. 그녀로서는 어쩔 수 없었겠지요. 거짓말을 해봤자 머지않아 다 드러날 일이잖아요. 그녀의 선택이 올바른 것이었다고 생각합니다. 게다가 몇 번이나 말하지만, 당신들은 아무것도 몰라요. 나는 그녀를 구해주고 싶었어요. 그걸 해냈다는 것만으로도 나는 만족해요. 그녀도 고맙게 생각할 겁니다." 요코모리는 자랑스럽게 말하고 뾰족한 턱을 쓱 치켜들었다.

7

눈앞에 차려낸 접시에는 부채꼴로 잘라낸 케이크가 담겼다. 표면을 코팅한 초콜릿의 반지르르한 광택이 아름다웠다.

"올해 밸런타인데이를 맞이해 수강생들에게 추천했던 초콜릿 케이크 중의 하나예요." 다도코로 미치요가 말했다. 니트를 입고 그 위에 에이프런을 걸치고 있었다.

"남편께도 이 초콜릿 케이크를?"

닛타의 질문에 그녀는 어깨를 움츠렸다. "글쎄요, 그랬었나?"

"올해 밸런타인데이에 당신은 남편에게 초콜릿을 선물한 적이 없는 거 아닌가요. 아니, 선물했어도 받아주지 않았을 것 같군요."

"무슨 말씀이신지 모르겠어요. 이번 사건과 뭔가 관계가 있나요?" 그녀는 찻잔을 닛타 앞에 놓았다. 다르질링 홍차 향기가 났다.

닛타는 요리교실로 쓰는 방에 와 있었다. 시식 테이블을 사이에 두고 다도코로 미치요와 마주 앉았다. 모토미야는 오지 않았다.

"최근에 어떤 여자에게서 재미있는 얘기를 들었습니다. 여자의 민낯에는 진짜와 가짜가 있다고 하더군요. 민낯, 즉 화장하지 않은 얼굴 얘기예요."

다도코로 미치요는 웃는 얼굴 그대로 고개를 갸우뚱했다. 하지만 그 눈에는 경계의 빛이 깃들어 있었다.

"요코모리 히토시는 당신의 민낯을 봤다고 말했어요. 환하고 활기찬 표면적인 얼굴은 가면이고, 실제로는 섬세하고 상처 입기 쉬운 민낯이 감춰져 있다고 하더군요. 하지만 실제로는 어떨까요. 그가 본 것은 과연 진짜 민낯이었을까요."

"무슨 말씀이신지." 그녀는 눈을 깜빡였다.

"미치요 씨, 스포츠센터에 다니시죠? 일주일에 두 번꼴로 수영을 하신다고 들었는데, 틀림없습니까."

"네."

"거참 이상하군요. 요코모리 히토시가 당신의 양쪽 팔에서 멍 자국을 봤다는 그 시기에도 당신은 항상 하던 대로 수영장에 나갔어요. 하지만 당신을 알고 있는 스포츠센터 단골이나 직원 중 어느 누구도 멍 자국 같은 건 본 적이 없다더군요. 그건 대체 어떻게 된 걸까요."

다도코로 미치요는 이상한 얘기라는 듯 검은 눈동자를 왼편 위쪽으로 향했다. "멍 자국? 내가 그런 얘기를 했었나?"

"남편에게 가정폭력을 당했다던데요."

"가정폭력? 미안해요, 무슨 말씀이신지 저는 전혀 모르겠어요."

닛타는 "잘 먹겠습니다"라고 말하고 찻잔을 들어 홍차를 마셨다. 그리고 긴 숨을 내쉬었다.

"네, 역시 그럴 거라고 생각했습니다. 멍 자국은 메이크업 같은 걸로 만들어낸 것이고 가정폭력이라는 얘기도 엉터리로 지어낸 거였어요."

"무슨 뜻이죠?"

닛타는 상의 주머니에서 수첩을 꺼냈다.

"남편께서 개인적으로 쓰시던 컴퓨터를 샅샅이 살펴보는 동안에 흥미로운 사실을 알게 됐습니다. 석 달쯤 전에 어느 흥신소 사이트에 몇 번 접속한 기록이 있었어요. 주로 배우자의 불륜을 조사하는 곳이죠. 남편께서는 왜 그런 곳을 알아보셨을까요."

"글쎄요." 다도코로 미치요는 다시 어깨를 으쓱 움츠렸다. 그 표정이 약간 굳어 있었다.

"몇몇 요리교실 수강생들에게도 알아봤습니다. 요코모리 히토시가 체포된 것에 대해 놀라는 사람들이 많았지만, 대부분은 그 남자라면 그럴 만하다고 말하더군요. 당신을 좋아한다는 게 너무도 명백해서 오히려 당신에게 무슨 해코지나 하지 않을지 다들 걱정했다고 했습니다. 하지만 딱 한 사람, 전혀 다른 걱정을 한 사람이 있었어요. 요코모리 히토시를 지켜보면서 머지않아 야마구치 씨를 공격하는 건 아닌가, 염려스러웠다고 하더군요. 당신도 잘 아시지요? 난보쿠 출판사의 야마구치 다카히로 씨."

"우리 요리교실 수강생이에요. 요리 관련 서적을 출간할 때, 신세를 졌습니다."

"네, 그런 것 같더군요. 상당히 친밀한 사이로 보였다고 들었는데요."

"책을 출간해야 하니까 자주 만나서 이런저런 상의를 했을 뿐이에요."

"당신과 야마구치 씨의 관계는 그런 수준이 아니었다, 라고 들었습니다. 남자와는 달리 여자들은 감이 예리하니까요. 두 분은 감쪽같이 감췄다고 생각하셨는지도 모르겠지만요."

다도코로 미치요의 입가에서 웃음이 사라졌다. "대체 누가 그런 얘기를 했죠?" 찌르는 듯한 시선을 던져 왔다.

"정보원을 밝힐 수는 없습니다. 어떻든 그런 얘기를 들었으니 형사로서는 저절로 추리력을 발휘할 수밖에 없죠. 요코모리 히토시의 말을 액면 그대로 받아들일 수는 없게 된 겁니다. 그 진술의 이면에는 요코모리 자신도 알지 못하는 또 다른 진실이 있을지도 모른다는 의심이 생겨버렸어요."

다도코로 미치요는 찻잔에 손을 내밀었다. "추리력을 어떻게 발휘하시든 그건 형사님 자유예요."

"여기 한 여자가 있습니다. 그녀는 불륜에 빠졌습니다." 닛타는 이야기를 풀어놓기 시작했다. "그런데 난처하게도 그걸 남편에게 들켜버렸습니다. 당연히 이혼의 위기가 닥쳤겠지요. 하지만 그녀는 헤어지고 싶지 않았습니다. 남편이 대단한 자산가여서 결혼을 유지하는 한, 그녀는 사치스러운 생활을 누리며 살 수 있었으니까요. 자아, 어떻게 할까. 난처하지요. 그런 참에 눈앞에 나타난 사람이 편집증적인 경향을 보이는 남자였습니다. 그가 자신에게 집착한다는 것을 알게 된 여자는 그를 이용하기로 마음먹었습니다. 남편이 없어지면 우리 둘은 맺어질 수 있다는 믿음을 은연중에 심어준 거예요. 계획대로 남자는 남편을 살해했습니다. 게다가 어리석게도 경찰에 체포되었어요. 이제 거치적거리는 인간들은 다 사라졌습니다. 해피엔드, 해피엔드. 어떻습니까, 이런 추리?"

다도코로 미치요는 느긋한 몸짓으로 홍차 잔을 기울이더니 심호흡을 한 차례 한 뒤에 닛타를 마주 보았다.

"아주 재미있는 이야기네요. 그런데 형사님, 그런 그녀는 어떤 죄를 받게 될까요."

"교사범이라는 게 증명되면 실행범과 똑같이 살인죄를 받게 됩니다."

"증명이 된다면, 그렇겠지요. 하지만 어떤 증거가 남아 있죠? 아니면 머리가 이상해진 범인의 말만으로 그녀를 유죄로 몰아붙일 수 있나요?"

닛타는 턱을 당기며 다도코로 미치요를 노려보았다. 하지만 그녀도 시선을 돌리지 않았다. 초콜릿 케이크 위에서 둘의 시선이 마주쳤다.

"안타깝게도 증거는 없습니다." 닛타는 말했다. "요코모리 히토시에게서 몇 번이나 얘기를 들어봤지만 당신과 나눈 대화는 어떤 식으로도 남아 있지 않았어요. 당신이 보내준 메일이 있었지만 요리교실 강사로서의 내용뿐이었습니다."

"네, 그럴 거예요. 왜냐하면 그런 대화는 없었거든요."

다시 서로를 노려보았다. 하지만 이번에는 다도코로 미치요가 얼른 시선을 돌려 시계를 보았다.

"벌써 시간이 이렇게 됐네요. 죄송합니다만 이제 슬슬 수강생들이 올 시간이에요. 다른 볼일이 없다면 이만 돌아가주셨으면 합니다만."

닛타는 어금니를 악물고 한숨을 내쉬었다. 결국 고개를 끄덕일 수밖에 없었다. "네, 알겠습니다."

자리에서 일어나 현관으로 향했다. 구두를 신은 참에 뒤를 돌아보았다. "한 가지 물어봐도 될까요."

"뭔데요?"

"만일 요코모리 히토시가 체포되지 않으면 어떻게 할 생각이었습니까. 그는 당신과 맺어진다고 믿고 있었어요. 자칫하면 악질적인 스토커가 되었을 텐데요."

그러자 다도코로 미치요는 겨우 그런 질문이냐는 듯이 어깨 힘을 풀썩 빼 보였다.

"전혀 상관없어요. 그런 남자쯤이야 어떻게든 요리할 수 있거든요." 그렇게 말하고 입술 틈새로 분홍빛 혀를 살짝 내밀었다. 그 표정은 사냥감을 노리는 뱀을 연상하게 했다.

닛타는 크게 숨을 토해냈다. "드디어 당신의 진짜 민낯을 본 것 같군요."

다도코로 미치요는 눈을 반짝 번뜩였다.

"형사님에게 이번 일이 좋은 경험이 되었으면 좋겠군요."

"네, 크게 배웠습니다. 다음에는 결코 여자의 가면에 속아 넘어갈 일은 없을 겁니다." 그렇게 말을 던지고 요리교실을 나서면서 닛타는 입술을 깨물었다.

가면과 복면

1

10월 8일 금요일. 프런트에 서서 야마기시 나오미는 마음을 다잡았다. 다음 주 월요일이 '체육의 날'로 공휴일이라서 내일부터 사흘 연휴가 시작된다. 결혼 시즌과 맞물려 예약은 이미 만실이다. 더구나 지방 단체객의 예약이 몇 개 들어와 있었다. 부디 쓸데없는 트러블은 일어나지 않기를, 이라고 마음속으로 기원했다.

코르테시아도쿄 호텔의 체크인은 오후 2시부터다. 시곗바늘이 살짝 그 시각을 넘어선 무렵, 그 남자들이 로비에 나타났다. 그들이 눈에 들어온 순간, 나오미는 불길한 예감을 느꼈다. '아, 싫다. 제발 이쪽으로 오지 마'라고 생각했다. 다루기가 영 힘든 유형이었기 때문이다.

그들은 모두 다섯 명이었다. 명백히 마흔을 넘은 것으로 보이는 두 사람을 제외하고는 나이를 가늠하기도 힘든 사람들이었다. 하지만 전체적으로 공통된 분위기가 있었다. 그것을 극단적으로 구체화한 것이 선두에 선 남자였다. 두툼한 체크무늬 재킷은 목까지 단추를 단단히 채웠고 등에는 갈색 데이백을 짊어지고 있다. 부스스한 머리칼에 창백한 얼굴, 거기에 검은 테 안경. 나오미는 유명 여성 아이돌 그룹의 팬 사인회가 우선 머릿속에 떠올랐다. 그런 곳에 자주 출몰하는 인종이었기 때문이다. 하긴 나오미는 그런 곳에 가본 적도 없어서 실제로 어떤지는 잘 알지 못하지만.

그들은 멈춰 서서 뭔가 두런두런 얘기하다가 이윽고 줄줄이 움직이기 시작했다. 불행하게도 프런트 쪽으로 다가왔다. 나오미는 저절로 몸이 긴장되었다. '프런트 클러크는 저쪽에도 있잖아. 제발 나한테는 오지 마'라고 마음속으로 기원했다.

하지만 그 기원도 헛되이, 남자들은 나오미 앞으로 밀려들었다. 어쩔 수 없이 "어서 오십시오"라고 인사를 건넸다.

"메구로라고 하는데요." 검은 테 안경의 남자가 말했다.

나오미는 단말기를 두드렸다. 아닌 게 아니라 예약이 되어 있었다.

"메구로 가즈노리 님이시지요."

"예." 남자가 고개를 끄덕였다.

검은 테 안경에 메구로目黑라니, 웃기려고 지은 이름인가.

"오늘부터 이틀간, 금연 스탠더드 트윈 1실, 금연 디럭스 트리플 1실을 이용하는 것으로, 틀림없으십니까."

"예." 메구로는 무표정하게 대답했다. 바로 코앞에 있는데도 나이를 가늠하기가 어렵다. 고등학생인 것 같기도 하고 아저씨 같기도 하다.

나오미는 숙박표 두 장을 카운터에 나란히 내놓았다.

"그러면 여기에 성함과 연락처의 기입을 부탁드립니다."

그러자 메구로는 당혹스러운 듯 뒤를 돌아보았다. 다른 네 사람과 두런두런 상의한다. 누가 어떤 방에 묵을지 아직 정하지 않은 모양이었다.

"방 배정이 아직 정해지지 않았다면 숙박표는 대표분만 쓰셔도 괜찮습니다."

나오미의 말에 누구를 대표로 할 것인지, 다시 두런두런 상의가 시작되었다.

결국 메구로와 뚱뚱한 중년 남자가 대표자로 숙박표에 기입하기로 했다. 메구로의 주소는 도치기, 이누카이라는 중년 남자의 주소는 시즈오카였다. 이건 대체 어떻게 닿은 인맥인가.✦

"예약 때 현금 결제로 하겠다고 말씀하셨는데, 변경 사항은 없습니까."

✦ 도치기는 간토關東 지방, 시즈오카는 중부 지방으로 이 사이에는 현이 두 개 정도 자리한다.

남자들은 서로 마주 본 다음에 다시 고개를 끄덕였다. "예, 그걸로 좋아요"라고 메구로가 말했다.

"알겠습니다. 저희 호텔에서는 체크인 때, 현금 결제를 하시는 고객분께 예치금을 받고 있습니다. 이번 경우라면 트윈룸이 5만 엔, 트리플룸이 7만 엔, 그리고 2박이라서 각각 두 배가 됩니다만, 그걸로 괜찮으시겠습니까."

"미리 내야 한다고요?" 메구로가 불만스러운 듯 물었다.

"네, 예치금입니다. 나중에 돌아가실 때 정산해서 남은 금액은 돌려드립니다."

남자들은 다시금 두런두런 상의에 들어갔다. 어떤 방에서 자느냐에 따라 예치금이 달라진다는 문제로 옥신각신하는 것 같았다.

진짜 번거롭게 구네, 라고 나오미는 속으로 중얼거렸다.

일단 총합계 24만 엔을 머릿수대로 나눠 내기로 결정하기까지 5분이 더 걸렸다. 붐비는 시간대였다면 다른 손님들에게서 불만의 소리가 튀어나왔을 것이다.

곁에서 대기하던 벨보이에게 카드키를 건네고, "그럼 편안한 시간 되십시오"라고 남자들을 향해 머리를 숙였다.

그런데 프런트 앞에서 움직이지 않는 남자가 있었다. 뚱뚱한 중년 남자 이누카이다. 무슨 할 말이라도 있는지 나오미의 얼굴을 빤히 쳐다보았다.

"뭔가 궁금한 것이 있으십니까." 나오미가 물어보았다.

이누카이의 입이 열렸다. “다치바나 사쿠라…….”

“예?”

“다치바나 사쿠라요. 오늘부터 이 호텔에 투숙할 거잖아요.” 이누카이는 불그죽죽한 얼굴에 흐릿한 웃음을 지으며 쉰 목소리로 말했다. “방이 어디지요? 아무한테도 말 안 할 테니까 좀 알려주면 안 될까요?”

무슨 얘기인지 그제야 겨우 알아들었다. 다치바나 사쿠라라는 이름은 어디선가 들은 적이 있다. 아마도 인기 아이돌쯤 되는 모양이다.

“죄송합니다. 그런 문의에는 답변해드리지 않는 것이 저희 호텔의 규칙입니다. 양해 바랍니다.” 다시 머리를 숙였다.

이누카이가 혀를 끌끌 찼다. “에이, 빡빡하게 구시네. 좀 알려주면 좋잖아요.”

“내가 안 된다고 말했죠.” 메구로가 다시 돌아와 이누카이의 팔을 잡았다. “이런 호텔에서는 절대로 알려주지 않는다니까요. 우리끼리 어떻게든 방법을 찾아보는 수밖에 없어요.”

“쳇, 좀 알려주면 어때서.” 이누카이는 짜증 난다는 얼굴로 나오미를 노려본 뒤에 불퉁불퉁하면서 엘리베이터 홀 쪽으로 사라졌다.

하지만 남자들 모두가 방으로 올라간 게 아니었다. 빨간 니트 모자를 쓴 조그마한 남자와 해골처럼 깡마른 중년 남자가 아직 남았다. 그들은 딱히 말을 주고받는 일도 없이 로비의 소파에 앉아 있었다. 빨간 모자는 프런트를 빤히 쳐다보고, 해골 남자의 시선은 정면 현관을 향해 있었다.

나오미는 곁에 있는 남자 프런트 클러크 후배에게 작은 소리로 물어보았다. "다치바나 사쿠라가 뭐 하는 사람이지? 혹시 알아?"

후배는 고개를 갸웃거렸다. "글쎄, 모르겠는데요. 인터넷으로 검색해보면 나오지 않을까요."

"응, 그래야겠네."

나오미는 뒤편 사무실로 내려가 컴퓨터를 인터넷에 연결했다. '다치바나 사쿠라'로 검색해보니 금세 나왔다.

언더그라운드 아이돌 정도일 거라고 생각했는데 전혀 아니었다. 뜻밖에도 작가였다. 여성이라는 점과 생년월일 외에는 모두 비공개로 되어 있었다. 다치바나 사쿠라라는 이름은 한자가 아니라 가타카나 표기였다. 본명을 그렇게 읽는 것인지 어떤지도 밝혀져 있지 않았다. 작가 데뷔는 올봄으로, 유명한 신인상을 탄 모양이었다. 거기까지 읽은 뒤에야 나오미도 생각이 났다. 누군가 꽤 재미있는 소설이라고 얘기했었다. 책이 상당히 잘 팔리는 것 같았다. 일단 청춘 소설 장르에 들어가지만 실은 과격한 성 묘사가 많아서 그게 인기의 비결이기도 하다고 했다. 생년월일로 계산해보니 아직 스물일곱 살이었다.

저 남자들이 노리는 게 이 여류 작가인가.

나오미는 단말기로 예약 고객을 알아보았다. 다치바나 사쿠라란 이름은 없었다. 하지만 그들은 여류 작가가 이 호텔에 투숙한다고 확신하는 기색이었다. 그래서 결코 적은 액수라고 할 수 없는 요금을 지불해가며 이곳까지 찾아온 것이다. 그렇다면 정말 다치바나 사쿠라가 이 호텔에 투숙하고 있는지도 모른다.

그나저나 성별과 생년월일 외에는 아무것도 공개된 게 없는 작가인데 어떻게 그토록 열광할 수 있을까. 그럴 만큼 작품이 훌륭했던 걸까.

컴퓨터를 끄고 담당 프런트로 돌아왔다. 로비를 쳐다보고는 흠칫했다. 그새 메구로와 이누카이까지 내려와 있었기 때문이다. 그들은 여기저기 흩어져 앉아 있었다. 시선은 진지함 그 자체였다. 아마도 다치바나 사쿠라가 나타나기를 기다리는 모양이다. 하지만 그 여류 작가의 얼굴은 비공개 상태다. 설령 나타난다고 해도 어떻게 알아볼 생각인 걸까.

가만 보니 그들은 모두가 휴대전화를 들고 있었다. 그리고 그 휴대전화로 통화나 검색을 하는 게 아니라 젊은 여자가 지나갈 때마다 그 화면과 비교해보는 것 같았다.

시간이 지나면서 체크인 손님이 점점 불어났다. 하지만 나오미는 메구로 일행이 자꾸만 신경 쓰였다. 그들은 간간이 앉은 자리를 서로 바꿔가며 벌써 두 시간 넘게 계속 감시를 하고 있었다.

후배 프런트 클러크에게 담당 구역을 잠시 맡겨놓고 나오미는 사무실로 내려갔다. 그리고 직원용 통로를 빙 돌아 로비 귀퉁이로 나왔다. 프런트와 정면 현관을 감시하는 남자들에게는 사각이 되는 위치였다.

내부를 둘러보는 척하며 나오미는 빨간 모자의 남자 뒤쪽으로 슬슬 다가갔다. 남자는 소파에 앉아 여전히 휴대전화를 손에 든 채 프런트를 뚫어져라 지켜보고 있었다. 그 뒤에 서서 손에 든 휴대전화를 넘어다보았다. 예상했던 대로 액정 화면에는 여자의 얼굴 사진이 떠 있었다. 게다가 깜짝 놀랄 만큼 미인이다. 이른바 오이씨처럼 갸름한 얼굴형이지만 이목구비가 뚜렷해 서구인의 혈통이 느껴졌다. 그러면서도 어딘가 소박한 인상이기도 했다.

나오미는 슬그머니 뒤로 물러섰다. 그다음에 접근한 건 이누카이의 등 뒤였다. 그는 소파에 잔뜩 버티고 앉아 다리를 꼬고 휴대전화를 얼굴 높이까지 올리고 있었다. 뒤에 서자 휴대전화 화면이 고스란히 다 보였다.

그곳에 떠 있는 건 빨간 모자의 남자가 들여다보던 것과 똑같은 사진이었다. 그들이 화면 속의 여자를 노린다는 건 틀림없었다. 어떻게 구했는지는 알 수 없지만 다치바나 사쿠라의 얼굴 사진일 터였다. 이만큼 미모의 여류 작가라면 남자들이 열광하는 것도 조금쯤은 이해가 되었다.

자아, 어떻게 대처해야 할까.

프런트로 돌아오기 전에 사무실 안을 들여다보았다. 프런트 오피스 매니저 구가의 모습이 있었다. 프런트 클러크들의 젊은 책임자다. 그는 선 채로 뭔가 파일을 열어보는 참이었다.

"매니저님, 잠시만 괜찮을까요."

"응, 무슨 일이야?" 온화하던 표정에 경계하는 빛이 떠올랐다.

실은요, 라고 나오미는 일의 경위를 설명했다. 얘기하는 중간부터 구가의 입가가 일그러지기 시작했다.

"어휴, 문젯덩어리들이 몰려와 죽치고 앉아 있는 모양이네."

"어떻게 할까요?"

"난감하긴 한데 어떻게 손쓸 수도 없어. 아직 다른 손님들에게 피해를 준 것도 아니잖아. 로비에 오래 앉아 있는다고 나무랄 수도 없고."

"하지만 혹시 다치바나라는 여자가 나타나면 그 사람들이 어떻게 나올지 상상도 못 하겠어요."

"그 여자를 둘러싸고 사인 공세 아니면 악수 공세를 펼친다든가?"

"네, 그런 상황도 생각해볼 수 있죠."

"그러면 또 그때그때 상황에 따라 나름대로 대처하지, 뭘. 기껏해야 다섯 명이야. 소란을 피워봤자 얼마나 피우겠어." 역시나 현장 책임자답게 당황하는 일 없이 배짱이 두둑하다.

"알겠습니다. 일단 주의해서 지켜보도록 할게요."

"그래도……"라고 구가가 생각에 잠긴 얼굴로 말했다. "우리 쪽에서 대비할 만한 것이 있다면 미리 챙겨보는 것도 좋겠지."

"어떤 것을요?"

구가는 단말기 앞에 앉아 빠른 속도로 두드리기 시작했다. 예약 목록을 불러내 눈으로 주르륵 훑으면서 스크롤 해나갔다.

이윽고 그 손이 멈췄다. "아하, 이거네."

"뭔데요."

구가가 화면 일부를 가리켰다. 예약자는 '모치즈키 가즈오'라는 인물이었다. 디럭스 트윈룸을 오늘부터 나흘간 잡고 있었다.

"결제 방법을 읽어봐. 청구서가 '히토쓰바시 출판사' 앞으로 되어 있어."

"거기라면 유명한 출판사잖아요."

"게다가 투숙객 이름이 '다마무라 가오루', 예약자와는 별개의 인물이야. 전에도 출판사에서 이런 식으로 우리 호텔을 몇 번 이용한 적이 있어. 며칠씩 투숙하면서 집필하는 거야. 하우스키퍼에게 슬쩍 물어봤는데 작가가 며칠째 꼬박 글을 쓰는 것 같고, 방에 원고지와 자료 더미를 잔뜩 들고 왔다고 했어."

아, 하고 나오미는 고개를 끄덕였다. "얘기로는 들은 적이 있어요."

"요즘에는 그런 식으로 호텔 방을 이용하는 일은 거의 없으니까 나오미 씨는 잘 모르지. 일단 다치바나 사쿠라라는 작가의 작품을 좀 알아봐. 분명 히토쓰바시 출판사와 깊은 관계가 있을 거야."

나오미는 즉시 인터넷으로 확인했다. 구가가 말한 대로였다. 애초에 다치바나 사쿠라가 수상한 신인상도 '히토쓰바시 출판사'가 주관한 것이다.

"틀림없군." 구가가 팔짱을 척 꼈다. "다마무라 가오루가 본명인지 아닌지는 모르겠지만, 어떻든 그 다치바나 사쿠라란 여류작가의 집필을 위해 출판사에서 호텔 방을 준비한 것 같아."

"어떻게 하죠?"

"아까도 말했듯이 기본적으로는 상황을 지켜보는 수밖에 없어. 단지 이렇게 장기간 투숙해주는 손님은 우리로서는 아주 귀중한 고객이야. 다치바나 사쿠라라는 작가가 앞으로도 집필할 일이 생겼을 때, 우리 호텔이 가장 이용하기 편했다는 이미지를 가지게 하도록 만들어야지. 열성 팬인지 뭔지, 괜히 소란을 피우는 자들 때문에 다른 호텔로 가버리면 곤란해."

"동감이에요."

"소란을 막으려면 다치바나 사쿠라 씨가 그자들 눈에 띄지 않는 게 최선책이야. 여기 이 모치즈키 가즈오란 사람이 아마 출판사 쪽 담당자일 거야. 체크인 수속은 이 사람이 할 것 같아. 그러면 그사이에 다치바나 사쿠라 씨는 어딘가 다른 곳에서 기다리시라고 하면 좋을 텐데."

"모치즈키 씨와 상의해볼까요."

"그게 좋겠어. 이 일, 나오미 씨에게 부탁해도 될까."

"물론입니다."

"좋아. 그럼 그렇게 알고, 잘 부탁해." 구가는 자리에서 일어나 사무실을 나갔다.

나오미는 즉시 모치즈키 가즈오에게 전화를 해보기로 했다. 연락처는 예약 때 등록해둔 게 있었다. 휴대전화인 것 같았다.

호출음이 몇 차례 울린 뒤 전화가 연결되었다. "아, 네네." 허둥거리는 듯한 목소리가 들려왔다.

"코르테시아도쿄 호텔 숙박부의 야마기시 나오미라고 합니다. 실례지만 모치즈키 가즈오 님이신가요."

"예, 그런데요."

"이번에 저희 호텔을 이용해주셔서 감사합니다. 실은 모치즈키 님께 긴히 드릴 말씀이 있어서요. 지금 시간 괜찮으십니까."

"괜찮긴 한데, 예약에 뭔가 착오라도?"

"아뇨, 그런 게 아닙니다. 단지 미리 알아두시면 좋겠다는 정도의 일이에요."

"그러면 직접 듣기로 하죠. 내가 방금 호텔에 도착한 참이거든요."

앗 하는 소리가 저절로 흘러나왔다. "지금 어디 계세요?"

"프런트 바로 근처인데요."

나오미는 마음이 급해졌다. 사무실에서 전화나 하고 있을 때가 아니다.

"알겠습니다. 그럼 저도 즉시 프런트로 나가겠습니다."

"그럼 나는 프런트로 찾아가면 되겠지요?"

"그렇습니다."

"알았어요."

전화가 끊기는 것을 확인하고 나오미는 수화기를 내려놓았다. 서둘러 프런트로 나가 주위를 둘러보았다. 갈색 코트를 걸친 남자가 다가오는 참이었다.

"모치즈키 님?" 나오미가 물었다.

"맞아요. 방금 전화하신 분?"

"네, 실례가 많았습니다."

"뭔가 할 말이 있다고 하셨는데."

"예, 그렇습니다. 하지만 그 전에 확인할 게 있어요. 숙박하시는 분은 다마무라 가오루 님인 것으로 알고 있는데, 혹시 지금 함께 오셨습니까?"

그게 궁금했던 거야, 라는 듯이 모치즈키가 입을 살짝 헤벌리고 고개를 끄덕였다.

"아니, 그 사람은 나중에 올 거예요. 우선 내가 대신 체크인부터 하려고요. 아, 대신 하면 안 되는 건가요?"

"아뇨, 그건 괜찮습니다. 그런데 다마무라 님은 언제쯤 오실까요."

"이제 슬슬 올 때가 됐는데." 모치즈키는 손목시계로 시선을 떨구었다. "저쪽 커피숍에서 만나기로 했거든요." 오픈 플로어의 라운지 쪽을 가리켰다.

이거 큰일이라고 나오미는 생각했다. 메구로와 이누카이 일행 쪽에서 빤히 보이는 곳이다.

"근데 왜요?" 모치즈키가 뭔가 미심쩍다는 듯이 물었다.

"아닙니다. 그러시면 모치즈키 님, 오늘부터 나흘간, 디럭스 트윈을 싱글 유스로, 틀림없으십니까."

"예."

"여기에 기입을 부탁드립니다."

숙박표를 내미는 것과 동시에 가슴이 철렁했다. 로비에 있던 메구로 일행의 시선이 일제히 나오미 쪽을 향하고 있었기 때문이다.

감이 딱 왔다. 그들은 모치즈키가 다치바나 사쿠라의 담당자란 사실을 이미 알고 있는 것이다.

나오미는 재빨리 머리를 굴렸다. 메모지를 가져다 급히 전언을 썼다.

"이거면 되겠죠?" 모치즈키가 기입을 마친 숙박표를 내보였다. 투숙객 칸에 '다마무라 가오루'라고 적혀 있었다.

"네, 고맙습니다. 그보다 모치즈키 님, 잠깐 이것 좀 봐주세요." 그렇게 말하며 메모지를 그 앞에 내밀었다.

거기에는 '뒤돌아보지 말고 제 얘기를 들어주세요'라고 적혀 있었다.

모치즈키는 흠칫 놀란 듯 눈이 둥그레졌다.

"숙박하실 다마무라 님이란 분이 사실은 이분이지요?" 나오미는 메모지 귀퉁이에 '다치바나 사쿠라'라는 이름을 적었다.

헉하고 모치즈키가 주춤 물러났다.

"아니라면 별문제 없지만, 만일 그분이시라면 꼭 말씀드릴 게 있어요." 나오미는 메구로 일행이 수상쩍어하지 않게 계속 얼굴에 프런트 클러크다운 미소를 담은 채 말했다.

모치즈키는 잠시 망설이는 듯 시선이 허우적거리더니 이윽고 입술을 적셨다. "어떤 얘기인데요?"

"역시 그러셨군요."

모치즈키는 떨떠름한 표정을 짓더니 눈을 깜빡였다. "그 질문에 꼭 대답해야 돼요?"

자신의 입장상, 답할 수 없다는 뜻일 것이다.

"알겠습니다. 대답하지 않으셔도 괜찮습니다. 그래도 일단 말씀은 드리도록 할게요. 현재 여기 로비에 남자 다섯 명이 와 있습니다. 벌써 두 시간째 저렇게 앉아 있어요. 아마도 여기 이분을 만날 목적인 것 같아요." 나오미는 메모지 귀퉁이에 써놓은 '다치바나 사쿠라'라는 글자를 가리키며 말했다. "지금 그 사람들이 계속 모치즈키 님을 쳐다보고 있…… 앗, 뒤돌아보시면 안 돼요."

모치즈키는 고개를 돌리려다가 뚝 멈췄다. "이런, 큰일 났네."

"별문제가 없다면 다행이지만, 그래도 혹시나 해서 말씀드렸어요."

"고마워요. 그나저나 이걸 어쩌지." 모치즈키는 고민에 빠진 얼굴이었다.

나오미는 체크인 수속을 하면서도 내심 안절부절못했다. 왜 모치즈키는 다치바나 사쿠라에게 냉큼 전화하지 않을까. 저렇게 어물거리다가 다치바나 사쿠라가 커피숍에 나타나기라도 하면 진짜 큰일인데.

“방 키는 지금 드릴까요.”

“방 키……. 아니, 괜찮아요.” 모치즈키가 슬쩍 고개를 저었다. “본인이 받는 게 좋겠어요. 다마무라 가오루라고 이름을 대면 그때 키를 주세요.”

“본인이 직접? 괜찮을까요.”

“괜찮아요. 저기, 야마기시 나오미 씨…….” 모치즈키가 나오미의 이름표를 보며 말했다. “나오미 씨라고 해도 되죠?”

“네, 괜찮습니다.”

“나오미 씨는 여기 프런트에 몇 시까지 있어요?”

“저 말씀이십니까. 대략 5시쯤까지는 있을 텐데, 무슨 일이신지요.”

“할 얘기가 있어요. 나중에 잠깐 시간 좀 내줄래요.”

“저한테 하실 얘기가?”

모치즈키는 고개를 끄덕이더니 상의 주머니에서 명함을 꺼냈다. “5시 이후라도 좋으니까 손이 비는 대로 내 휴대전화로 연락 좀 주세요.”

아무래도 뭔가 사정이 있는 것 같았다. 알겠다고 대답하고 나오미는 재빨리 명함을 챙겨 넣었다.

모치즈키는 프런트 앞을 떠나면서 휴대전화를 꺼냈다. 다치바나 사쿠라에게 연락할 생각이리라. 그 움직임을 메구로 일행이 눈으로 따라잡고 있었다. 이윽고 깡마른 중년 남자와 빨간 모자의 남자가 자리에서 일어섰다. 모치즈키를 미행할 생각인 것이다.

하지만 두 사람은 금세 로비로 다시 돌아왔다. 맥 빠진 표정인 것을 보면 미행에 실패했는지도 모른다.

이윽고 5시까지 10여 분쯤 남았을 무렵, 한 남자가 프런트로 다가왔다. 금테 안경을 쓴 약간 통통한 인물이었다. 쉰 살 전후쯤일까. 큼직한 가방을 들고 있었다. 그는 나오미의 가슴팍에 달린 이름표와 얼굴을 번갈아 바라본 뒤에 머뭇머뭇 입을 열었다.

"저기, ……무라인데요."

"죄송하지만 다시 한 번 말씀해주시겠습니까." 나오미는 귀에 손을 대고 몸을 앞으로 내밀었다.

"다마무라……, 다마무라 가오루라고 합니다."

이번에는 들렸다. 하지만 그게 그 다마무라 가오루라는 게 머릿속에서 변환되고, 모치즈키가 체크인 한 방의 투숙객이라는 것을 이해하기까지 몇 초쯤이 필요했다.

"다마무라 가오루 님이시라고요……."

음, 하고 남자가 고개를 끄덕였다. "모치즈키 씨의 연락을 받았는데."

틀림없는 것 같다. 나오미는 벨보이를 손짓해서 부르고, 미리 준비해둔 카드키를 카운터에 내놓았다. "네, 저희 호텔을 이용해주셔서 감사합니다."

"방 청소는 오전 11시에서 12시 사이에 해줘요. 그 시간 외에는 계속 방을 쓸 거라서."

"알겠습니다. 청소 담당자에게 전달하겠습니다."

"그럼 잘 부탁해요."

벨보이의 안내를 받아 엘리베이터 홀로 향하는 다마무라 가오루를 나오미는 눈으로 배웅했다. 그러다가 퍼뜩 놀라서 메구로 일행의 기척을 살폈다.

그들의 움직임에 별다른 변화는 없었다. 여전히 정면 현관과 프런트 쪽을 노리고 있을 뿐이었다.

2

주간 근무자의 저녁 당번에의 업무 인계는 오후 5시다. 그걸 끝내고 사무동으로 향하는 통로에서 나오미는 모치즈키에게 전화를 걸었다. 그가 곧바로 받아서 "미안해요, 무리한 부탁을 해서"라고 사과했다.

"아뇨, 괜찮습니다. 그보다 아까 로비의 남자 두 명이 모치즈키 님을 뒤따라간 것 같았는데요."

"그건 나도 눈치챘어요. 그래서 얼른 택시를 잡아타서 따돌렸죠."

"그러셨군요. 다행입니다."

"나오미 씨, 이래저래 이상하다고 생각했겠네요, 다마무라 가오루 씨 일도 그렇고."

"이상하다고 할까, 네, 좀 놀라긴 했습니다."

"그 건을 포함해 몇 가지 얘기해둘 게 있어요. 지금 잠깐 볼 수 있지요? 실은 다시 호텔 근처에 와 있어요. 어딘가 적당한 장소를 알려주면 내가 거기로 가겠습니다."

"알겠습니다. 그러시면……."

나오미가 제안한 곳은 호텔 사무동이었다. 좁은 도로를 끼고 바로 앞이고, 〈코르테시아도쿄 호텔 별관〉이라는 간판도 걸려 있다.

거기가 좋다고 모치즈키가 말해서 그 현관 앞에서 만나기로 했다.

나오미가 사무동 앞에서 기다리고 있으려니 잠시 뒤에 모치즈키가 나타났다. 1층 응접실이 빈 것 같아서 그곳으로 안내했다. 응접실이라고 해도 간소한 소파와 작은 테이블뿐인 좁은 사무실이다.

"다마무라 가오루라는 게 본명이에요." 자리를 잡고 앉자 모치즈키는 말문을 열었다. "사이타마 가와구치에 사는 사람입니다. 나이가 꽤 들어 보였을지 모르지만 아직 사십 대 중반이에요."

"작가님이시지요?"

나오미의 물음에 모치즈키는 허리를 쭉 펴며 "맞아요"라고 대답했다. 다시 심호흡을 한 차례 하더니 말을 이었다. "펜네임은 다치바나 사쿠라."

나오미는 눈을 깜빡였다. "그거, 밝히셔도 괜찮습니까?"

"이미 다 아시잖아요." 모치즈키의 눈이 가늘어지며 피식 웃었다. "체크인 할 때, 잠깐 망설였어요. 방 키를 내가 받아다 다마무라 씨에게 건네줄까 하고. 하지만 나오미 씨는 당연히 어느 방인지 다 알고 있고, 청소하는 사람 등에게 물어보면 그 방 투숙객이 이십 대 여성이 아니라는 것도 금세 알 거 아닙니까."

"고객을 사적으로 알아보는 짓은……."

"네, 그런 짓을 하실 리는 없죠. 하지만 일이 어떻게 흘러갈지 모르니까요. 그러느니 아예 사실대로 밝히고 도움을 받는 게 낫겠다고 생각했어요."

"도움이라면……." 그의 말에 나오미는 적잖이 당혹스러웠다. "어떤 도움을 드려야 할까요."

"간단합니다. 한마디로, 다치바나 사쿠라의 정체가 드러나지 않게 해주셨으면 합니다. 이미 아시는지도 모르겠지만, 27세의 여성인 걸로 되어 있거든요. 그 두 가지 외에는 전혀 공표한 게 없는 상태예요."

"네, 저도 인터넷에서 봤습니다. '복면 작가'라고 하는 것 같던데요."

"변명하는 것 같지만 사실 처음에는 우리도 속았어요. 응모 원고에는 분명히 여성이라고 적혀 있었으니까요. 작품을 보고 다들 흥분했죠. 정말 재미있고 에로티시즘이 넘쳤으니까요. 기대했던 대로 그 작품이 수상작으로 뽑혔습니다. 수상자에게 전화를 했는데 아주 귀여운 목소리였어요. 우리가 흥분하지 않을 수가 없었죠."

"그런데 실제로는?"

모치즈키는 눈썹을 팔자로 늘어뜨리고 아랫입술을 툭 내밀며 고개를 끄덕였다.

"작가를 만나보고는 적잖이 낙담했죠. 보셨던 대로 중년 아저씨였으니까요. 프로필을 거짓으로 써넣은 건 상을 타기 쉬울 것 같아서였다고 사과하더군요. 전화를 받은 건 고등학생 딸이었대요. 문제가 된다면 상을 반납하겠다고까지 말하는데, 그럴 수는 없었습니다. 편집부에서 상의한 결과, 오히려 이걸 역으로 이용해 책을 팔아보자는 쪽으로 얘기가 마무리됐어요. 즉 중년 아저씨를 여류 복면 작가로 데뷔시키기로 한 겁니다."

"그리고 그 계획이 크게 성공한 것 같군요."

"성공했죠. 화제가 되면서 수상작은 대히트, 연달아 출간한 신작도 베스트셀러에 올라서 우리는 다들 싱글벙글이었습니다."

"정말 다행이네요. 아, 하지만 좀 이상한데요."

"뭐가요."

"로비에 있던 남자들이 어떤 여자 사진을 갖고 있었어요. 그건 대체 누구 사진일까요." 나오미는 고개를 갸우뚱했다.

그러자 모치즈키는 떨떠름한 표정을 보이며 자신의 휴대전화를 몇 번 터치했다. 그러고는 화면을 나오미 쪽으로 내보였다.

"그 사진, 혹시 이거 아니에요?"

거기에 표시된 얼굴은 분명 메구로와 이누카이 일행이 들여다보던 사진이었다.

"네, 맞아요, 이 사진." 나오미는 대답했다.

"실은 이게 결정적인 실수였어요. 우리가 너무 오버한 거죠."

"무슨 말씀이신지."

"다치바나 사쿠라가 큰 인기를 끌다 보니까 이 작가의 생김새에 대한 논의가 특히 인터넷을 중심으로 번져갔습니다. 그중 가장 많은 의견이, 실제로는 엄청 못생긴 여자다, 그래서 얼굴을 드러내지 못한다, 라는 거였어요. 처음에는 그냥 무시했는데 점점 분하더라고요."

"분해요?" 나오미는 모치즈키의 얼굴을 마주 쳐다보았다. "하지만 실제로는 여자조차도 아니었는데……."

"그야 그렇지만 어렵사리 복면 작가라는 걸로 인기를 끌었는데 그 나름대로 독자에게 환상을 안겨주고 싶은 마음도 있었죠. 아무튼 다치바나 사쿠라의 정체에 대해서는 편집부에서도 몇몇 사람만 알고 있을 만큼 극비 사항이었거든요. 그래서 어떻게든 반박할 수 없겠느냐는 얘기가 나온 거예요. 결국 얼굴 일부만 보여주는 게 어떻겠느냐는 아이디어를 짜냈죠. 사선으로 뒤쪽에서 본 모습이나 눈 부분에 모자이크 처리 등을 해서 얼굴을 또렷이 알아볼 수는 없지만 상당한 미인으로 기대할 만한 사진을 공개하자는 거였어요."

"그러면 그 사진이?" 나오미는 모치즈키의 휴대전화로 시선을 던졌다.

"그렇습니다. 사진이라기보다 컴퓨터로 합성한 화면이에요. 지명도가 높지 않은 모델이나 여배우의 눈과 코 등을 적당히 조합한 겁니다. 그걸 포토샵 처리로 얼굴을 최대한 흐릿하게 해서 웹에 공개할 예정이었어요. 근데 잠깐 실수로 원판 사진이 올라가버렸어요. 담당자가 알아차리고 얼른 삭제했는데 이미 때늦은 일이었죠. 일부 마니아들 사이에 벌써 쫙 퍼져버렸어요." 모치즈키는 한숨을 내쉬며 휴대전화를 주머니에 챙겨 넣었다.

"팬들은 좋아했겠네요, 예상을 뛰어넘는 미인이라서."

"인터넷상에서 난리가 났죠. 어떻게든 진정시키려고 이 방법 저 방법을 다 써봤는데, 열광하는 팬들에게는 효과가 없었어요. 가라앉기는커녕 어떻게든 다치바나 사쿠라를 만나고 싶다는 사람들이 속출하는 판이에요. 요즘에는 전국의 마니아들이 서로 정보를 교환하고 오프라인에서 정기 모임까지 갖고 있어요."

나오미는 메구로와 이누카이 일행의 얼굴을 떠올렸다. 그들이 그런 모임의 멤버인 것이다.

"세상에는 괴짜들도 참 많아요."

"괴짜이기는 해도 그들의 결속력은 만만하게 볼 게 아니에요. 내가 담당 편집자라는 것까지 알아냈을 정도니까요. 며칠 전에도 다치바나 사쿠라를 텔레비전에 출연시키라는 탄원서가 우편으로 우리 집에 날아왔어요."

“집에까지……. 어떻게 알아냈을까요.”

글쎄요, 라고 모치즈키가 고개를 갸웃거렸다.

“이번 호텔 투숙만 해도 그래요, 출판사 내에서도 극히 일부만 알고 있는데…….”

“그거 말인데요, 왜 다마무라 님을 호텔에?”

나오미의 질문에 모치즈키는 쓴웃음을 지었다.

“그야 어떻게든 원고를 받아야 하기 때문이죠. 단편소설을 청탁했는데 마감일이 진즉에 지났는데도 도무지 주지 않고 있어요. 다치바나 사쿠라의 신작은 다음 호의 가장 중요한 원고라서 뺄 수도 없고, 우리로서는 다급한 상황입니다. 오늘까지 합해서 앞으로 나흘이 한도예요. 그 안에 어떻게든 써내지 않으면 정말 곤란합니다. 그런데 이 다마무라라는 사람이 잠깐만 눈을 떼면 금세 어디론가 자취를 감춰버려요. 그래서 어쩔 수 없이 호텔에 연금하기로 한 겁니다.”

“그렇다면 혹시 호텔에서도 빠져나가지는 않을지…….”

“맞는 말씀이에요. 그래서 시시때때로 확인해야 합니다. 아 참, 그렇지, 잠깐 실례.” 모치즈키는 다시 휴대전화를 꺼내 몇 번 눌러대더니 귀에 댔다. “거기 1205호실에 투숙 중인 다마무라 씨와 통화하고 싶은데요. ……네, 모치즈키라고 합니다.” 아무래도 호텔 쪽에 건 모양이다. “아, 다마무라 씨, 수고 많으십니다. 좀 어떠신가 해서요. ……예에, 그렇습니까. 그 말씀을 들으니 마음이 놓입니다. 자, 그럼 잘 부탁드립니다. ……예, 그것뿐이에요.

네네, 그렇게 좀 열심히 해주십시오. 그럼 실례합니다." 전화를 끊고는 "호텔 방을 빠져나가지는 않은 것 같군요"라고 말했다.

아, 하고 나오미는 납득했다. 호텔 전화에 걸어보면 방에 있는지 없는지 외부에서도 확인할 수 있는 것이다.

"힘드시겠어요, 편집부 일도."

"동물원 사육 담당자하고 똑같아요." 모치즈키가 사뭇 진지한 얼굴로 말했다. "습성을 충분히 이해하고, 때로는 추어주고 때로는 나무라면서 계속 함께 가야 합니다."

이런 때에 웃는 것도 이상한 듯해서 "네에, 그러시군요"라고 대답해두었다.

"어떤 상황이신지는 잘 알겠습니다. 그러면 저희는 어떻게 하면 될까요. 다치바나 사쿠라 님의 정체가 드러나지 않게 해달라고 하셨는데, 지금 이대로라면 그리 걱정할 건 없겠는데요. 로비에서 감시 중인 남자들은 사진 속의 미녀가 실제로 존재한다고 믿고 있으니까요."

모치즈키는 조용히 고개를 가로저었다.

"방금도 말씀드렸지만 그자들을 만만하게 봐서는 안 돼요. 동경하는 마돈나를 만나기 위해서라면 수단 방법을 가리지 않을 겁니다. 게다가 꼭 그 다섯 명만이라고는 할 수 없어요. 그들 말고도 다른 자들이 호텔 안팎에서 은밀히 활동할 가능성이 농후해요. 아무튼 가장 큰 문제는 호텔 방 번호가 알려지는 겁니다. 호텔 관계자인 척하면서 문을 두드리고, 그래서 다마무라 씨가 열어주기라도 하면……. 자칫 진실이 밝혀지면 그들은 격앙해서 그걸 인터넷상에 폭로할 거예요. 그런 일이 터지면 다치바나 사쿠라의 인기는 추락합니다. 아니, 그뿐만이 아니죠. 분노한 나머지, 다마무라 씨에게 위해를 가할 수도 있어요."

나오미는 숨을 헉 삼켰다.

"그, 그건 절대로 안 되지요."

"그렇습니다. 실은 호텔을 아예 옮기는 것도 생각해봤는데 하필 사흘 연휴라서 연박으로는 예약이 되질 않아요. 이대로 어떻게든 끝까지 버티는 수밖에 없습니다."

"그런 열렬한 남자 팬들이 있다는 것을 다마무라 님 본인은 알고 계신가요."

모치즈키는 얼굴 앞에서 손을 홰홰 내저었다.

"작가에게는 그런 자세한 얘기는 안 했죠. 괜한 일에 신경 쓰게 하고 싶지는 않아요. 집필에 방해가 될 수도 있으니까요."

"그렇군요."

"우선 무슨 일이 있더라도 이 비밀은 꼭 지켜주셔야 합니다. 그리고 다마무라 씨와 관련해 조금이라도 미심쩍은 점이 있으면 나한테 즉시 알려주세요. 잘 부탁드립니다." 모치즈키가 깊숙이 머리를 숙였다.

그 모습을 바라보며 동물원의 사육 담당자가 그나마 나을지도 모르겠다고 나오미는 생각했다.

퇴근하기 전에 프런트 뒤편 사무실을 들여다보니 아직 구가가 자리에 있었다. 그에게 모치즈키와 나눈 대화를 짤막하게 보고했다.

"복면 여류 작가의 정체가 중년 아저씨였단 말이야? 그야 출판사로서는 당연히 극비 사항이었겠네." 재미있다는 듯이 말한다. "알았어. 이건 저녁 당번과 야간 당번에게도 연락 사항으로 인계하도록 하라고 말해둘게."

"그 남자들, 어떻게 나올까요?"

"그 오타쿠 그룹? 글쎄, 난 예상도 못 하겠어. 어떻든 우리는 그때그때 대응해나가는 수밖에 없어."

"네, 그렇겠죠." 나오미도 애매하게 고개를 끄덕였다. 순간적으로 대응이 가능할 만한 일이라면 걱정도 없겠지만, 과연 그럴까.

3

다음 날 아침 9시, 야간 당번에게서 업무 인계를 받았다. 간밤에는 별다른 트러블이 없었던 것 같아서 그나마 마음이 놓였다.

프런트에 나가 로비를 둘러봤더니 메구로 일행의 모습은 눈에 띄지 않았다. 아무리 지켜보고 있어봤자 다치바나 사쿠라를 만날 수 없다고 포기한 걸까.

엘리베이터 홀에서 모치즈키가 나타났다. 나오미를 알아보고 꾸벅 인사를 건넨다.

나오미는 프런트에서 나와 그에게로 달려갔다. "웬일이세요?" 작은 소리로 물었다.

"다마무라 씨에게 아침 식사 배달이에요. 그 참에 원고 진척 상황도 알아보고 오는 길입니다. 다행히 글은 순조롭게 써 내려가는 것 같아요."

"방에까지 가셨어요?"

"예, 갔었어요. 하지만 괜찮아요, 엘리베이터에 나 혼자만 탔으니까."

미행은 당하지 않았다는 얘기인 모양이다.

"아닌 게 아니라 오늘은 그 남자들이 보이지 않네요."

"그런 것 같군요. 하지만 방심하면 안 됩니다. 어떤 짓을 꾸밀지 모르니까요."

계속해서 잘 부탁한다는 말을 남기고 모치즈키는 자리를 떴다.

방심하면 안 된다고는 하는데, 뭘 어떻게 해야 할지 얼떨떨한 상태에서 나오미는 업무에 들어갔다. 상대가 어떻게 나올지를 모르니 별 뾰족한 수도 없었다.

오전 10시를 넘어서자 체크아웃 업무가 바빠졌다. 로비도 북적이기 시작했다. 하지만 그 남자들은 여전히 나타나지 않았다. 그게 어쩐지 더 불길했다. 그들은 오늘 밤에도 이 호텔에서 묵는 것이다.

그런 와중에 한 인물이 프런트 앞을 가로질러 갔다. 누군지 알아보고 나오미는 흠칫 놀랐다. 바로 다마무라 가오루였기 때문이다. 점퍼를 입은 등을 웅크리고 정면 현관으로 나갔다.

대체 어디 가는 걸까. 아무래도 마음에 걸렸다. 곧바로 돌아올까.

그나저나 저 우둔해 보이는 중년 아저씨가 요즘 인기 절정의 연애소설 작가라니, 어느 누가 상상이나 할 수 있을까. 간밤에 나오미는 집에 가는 길에 서점에 들러 다치바나 사쿠라의 데뷔작을 찾아서 구입했다. 그야말로 가벼운 기분으로 읽기 시작했는데 자극적인 전개며 눈이 번쩍 뜨이는 관능미의 세계에 완전히 놀아나서 책장을 넘기는 손이 멈추지 않았다. 다 읽고 나니 자정이 훌쩍 지나 있었다. 인기를 끌 만도 하다고 납득했다.

소설 내용을 다시 더듬어보고 있는데 옆에 있던 후배가 나오미 씨, 라고 넌지시 부르는 소리가 났다. 퍼뜩 정신을 차리고 앞을 보았다. 체크아웃을 하려는 여자 손님이 기다리고 있었다.

죄송합니다, 라고 사과하고 카운터에 놓인 카드키를 집어 들었다.

체크아웃 업무가 일단락될 무렵, 구가가 잠깐 보자고 해서 나오미는 사무실로 내려갔다.

"방금 전에 이런 택배가 온 모양이야." 그렇게 말하며 구가가 보여준 것은 납작한 종이봉투였다. 우편 전표에 적힌 수신인은 이쪽 주소와 호텔 이름, 그리고 '다치바나 사쿠라(예약자 : 히토쓰바시 출판사 모치즈키 가즈오)'라고 되어 있었다. 발신인 칸에는 별도의 출판사명과 남자 이름이 적혔다. 품목은 '책'으로 나와 있었다.

"아주 수상한데요."

구가도 고개를 끄덕였다.

"그나저나 어쩌지? 오타쿠 그룹과는 관계없이 정말로 필요한 배달 물건일 수도 있잖아. 본인에게 확인해보는 게 가장 좋긴 한데."

"하지만 모치즈키 씨는 작가를 이 일에 끌어들이고 싶지 않다고 했어요. 게다가 다마무라 씨는 지금 방에 없을 거예요."

나오미는, 오전에 다마무라가 호텔에서 나가는 것을 봤는데 그 뒤에 돌아오는 건 못 봤다는 것을 구가에게 말했다.

"우선 모치즈키 씨와 상의해볼게요. 뭔가 미심쩍은 일이 생기면 연락하라고 했거든요." 휴대전화를 꺼내 이미 등록해둔 모치즈키의 번호에 걸었다.

착신 번호로 나오미의 전화라는 걸 알았는지 댓바람에 "네, 모치즈키예요. 다마무라 씨에게 무슨 일 있었어요?"라고 물었다.

나오미는 택배에 대해 설명했다. 모치즈키는 끄응 신음 소리를 냈다.

"그건 이상하죠. 다마무라 씨는 그런 출판사와는 작업한 적이 없어요. 단순히 새 책을 부친 거라면 집으로 보내면 될 테고, 애초에 그쪽 호텔에 투숙 중이라는 것 자체를 다른 출판사에서 알리가 없어요."

"그러면 어떻게 할까요?"

"일단 그냥 보관해주세요. 자세한 사정 얘기는 빼고 본인에게 직접 확인해봐야겠네요."

"네, 알겠습니다."

전화를 끊고 구가에게 모치즈키의 말을 전했다.

"역시 오타쿠 그룹이 한 짓인가. 하지만 이런 걸 보내서 어떻게 하려고?" 구가는 택배 봉투를 손에 든 채 고개를 갸웃거렸다.

"혹시," 나오미는 퍼뜩 생각난 것을 말했다. "도청기?"

구가가 흠칫 놀란 듯 눈을 크게 떴다. "아, 그래……." 얼마든지 가능한 일, 이라고 그 얼굴에 쓰여 있었다.

만일 그렇다면 지금까지 나눈 대화도 죄다 엿들었을까. 나오미는 구가와 이야기한 내용을 되짚어보았다. 다마무라라는 이름을 입 밖에 내기는 했지만 그게 남자라는 것이나 몇 호실에 있는지 등은 말하지 않았을 터였다.

똑같은 생각을 했는지 구가도 말문을 닫아버렸다. 그는 택배 봉투를 들고 주위를 둘레둘레한 뒤, 벽의 캐비닛 안에 던져 넣고 문을 잠갔다.

"그 정도로 괜찮을까요?" 나오미가 작은 소리로 물었다.

"아무것도 안 하는 것보다는 낫잖아." 구가도 소곤소곤 대답했다.

나오미의 휴대전화가 울렸다. 모치즈키에게서 온 것이었다.

"본인에게 확인했어요. 역시 택배 올 만한 데가 없다는군요. 현재 집필 중이라서 누가 오는 건 원치 않는다니까 내가 그쪽으로 가지러 가겠습니다. 그때까지 맡아주실 수 있지요?"

"물론 괜찮습니다. 근데 내용물에 대해 좀 마음에 걸리는 것이……." 나오미는 휴대전화 입가를 손으로 감싸고 도청기일 가능성에 대해 말해주었다.

"아, 그렇군. 그건 미처 생각을 못 했네." 모치즈키도 허를 찔린 듯했다.

"어떻게 할까요?"

"되도록 사람이 드문 곳에 보관해주세요. 여기 일 끝나는 대로 내가 갈 테니까요."

"알겠습니다."

"잘 부탁합니다."

"저어, 모치즈키 님." 나오미는 또 한 가지, 걱정스러운 것이 있었다. "다마무라 님은 방에 계셨습니까."

"예, 있었어요. 하우스키퍼가 청소할 때 외에는 아침부터 계속 글만 썼다고 자화자찬을 하던데요."

"아침부터 계속?"

"예에. 근데 왜요?"

"아뇨, 아무것도 아닙니다. 실례했습니다."

전화를 끊고 나서, 모치즈키의 의향을 구가에게 전했다.

"되도록 사람이 드문 곳? 흠, 어디가 좋을까." 구가가 턱을 쓱

쓱 비볐다.

“사무동 회의실은 어떨까요. 문에 알림 글을 붙여놓으면 아무도 접근하지 않을 거예요.”

구가는 손가락을 탁 튕겼다.

“그래, 거기가 좋겠다. 일정표 확인해서 오늘 쓰지 않는 회의실에 넣어두도록 해.”

“네, 알겠습니다.”

캐비닛에서 택배 봉투를 꺼내 들고 나오미는 사무실을 나왔다. 직원용 통로를 걸어가며 저도 모르게 연신 고개를 갸웃거렸다.

오전에 정면 현관으로 밖에 나간 점퍼 차림의 인물은 분명 다마무라 가오루였다. 잘못 봤을 리는 없다. 그렇다면 그 뒤에 금세 돌아왔던 걸까. 그걸 내가 놓쳐버린 것뿐인가.

사무동으로 가서 알아보니 2층 회의실이라면 오늘은 쓸 예정이 없다고 했다. 책상 위에 택배 봉투를 내려놓고 문에 출입 금지라는 알림 글을 붙였다.

그다음에는 프런트로 돌아와 통상 업무에 임했다. 오후 2시를 지나자 투숙객들이 속속 도착했다.

프런트 작업을 하고 있는데 옆에 있던 구가가 옆구리를 슬쩍 쳤다. 나아가 턱을 슬쩍 내밀며 시선을 저만치로 던졌다. 그쪽을 보라는 얘기인 것 같았다.

나오미는 구가의 시선 끝을 따라갔다. 그러자 그 다섯 남자의 모습이 눈에 들어왔다. 줄줄이 이동하고 있다. 가만히 지켜보니 그들은 정면 현관이 아니라 로비 옆쪽 출입구를 통해 밖으로 나가고 있었다. 어디로 가려는 건가.

구가와 서로 마주 보았다. 그가 고개를 갸웃거리며 "실은 좀 전에 경비실에서 연락이 왔었어"라고 작은 소리로 말했다. "방범 카메라에 수상한 자들이 찍혔다고 해서 내가 영상을 확인했어."

"저 사람들이었어요?"

구가가 고개를 끄덕인다. "맞아."

"수상하다니, 어떻게요?"

"호텔 각 층을 죄다 돌아다니더라고, 느릿느릿."

"각 층을 죄다……. 다치바나 사쿠라 씨를 찾아다닌 걸까요."

"그럴지도 모르지. 하지만 복도에서 덜컥 마주친다느니, 그런 우연을 기대한다는 게 말이 되나?"

"그러게요, 이상하네요."

"어슬렁어슬렁 돌아다닌 것뿐이라 그걸 나무랄 수도 없고, 일단 경비원들에게 계속해서 주의 깊게 봐달라고 얘기했어."

그로부터 한 시간쯤 지나 다섯 명의 남자가 다시 돌아왔다. 그들의 표정을 보고, 웬일인가 하는 마음이 들었다. 하나같이 들뜬 분위기였던 것이다. 표정 변화가 별로 없는 메구로까지 흰 이를 드러내며 웃고 있었다.

그들은 편의점 봉투를 손에 들고 있었다. 거리가 있어서 자세히는 보이지 않지만, 아마 방에 올라가 늦은 점심을 먹으려는 것 같았다.

“도대체 무슨 꿍꿍인지 모르겠네, 저 사람들.” 구가가 귓가에 대고 속닥였다.

“그러게 말이에요.” 나오미도 고개를 갸웃거릴 수밖에 없었다.

그 뒤에는 딱히 별다른 일은 없었다. 모치즈키에게서 출판사 일의 사정상 물건을 가지러 가는 게 조금 늦어질 것 같다는 연락이 왔을 뿐이다.

그럭저럭하는 사이에 저녁 당번과의 교대 시각인 오후 5시가 다가왔다. 인계해야 할 정보를 정리하고 사무실로 내려가려다가 나오미는 정면 현관으로 들어서는 인물을 발견하고 깜짝 놀랐다. 다마무라 가오루였기 때문이다. 그는 뭔가 다급한 기색으로 로비를 가로질러 엘리베이터 홀로 사라졌다.

나오미는 멀거니 그 모습을 지켜보았다. 대체 어떻게 된 일인가. 모치즈키의 말에 의하면 그는 계속 방에서 글을 쓰고 있었다고 했다. 이번에도 잠깐 외출했을 뿐인데 그가 나가는 모습을 나오미가 놓치고 못 본 것일까.

아무리 생각해봐도 알 수 없어서 우선은 사무실로 내려가려는데 이번에는 엘리베이터 홀에서 그 다섯 명의 남자가 나타났다. 나오미는 가슴이 철렁했다. 중간에 다마무라와 덜컥 마주치지나 않았을지 걱정스러웠기 때문이다. 하지만 생각해보니 서로가 서로에 대해 전혀 알지 못하는 사이였다.

메구로를 선두로 남자들이 프런트로 다가왔다. 나오미는 웃는 얼굴로 맞이했다. "무슨 일이십니까."

메구로는 방 두 개분의 카드키를 카운터에 올려놓았다.

"우리, 오늘 밤에도 이 호텔에서 묵기로 되어 있는데요, 방을 좀 바꿨으면 좋겠어요."

나오미는 입가에 웃음을 지으면서도 몸이 저절로 긴장했다. "지금 쓰시는 방에 뭔가 문제가 있습니까."

"그런 건 아니고 우리가 따로 원하는 방이 있어서 그래요."

그렇게 대답하는 메구로의 뒤쪽에서 이누카이가 끼어들었다. "추가 요금이 필요하면 낼 겁니다."

"방의 등급을 올리겠다는 말씀이십니까."

"그렇죠." 메구로가 말했다. "그쪽은 방이 어떤지 모르겠지만, 아마 이래저래 특별할 거 같은데."

"그쪽 방이라면 어디를 말씀하시는지……."

"별관 쪽요." 다시 이누카이가 말을 끼웠다. "저기 앞의 건물."

"예?" 무슨 말인지 알 수 없었다. "어떤 건물을 말씀하시는지."

"허 참, 못 알아듣네." 이누카이가 쓱 앞으로 나섰다. "별관 쪽 방으로 옮겨달라는 얘기예요."

"별관요?"

"그래요, 돈만 내면 되는 거 아닙니까."

다섯 명의 남자들이 적개심이 담긴 눈빛으로 노려보고 있었다. 왜 자신들이 원하는 대로 냉큼 말을 들어주지 않느냐고 짜증이 난 모양이었다.

나오미는 그제야 무슨 말인지 이해했다. 깜빡 웃음이 터지려고 했지만, 그럴 수는 없었다.

"죄송합니다만 손님들께서 오해를 하신 것 같습니다. 저희 호텔에는 별관의 숙박 시설은 없습니다."

"뭔 소리야. 길 건너편 건물에 '코르테시아도쿄 호텔 별관'이라는 간판이 있잖아요." 메구로가 불만스러운 듯 입을 툭 내밀었다.

"그 건물에는 저희 회사의 관리부와 사무부만 있습니다. 고객분께 제공해드리는 방은 물론이고 음식점이나 매점도 그쪽에는 없습니다. 간판 표시 때문에 헷갈리신 것 같군요. 정말 죄송합니다." 그렇게 말하고 나오미는 머리를 숙였다.

다섯 명의 남자들은 하나같이 입을 반쯤 헤벌렸다. 아마도 신이 나서 프런트까지 달려온 모양이다. 하지만 완전히 헛다리를 짚었다는 것을 알고 어쩔 줄 모르는 기색이었다.

"적절한 설명이 되었을까요." 나오미가 물었다.

"정말로 그쪽 건물에는 방이 없어요? 숙박하는 사람이 한 명도 없느냐고요." 메구로가 집요하게 물고 늘어졌다.

"네, 없습니다. 숙박하는 손님은 단 한 분도 안 계십니다."

남자들이 서로 얼굴을 마주 보았다. 하나같이 맥 빠진 표정이었다.

"알았어요, 됐습니다." 메구로가 말하고 다른 네 명과 함께 엘리베이터 홀로 돌아갔다.

혹시……. 그들이 사라진 곳을 바라보며 나오미는 생각했다. 그 택배 물건과 관계가 있는 게 아닐까. 그 봉투가 지금 사무동, 즉 코르테시아도쿄 호텔 별관의 회의실에 가 있는 것이다.

그런 생각을 하고 있는데 모치즈키에게서 전화가 걸려 왔다. 출판사 일이 정리되어서 지금 택배 물건을 가지러 이쪽으로 오겠다는 것이다. 마침 좋은 타이밍이었다. 어제와 마찬가지로 별관의 사무동 쪽 현관에서 만나기로 했다.

저녁 당번에게 업무 인계를 마치고 사무동 앞에서 기다리고 있으려니 약속 시간에 정확히 맞춰 모치즈키가 나타났다. 나오미는 그를 2층 회의실로 안내했다.

"분명 수상쩍은 물건이군요." 택배 봉투를 손에 들고 모치즈키가 말했다.

실은요, 라면서 나오미는 조금 전 메구로 일행과의 대화를 작은 소리로 전해주었다.

"방을 옮겨달라고 했다? 흠, 그렇군." 모치즈키는 몇 번 고개를 끄덕인 뒤, 봉투를 자신의 가방에 넣었다. "지금부터 잠깐 아키하바라에 다녀와야겠어요."

"아키하바라?"

"무선 기기며 도청기에 대해 잘 아는 사람이 있어요. 그 친구에게 한번 보여주려고요. 나오미 씨는 이제 퇴근입니까?"

"네, 오늘 업무는 끝났습니다만."

"그렇습니까. 한 시간 정도만 기다리면 결과를 알려줄 수 있을 텐데."

"알겠습니다. 그러시다면 결과가 나올 때까지 제가 기다릴게요."

모치즈키에게서 연락이 오기를 기다리는 동안, 직원용 식당에서 저녁을 먹었다. 식사를 끝내고 잠시 뒤에 그에게서 전화가 왔다. 다시 사무동 쪽에서 만나기로 했다.

"예상했던 대로예요." 모치즈키는 나오미의 얼굴을 보자마자 말했다. "택배 봉투 안의 책에 도청기가 아니라 발신기 장치가 달려 있었어요. 주파수가 맞는 수신기로 장소를 알아낼 수 있는 기기라네요."

"아, 그래서……."

메구로 일행의 행동을 그제야 이해할 수 있었다. 호텔 복도를 각 층마다 돌아다닌 것도 설명이 된다. 수신기를 들고 발신 위치를 찾아다닌 것이다.

"택배로 보낸 물건이 이쪽 별관 건물에 있다는 것을 알아냈겠죠. 그래서 다치바나 사쿠라도 틀림없이 이 별관 어딘가에 있을 거라고 생각한 거예요."

"그러고 보니 그 사람들이 밖에서 돌아왔을 때, 뭔가 신이 난 것 같았어요. 드디어 만나고 싶던 여류 작가의 소재지를 알아냈다고 좋아했던 거였네요."

"아무튼 연락해주셔서 살았어요. 앞으로도 잘 부탁드립니다."

"도움이 되었다니 다행입니다. 근데 지금 어디 가시려고요?"

나오미가 물었다. 모치즈키가 큼직한 흰색 비닐 봉투를 들고 있었기 때문이다.

"다마무라 씨에게 저녁 식사를 배달해야죠. 비싼 룸서비스를 주문하면 비용을 감당할 수 없어서."

"그럼 방으로 올라가시는 건가요?"

"예, 원고 진척 상황도 알아봐야 하니까요."

"그러시군요."

나오미의 표정에서 뭔가를 감지했는지 모치즈키가 무슨 일이냐고 물었다.

"다마무라 님은 오늘 계속 방에서 글을 쓰고 계셨다고 했지요?"

"그렇죠. 아마 한 걸음도 밖에 나가지 않았을 거예요. 내가 낮에도 한 차례 전화했었는데 분명히 방에 있었어요. 근데 그게 왜요?"

"아뇨, 종일 방 안에서 좀 힘드시겠다 싶어서……."

"딱하기는 하지만 어쩔 수 없어요. 우리도 이게 업무니까요."

그럼 이만, 이라면서 모치즈키는 자리에서 일어섰다.

4

다음 날 아침, 교대 시각까지 약간 여유가 있어서 나오미는 로비를 둘러보기로 했다. 잠깐이라도 손이 비면 호텔을 돌면서 도움이 필요한 손님을 찾아 말을 건네도록 하라고 신입 때부터 교육을 받았다.

에스컬레이터 옆에 인기척이 있어서 그쪽으로 다가갔다. 그랬더니 다름 아닌 다마무라 가오루였다. 한 손은 주머니에 찔러 넣고 다른 한 손으로는 휴대전화를 귀에 대고 있었다.

"내가 사정이 있어서 밤 시간에는 안 된다고 했잖아. ……아니, 그냥 개인적인 일이야. ……너하고는 관계없는 일이라니까. 아무튼 지금 바로 출발할게. 그때까지만 좀 부탁하자. ……응, 2시에 하치오지의 다나카 씨한테? 응, 알지, 잊어버릴 리가 있나. 그쪽하고의 상담은 내가 맡을 건데. 자, 그럼 부탁한다."

전화를 마친 다마무라는 서둘러 정면 현관으로 향하더니 그대로 밖으로 나갔다.

다시금 나오미는 고개를 갸웃거리지 않을 수 없었다. 2시에 하치오지의 다나카 씨한테—. 분명 그렇게 말했다. 이건 대체 어떻게 된 건가.

석연치 않은 채로 교대 시각이 되어서 나오미는 프런트에 섰다. 일을 하면서도 저도 모르게 자꾸 시선이 정면 현관으로 향했다. 다마무라가 언제나 돌아올지, 신경이 쓰여서 견딜 수가 없었던 것이다.

그럭저럭하는 사이에 낮 12시가 되었고, 그러자 엘리베이터 홀에서 메구로 일행이 나타났다. 그들은 2박이라서 오늘 체크아웃이다.

부루퉁한 표정으로 메구로 일행은 카드키를 카운터에 올려놓았다. 목적을 달성하지 못해 다들 기분이 좋지 않은 모양이었다.

"냉장고 이용은 없으셨습니까."

매뉴얼에 따라 물어봤더니 "없어요"라는 무뚝뚝한 대답이 돌아왔다. 식사를 편의점에서 사 온 도시락으로 때울 정도인데 호텔 냉장고의 음료를 이용했을 리가 없지, 라고 나오미는 속으로 중얼거렸다.

정산해보니 예치금보다 훨씬 적은 요금이 나왔다. 푼돈이랄 수 없는 잔돈을 접시에 얹어 영수증과 함께 내밀었다.

"저희 호텔을 이용해주셔서 감사합니다. 다시 찾아주시기를 기다리겠습니다." 그렇게 말하며 머리를 숙였다.

잔돈은 메구로가 받아 갔다. 그걸 다시 다섯 명이서 나누자면 시간깨나 걸리겠다고 나오미는 상상했다. 또다시 로비에 죽치고 있으려는가 하고 일순 걱정이 머리를 스쳤지만 그들은 말없이 정면 현관을 지나 사라져갔다. 나오미는 그제야 안도의 한숨을 내쉬었다.

뒤에서 누군가 어깨를 툭 친다. 구가였다.

"별문제 없이 다들 떠난 거 같네."

"네, 모치즈키 씨와의 약속을 지킬 수 있어서 다행이에요."

"드디어 한 건 해결인가. 여기서 일한 지도 꽤 오래됐지만 저런 사람들은 처음이야. 덕분에 아주 좋은 공부를 했네." 구가가 쓴웃음을 지으며 말했다.

정말요, 라고 동의하면서도 사실 나오미는 아직 마음에 걸리는 게 있었다. 물론 다마무라 가오루의 일이다. 호텔을 나간 채 그는 돌아올 기척이 없었다.

일이 어느 정도 마무리되었을 때, 나오미는 모치즈키에게 전화를 걸었다. 다섯 명의 남자가 체크아웃 했다는 소식을 전해주는 게 좋을 것 같았기 때문이다.

"그래요? 다행이네요, 한시름 덜었습니다." 나오미의 말을 듣고 모치즈키는 반색하는 목소리였다. "이제 다마무라 씨 만나러 갈 때, 몰래 숨어 다닐 필요가 없겠네요."

"오늘 아침에도 만나셨습니까."

"만났죠. 아침저녁으로 식사를 배달하는 게 일과니까요. 오늘 아침에는 8시 반쯤에 들렀어요. 역시나 잠이 덜 깬 모습이더군요."

나오미가 로비에서 통화하는 다마무라를 발견한 것은 그 조금 뒤였다.

"다마무라 님은 원고를 순조롭게 써내고 있는가요?"

"그럭저럭 잘되는 편이에요. 방금 전에도 전화해서 진척 상황을 확인했습니다."

"전화를 하셨다고요?"

"예에, 자꾸 전화하지 말라고 혼이 나긴 했지만요, 하하하."

"저희 호텔 방으로 전화하신 거죠, 휴대전화가 아니라."

"물론 방으로 했지요. 휴대전화라면 의미가 없으니까요. 근데 왜요?"

"아뇨, 역시 힘드시겠다 싶어서요, 두 분 다."

"그게 일이니까 별로 힘들 것도 없어요. 아무튼 소식 전해주셔서 고맙습니다."

천만에요, 라고 말하고 전화를 끊은 뒤 나오미는 시계를 보았다. 오후 2시를 넘어선 참이었다. 다마무라는 통화에서 하치오지 얘기를 하더니만, 어느 틈에 거기서 다시 호텔로 돌아와 지금 방에 있다는 것인가.

멍하니 생각에 잠겼다가 인기척을 깨닫고 고개를 들었다. 회색 양복을 입은 젊은 남자가 프런트로 다가오고 있었다.

"잠깐 물어볼 게 있습니다. 나는 이런 사람이에요."

남자는 상의 안주머니에서 명함을 꺼내 내밀었다. '주식회사 규에이샤 문예서 편집부 이마무라 유지'라고 적혀 있었다. '규에이샤'라면 유명한 출판사다.

"이 호텔에 지금 히토쓰바시 출판사의……." 남자가 거기서 문득 말을 멈춘 것은 나오미의 얼굴 표정이 확 달라졌기 때문일 것이다. 그녀의 시선은 정면 현관을 뛰어 들어오는 남자들에게로 향해 있었다. 메구로를 선두로 그 다섯 명의 남자들이 다시 돌아온 것이다.

이마무라라는 사람도 덩달아 뒤를 돌아보더니 흠칫 놀란 듯 물러섰다. "엇, 뭐지?"

메구로 일행은 곧장 프런트로 달려오더니 이마무라의 팔을 잡았다.

"규에이샤의 이마무라 씨지요?" 메구로가 물었다.

"네, 그런데요."

"부탁합니다. 다치바나 씨를, 다치바나 사쿠라 씨를 만나게 해주십쇼."

"엇, 무슨 소립니까."

"우린 진짜 진지해요. 딱 한 번만 만나보면 돼요. 부탁합니다. 제발 만나게 해주세요." 메구로는 바닥에 무릎을 꿇고 앉았다. 다른 네 사람도 똑같이 무릎을 꿇고 일제히 외쳤다. "부탁합니다!"

"아, 잠깐잠깐, 이러지들 말아요." 이마무라가 뒷걸음질을 쳤다.

소란스러운 기척을 알아채고 벨 캡틴과 벨보이들이 우르르 달려왔다.

"죄송합니다. 여기서 이러시면 다른 손님들께 방해가 됩니다. 다른 곳으로 이동해주십시오." 벨 캡틴이 메구로 일행에게 말했다.

"안 돼! 다치바나 씨를 만날 때까지 이 자리에서 꼼짝도 안 하겠어." 메구로가 뻗댔다.

벨 캡틴은 부하 직원들에게 눈짓으로 신호를 보냈다. 여러 명의 벨보이들이 계속 공손한 말투를 유지하면서도 다섯 명의 남자를 힘으로 일으켜 세워 정면 현관 밖으로 데려갔다.

그 모습을 지켜본 뒤에 이마무라가 넥타이를 느슨하게 풀었다.

"어휴, 깜짝 놀랐네. 뭡니까, 저 사람들?"

"죄송합니다. 오늘 아침까지 숙박하신 손님들인데……."

"그러고 보니 모치즈키 씨가 그런 얘기를 했어요. 다치바나 사쿠라 씨의 열성 팬에게 쫓기고 있다던데, 바로 저 사람들 얘기였군요."

"모치즈키 님과 아시는 사이?"

이마무라가 고개를 끄덕였다.

"모치즈키 씨가 이 호텔을 소개해줬어요. 다치바나 씨에게 원고 청탁을 하려면 직접 상의해보라고."

"아, 그러셨군요."

"미안하지만 여기서 다치바나 씨 방으로 전화 좀 해줄래요? 규에이샤의 이마무라라는 사람이 와 있다는 것만 전해주시면 됩니다."

"알겠습니다."

나오미는 옆에 있는 수화기를 들었다. 다마무라 가오루의 방은 1205호실이다. 그 번호를 누르면서, 이마무라는 다치바나 사쿠라의 정체를 이미 알고 있는지, 약간 마음에 걸렸다.

호출음이 울렸다. 그때였다. 느닷없이 이마무라가 카운터 안쪽으로 몸을 쓱 내미는가 싶더니 긴 팔을 뻗어 나오미의 손에서 수화기를 가로챘다. 그녀가 비명을 올릴 틈도 없을 만큼 재빠른 동작이었다.

이마무라는 수화기를 귀에 대고 전화기 코드가 최대한 늘어나는 곳까지 성큼성큼 물러섰다.

"왜 이러십니까, 어서 돌려주세요!" 나오미가 손을 뻗어봤지만 닿지 않았다.

"다치바나 사쿠라 씨지요?" 전화가 연결되었는지 이마무라가 말을 하기 시작했다. "갑작스럽게 죄송합니다. 저는 당신의 팬입니다. ……이름을 댈 만한 정도의 사람은 아니고요. 하지만 이것만은 기억해주십시오. 항상 응원하고 있습니다. ……아니요, 감사 인사를 드릴 사람은 접니다. ……네, 그러면 이만." 담담한 어조로 말하더니 감격한 듯 수화기를 지그시 쳐다보고 있었다.

이윽고 이마무라가 카운터로 다가와 머리를 숙이며 수화기를 내밀었다. "죄송합니다."

벨 캡틴이 다시 얼굴빛이 확 변해서 뛰어왔다. 하지만 나오미는 웃는 얼굴로 벨 캡틴에게 "아니, 괜찮아요"라고 말했다. 그리고 이마무라가 내민 수화기를 받아 들었다.

"저 사람들과 한편이었군요. 이렇게 깜빡 속이다니……."

"우리로서는 마지막 수단이었어요. 얼굴도 못 볼 경우에는 목소리만이라도 들어보기로 했죠. 그러려고 나 혼자만 숙박은 하지 않은 거예요."

"그래서 목소리는……, 들으셨어요?"

"들었습니다. 다른 친구들에게도 들려줄 거예요." 그는 손에 든 것을 가리켰다. 보이스 리코더였다. 방금 둘이 나눈 대화를 녹음한 모양이었다. "예상했던 대로, 아니, 예상했던 것보다 훨씬 더 사랑스러운 목소리였어요. 소녀처럼."

"예엣?"

"아무튼 실례가 많았습니다." 이마무라는 다시 한 번 깊숙이 머리를 숙였다.

"두 번 다시 이런 짓은 하지 말아주세요."

"예, 정말 죄송합니다."

이마무라는 발길을 돌리더니 정면 현관을 향해 걸음을 옮겼다. 그 끝에는 그 다섯 남자의 모습이 있었다. 그들을 향해 이마무라는 오른손으로 승리의 V자를 그려 보였다. 그것을 본 다섯 남자는 만세를 불렀다.

"감쪽같이 당해버렸네." 구가가 옆으로 다가와 말했다. "근데 괜찮아, 목소리쯤은."

"근데 좀 이상해요. 저 사람들, 대체 누구하고 통화한 걸까요."

"그러고 보니 그러네." 구가도 고개를 갸웃갸웃하고 있었다.

나오미는 머리를 굴렸다. 이윽고 한 가지 가설이 떠올랐다. 분명 그것밖에 없다.

그녀는 프런트를 나섰다. 향한 곳은 오퍼레이터 룸이었다.

5

오후 6시가 다 되었을 때, 다마무라 가오루가 정면 현관으로 들어왔다. 이미 저녁 당번에게 업무 인계를 마치고 로비에서 대기하던 나오미는 서둘러 엘리베이터 홀로 향했다. 어떻게든 다마무라보다 먼저 방에 가야만 한다.

엘리베이터로 12층에 올라가 복도를 걸어 들어갔다. 1205호실 앞에 멈춰 서서 천천히 문을 두드렸다.

문이 안쪽으로 열렸다. 얼굴을 내민 상대는 나오미를 보자마자 깜짝 놀란 듯 눈이 휘둥그레졌다.

"갑작스럽게 찾아와서 죄송합니다." 나오미는 머리를 숙이며 말했다. "확인할 것이 있는데, 지금 잠깐 좀 괜찮으실까요."

상대는 침묵하고 있었다. 곤혹스러운 기척이 전해졌다.

나이는 십 대 후반, 고등학생일까. 나오미의 예상보다 훨씬 어렸다. 수수한 인상이지만 청결한 느낌을 풍기는 소녀였다.

그때 엘리베이터 홀에서 다마무라 가오루가 나타났다. 의아해하는 얼굴로 이쪽으로 다가온다.

나오미는 그를 향해 인사를 건넸다. "잘 다녀오셨습니까, 다마무라 님."

"어떻게 된 거야?" 그는 방 안에 있는 소녀에게 물었다.

"문을 두드려서 아빠인 줄 알고……." 소녀가 대답했다.

나오미는 미소를 지으며 다마무라를 바라보았다.

"방의 이용 방법에 대해 잠깐 여쭤보고 싶은 게 있습니다만."

다마무라는 난처한 듯 입술을 깨물며 슬쩍 고개를 끄덕였다.

"그러면 일단 안으로 들어갑시다."

"네, 실례합니다."

나오미는 다마무라와 함께 안으로 들어섰다. 두 개의 침대가 나란히 놓였고 그 건너편에는 라이팅 데스크가 있다. 그 위에 노트북과 책 몇 권이 놓여 있었다.

소녀는 데스크 옆 의자에 앉고, 다마무라는 소파에 자리를 잡았다.

"이 방은 트윈룸입니다." 나오미는 선 채로 말했다. "원래 두 분이 사용하시는 방입니다만, 손님 한 분이 쓰시는 것도 가능합니다. 바로 '싱글 유스'라는 것인데요, 그 경우에는 요금이 달라집니다. 이번에 예약해주신 모치즈키 님께 저희는 싱글 유스라고 들었습니다. 그런데 이런저런 상황으로 보아 현재 두 분께서 이 방을 쓰시는 것 같아서 확인차 찾아왔습니다. 만일 싱글 유스에서 일반적인 트윈 이용으로 변경하고 싶으시다면 신속히 처리해드리도록 하겠습니다."

"아니, 그건 좀 곤란한데." 다마무라가 한 손을 들며 말했다. "이 일은 모치즈키 씨나 히토쓰바시 출판사 쪽에는 비밀로 해줬으면 좋겠어요. 추가 요금이 필요하다면 내가 별도로 낼 테니까. 그러니 수속은 싱글 유스인 걸로 해주쇼."

나오미는 두 사람을 번갈아 바라보았다. 조금 전 소녀가 다마무라에게 아빠라고 했으니까 두 사람은 부녀간일 것이다. 그러고 보니 눈매가 꼭 닮았다.

"뭔가 사정이 있으신 것 같군요."

그야 그렇지, 라고 다마무라가 중얼거렸다.

"괜찮다면 잠깐 얘기해주시겠습니까. 앞으로도 이곳을 이용하실 때, 저희가 어떻게든 도와드릴 수 있을 테니까요. 물론 필요없다고 하신다면 억지로 권하지는 않겠습니다만."

다마무라는 떨떠름한 표정으로 입을 열었다. "당신, 어디까지 알고 있어요?"

"제가 모치즈키 님에게서 들은 바로는 작가 다치바나 사쿠라 님이 다마무라 님이고, 집필에 전념하기 위해 저희 호텔에 투숙하시게 되었다, 라는 것뿐입니다. 하지만 실제로는 약간 다른 것 같군요."

다마무라는 고개를 끄덕이고 턱 끝으로 딸 쪽을 가리켰다.

"다치바나 사쿠라는 내가 아니라 저 아이."

"따님 말씀이십니까."

"그렇지, 얘가 가오루."

"그럼 다마무라 가오루 님이라는 건……. 아, 그랬군요."

"내 이름은 소이치요. 가오루라니, 나한테는 어울리지도 않는 이름이지." 다마무라가 머리를 긁적였다.

그에 의하면 가오루는 아직 열일곱 살이었다. 어렸을 때 어머니가 병으로 타계한 탓인지, 겉으로 보기보다 야무진 데가 있어서 아버지보다 오히려 더 어른스러운 언동을 하곤 했다. 어려서부터 책 읽기를 좋아하고 학교 성적도 뛰어났다.

이윽고 가오루는 직접 소설을 쓰기 시작했다. 나아가 그 소설을 누군가에게 보이고 싶어 신인상에 응모했다. 그러자 출판사에서 최종 후보작에 선정되었다는 통지서가 날아왔다. 우연히 그 우편물을 먼저 받아보게 된 다마무라는 깜짝 놀랐다. 딸이 소설 같은 것을 쓰는 줄은 전혀 알지 못했기 때문이다. 그는 딸의 책상 속을 살펴보았다. 그러자 프린트해둔 소설 뭉치가 나왔다. 제목을 보고 그것이 응모작이라는 것을 알았다.

"막상 읽어보고는 다시 한 번 놀랐어. 너무 낯 뜨거운 소설이라서."

"그런 거 아니라니까." 지금까지 고개를 숙이고 있던 가오루가 얼굴을 들며 말했다.

"그래도 남녀 간의 그렇고 그런 장면이 연거푸 나오잖아."

"그런 장면이 필요한 소설이니까 그렇지. 그리고 서로 사랑하다 보면 당연히 그런 것도 하잖아. 아빠도 그랬으면서."

"아니, 그것도 정도가 있어야지."

"아빠는 소설을 몰라. 그리고 나한테 온 우편물을 아빠 마음대로 열어보고, 내 책상을 뒤져서 원고도 아빠 마음대로 읽어보고, 그건 인간으로서 상식 이하야."

"쓸데없는 소릴. 내가 내 딸 걱정하는데 그게 뭐가 잘못이야. 뭐가 상식 이하냐고."

"잠깐만요, 다마무라 님." 나오미는 서둘러 중재에 나섰다. "따님의 마음도 충분히 이해가 됩니다. 게다가 저도 그 소설을 읽어봤는데 정말 감동적이었어요. 예술을 어떻게 받아들이느냐는 사람마다 제각각 다르다고 생각합니다."

다마무라는 양쪽 눈썹 끝을 축 늘어뜨렸다.

"그야 그렇지만, 아빠로서는 영 내키지가 않아요. 내 딸이 그런 소설을 썼다는 거, 사람들이 아는 것도 싫다고. 분명히 말하지만 나는 그런 상 받는 거, 원치 않았어. 아니, 제발 받지 않게 해달라고 기도를 했어."

"하지만 보기 좋게 수상작으로 뽑혀버렸군요."

다마무라는 얼굴을 찌푸리며 고개를 끄덕였다.

"그 얘기를 가오루에게서 들었을 때, 눈앞이 캄캄합디다. 게다가 출판사 사람이 인사를 하러 온다잖아. 어떻게든 수상을 취소할 수는 없을까, 나 혼자 고민을 많이 했어."

"그래서 아버님이 대신……."

"나 같은 중년 아저씨가 젊은 여자인 척하면서 응모했다고 하면 틀림없이 수상이 취소될 거라고 생각했지."

"모치즈키 님이 그럴 수는 없었다고 하시던데요."

"그랬던 모양이지. 결국 상을 받게 됐어. 하지만 가오루 본인이 공개적으로 나서지는 않아도 됐어요. 모치즈키 씨가 다치바나 사쿠라라는 복면 작가로 만들어줬으니까."

"즉 모치즈키 님을 만나는 건 아버님이 담당하시고 소설 집필은 따님이 하셨다, 그런 얘기군요."

다마무라는 얼굴을 찌푸리며 눈썹 위를 긁적였다.

"이 아이는 아직 고등학생이니까 소설 말고도 다른 할 일이 많아요. 하지만 책이 잘 팔려서 들어오는 임시 수입이 반가운 것도 사실이고, 참 이러지도 저러지도 못하는 상황이지 뭐야."

"이번 호텔 투숙은 거절을 못 하셨던 건가요."

"약속을 해버렸거든, 마감일까지는 써내겠다고. 근데 학교 중간고사하고 겹치는 바람에 미처 시간을 맞추지 못했어요."

"그냥 집에서 소설을 쓰겠다고 하면 되지 않았을까요."

"그런 소리를 했다가는 모치즈키 씨가 날마다 집으로 찾아오지. 그건 더 난감해요. 왜냐면 나는 본업인 토목건축 사무소에 일하러 나가야 하잖아. 소설을 쓴 사람이 내가 아니라는 걸 당장 들켜버리지."

아하, 하고 나오미는 그제야 상황을 이해했다.

"그래서 따님과 둘이 호텔에 투숙한 뒤에 아버님은 낮 시간에는 일을 하러 나가셨군요."

"그렇지. 마침 사흘 연휴라서 가오루는 학교를 결석하지 않아도 됐으니까. 아침저녁으로 모치즈키 씨가 찾아왔지만 그 시간에 얘는 욕실에 숨어 있었어요."

"저런, 정말 힘드셨겠네요. 방 청소 시간을 정해준 것은 따님을 하우스키퍼에게 들킬까 봐 그러신 거네요."

"그렇지."

"하지만 한 가지, 의아한 것이 있어요. 모치즈키 님이 시시때때로 이 방에 전화를 했는데 그때마다 다마무라 님이 꼬박꼬박 전화를 받으셨다고 했어요."

"아, 그거." 다마무라가 빙긋이 웃었다. "이상하지? 어떻게 했을 것 같아요?"

"제가 나름대로 상상해본 것이 있습니다."

"호오, 어떤 식으로?"

"외부에서 호텔로 전화가 걸려 올 경우에는 오퍼레이터가 받습니다. 숙박 중인 손님과 통화하겠다고 하면 즉시 연결하는 게 아니라 일단 오퍼레이터가 그 방에 접선해서 손님에게 상대의 이름 등을 전한 다음에 연결해도 좋은지 어떤지, 문의하게 됩니다. 그래서 오케이라고 하시면 연결해드리는 거지요. 모치즈키 님이 전화했을 때도 그런 절차를 따랐습니다. 하지만 다마무라 님이 호텔에 없는 동안에 오퍼레이터가 건 전화는 따님이 받았을 거예요. 아마 전화를 받으면서 다른 한 손으로는 휴대전화를 썼던 게 아닐까요. 물론 아버님의 휴대전화에 연락하기 위해서요." 나오미는 방 전화의 수화기를 들고 다른 한 손으로는 자신의 휴대전화를 열었다. "그렇게 해서 아버님이 전화를 받으면 휴대전화를 이렇게 수화기에 댑니다." 방 수화기에 휴대전화의 송화구와 수화구가 거꾸로 되도록 밀착시켰다. "이렇게 하면 아버님은 어디에 계시건 모치즈키 님의 전화를 받을 수 있습니다. ……어떠세요, 맞습니까."

다마무라는 등을 쭉 펴고 팔짱을 꼈다.

"맞아요. 놀랍네. 역시 프로는 다르시네."

"실은 몇 시간 전에 작은 트러블이 있었습니다."

나오미는 프런트에서 이마무라와 있었던 일을 이야기했다.

"제가 사용하는 것은 내선 전화라서 중간에 오퍼레이터는 없습니다. 저한테서 수화기를 가로채 간 남자가 이 방에 계신 분과 직접 통화를 한 거예요. 그 사람은 사랑스러운 목소리의 소녀였다고 감격했습니다." 나오미는 가오루 쪽을 향해 물었다. "그때는 정말 깜짝 놀랐지요?"

"네, 엄청 당황했어요." 가오루가 대답했다. "갑자기 당신의 팬입니다, 라고 하더라고요. 어떻게 해야 할지 몰라서 나도 모르게 고맙습니다, 라고 대답해버렸어요."

"그 사람, 무척 만족했어요. 기묘하게도 진짜 다치바나 사쿠라 님의 목소리를 들었으니까요. 하지만 그 일을 통해 저는 이 방에 다마무라 님 외에 또 한 분이 있다는 것을 알았습니다. 그래서 오퍼레이터 룸에 가서 확인해봤어요. 역시 예상했던 대로였습니다. 이 방에 외선 전화를 연결해준 오퍼레이터가 매번 여자분이 전화를 받았다고 대답했거든요."

다마무라는 머리를 내저었다.

"대단하시네. 당신, 형사가 되어도 좋겠어."

나오미는 웃었다. "설마요. 농담도 잘하시네요."

"모두 당신 말이 맞아요. 그 밖에 우리가 감추고 있는 건 이제 없어. 자아, 그러면 여기서 꼭 당부할 게 있는데, 방금 했던 이야기는 부디 비밀로 해주쇼. 부탁합니다." 다마무라가 양 무릎에 손을 짚고 머리를 숙였다.

"괜찮습니다, 다마무라 님." 나오미는 말했다. "저희가 고객분의 프라이버시를 발설하는 일은 절대로 없습니다. 안심하셔도 됩니다. 그리고 이용 요금의 정산 방법에 대해서는 상사와 상의해보겠습니다."

"그래요, 그 말 들으니 마음이 놓이네."

"다만 다마무라 님, 외람되지만 한 말씀 드리겠습니다. 언제까지 계속 이렇게 지낼 생각이신지요. 머지않아 한계가 닥칠 것 같다는 생각이 듭니다만."

다마무라는 괴롭다는 듯 입가가 삐뚜름해졌다.

"그건 나도 알지. 하지만 우리 가오루가 고등학교 다니는 동안에는 안 돼요. 최소한 성인이 될 때까지는 어떻게든 감춰둘 생각이에요. 그다음은 본인의 의사에 맡겨야지. 하긴 그때까지 작가를 계속할 수 있을지 말지도 모르지만."

"나, 계속할 거야." 가오루가 말했다. "쓸 얘기가 아직 너무 많아." 힘찬 말투였다.

"따님의 의사에 맡긴다는 말씀에 저도 적극 찬성입니다. 그때까지 저희가 할 수 있는 일이 있다면 언제든지 말씀해주십시오. 최대한 대응해드리도록 하겠습니다."

"우리 정체는 감춰줘야 해요."

"물론입니다. 고객분의 가면을 지켜드리는 게 저희 일이니까요." 그렇게 말하고 나오미는 고개를 갸웃하며 말을 이었다. "아니지, 가면이 아니라 복면인가요?"

아버지와 딸이 나란히 웃음을 지었다. 둘 다 뭔가에서 해방된 듯한 표정이었다.

방을 나와 복도를 걸어가는데 휴대전화가 착신을 알렸다. 모치즈키에게서 온 것이었다.

"나오미 씨와는 관계없는 일이지만, 이래저래 큰 신세를 졌으니 소식이라도 전하려고 전화했어요." 약간 들뜬 목소리로 그는 말했다.

"무슨 일 있으셨습니까."

"밝혀진 게 있어요. 다치바나 사쿠라의 담당자가 나라는 것, 내 개인 정보, 그리고 다치바나 사쿠라가 호텔에 투숙 중이라는 등의 얘기가 어떻게 그 오타쿠들에게 새어 나갔는지 알아냈습니다. 실은 스파이가 있었어요."

"스파이?"

"이번 여름부터 편집부에서 고용한 아르바이트 중에 그자들과 한패인 사람이 몰래 들어와 있었어요. 다행히 다치바나 사쿠라의 정체까지는 알아내지 못했지만."

"그 사람이 스파이란 건 어떻게 알았나요?"

"자기 쪽에서 실토했어요. 내부 조사가 진행되니까 머지않아 들킬 거라고 생각했던 모양이에요. 물론 해고했지만, 본인 말에 의하면 다치바나 사쿠라는 만나지 못했어도 소기의 목적은 달성했으니 만족한다네요. 원 참, 무슨 소린지."

나오미는 퍼뜩 깨달았다. 이마무라라고 이름을 댔던 그 남자인 게 틀림없다. 하지만 그들이 다마무라 가오루의 목소리를 녹음해 갔다는 말은 모치즈키에게는 하지 않기로 했다. 다마무라 부녀의 가면도 지켜주어야 하는 것이다.

"지금까지 정말 수고 많으셨습니다." 나오미는 인사를 건넸다.

"아니, 나오미 씨에게 이래저래 폐가 많았지요. 다시 이런 식으로 호텔을 이용하는 일이 있을 텐데, 부디 이번 일로 질렸다고 하지 말고 앞으로도 잘 부탁합니다."

"예, 그야 물론입니다. 꼭 다시 찾아주시기를 기다리겠습니다."

전화를 끊은 뒤, 나오미의 입가에는 저절로 웃음이 번졌다. 자신이 키워냈다고 생각한 복면 작가가 몇 년 뒤에 가면을 벗었을 때, 모치즈키는 과연 어떤 얼굴을 할까. 그걸 상상하니 너무도 재미있었다.

매스커레이드 이브

1

정면 현관의 큼직한 슬라이드 도어를 들어선 사람은 둘 다 이십 대 중반으로 보이는 남녀였다. 나란히 커플 티셔츠에 면바지 차림이었다. 진기한 듯 로비를 둘러보면서 프런트로 다가왔다.

현재 프런트에는 세 명의 프런트 클러크가 나와 있다. 그중 한 사람은 아직 신입이다. 커플이 향한 곳은 그 신입 앞이었다.

남자 쪽이 "아까 예약 전화를 한 사람인데요"라고 말하고 이름을 댔다. 말의 억양으로 보아 이곳 간사이 지역 사람이었다.

신입 프런트 클러크가 손 밑의 단말기를 두드려 잠시 화면을 확인한 뒤에 "네, 오래 기다리셨습니다. 오늘부터 일박, 더블룸으로, 틀림없으십니까"라고 물었다.

좋아요, 라고 남자 손님이 대답하고 옆에 선 여자와 웃는 얼굴로 마주 고개를 끄덕였다.

신입 프런트 클러크는 숙박표를 내밀며 기입을 부탁했다. 남자 손님이 숙박표를 쓰는 동안에 그는 방 선정 작업을 하고 있었다. 그 동작이 제법 유연하다. 2주쯤 전에는 겨우 그만큼의 작업에도 아직 어색함이 짙게 느껴졌는데.

남자 손님이 기입을 마쳤다.

"고맙습니다. 손님, 예약 때에 결제는 현금으로 하겠다고 말씀하셨는데, 변경 사항은 없으십니까."

"예, 없어요. 현금으로 결제할게요." 젊은 남자 손님이 즉시 답했다.

"그러십니까. 그러시다면 저희 호텔에서는 예치금으로 3만 엔 정도를 받고 있습니다만."

신입 프런트 클러크의 한마디에 남자 손님의 얼굴 표정이 변했다. "예? 그게 뭡니까."

"저희에게 맡겨주시는 돈입니다. 물론 체크아웃 때 정산해서 차액을 돌려드립니다."

"나는 그런 얘기는 못 들었는데?"

남자 손님이 미간을 찌푸렸지만, 그럴 리는 없었다. 당일 예약 전화는 프런트에서 받게 된다. 그때 반드시 예치금에 대해 설명하는 것이 규칙이다. 아마도 흘려들었던 것이리라.

"방값은 3만 엔도 안 되잖아요. 근데 왜 3만 엔씩이나 예치해야 되지요?"

"그건 다른 서비스를 이용하셨을 경우까지 예상한 요금입니다. 이를테면 냉장고의 음료수라든가……."

남자는 손을 내저었다.

"그런 거, 안 마셔요. 필요하면 편의점에서 사 오면 됩니다. 지금 3만 엔을 내주면 지갑이 텅 비어버릴 텐데, 큰일이네."

"그러면 예비용 신용카드를 맡겨주시겠습니까. 나중에 결제는 현금으로 하셔도 괜찮습니다."

하지만 남자 손님은 고개를 가로저었다.

"신용카드가 없으니 현금으로 결제하려는 거예요. 숙박비는 2만 엔 정도지요? 그럼 2만 엔만 예치하면 되는 거 아닌가요."

자아, 이 신입 프런트 클러크는 어떻게 대처할까. 야마기시 나오미는 그들의 대화를 옆에서 들으면서 생각했다. 아마도 이 커플은 오늘 밤 예산을 3만 엔으로 정하고 나왔을 것이다. 남자 손님의 제안은 절충안으로서 그리 나쁘지 않은 것으로 생각되었다.

"네, 알겠습니다." 신입 프런트 클러크가 이윽고 마음을 정한 듯 대답에 나섰다. "그러면 예치금은 2만 엔으로……." 그렇게 말하는 참에 나오미가 옆에서 말을 끼워 넣었다. "아뇨, 손님, 괜찮습니다. 예치금은 내지 않으셔도 됩니다."

남자 손님은 당혹스러운 얼굴로 나오미와 신입 프런트 클러크를 번갈아 보았다.

"내지 않아도 돼요?"

"네, 괜찮습니다. 돈 문제가 마음에 걸려서야 마음 편히 식사도 하실 수 없겠지요. 부디 안심하고 오사카의 밤을 마음껏 즐겨주시기 바랍니다. 혹시 숙박비가 모자랄 경우라도 나중에 보내드린 청구서를 보고 그때 입금해주시면 되니까 아무 문제 없습니다."

"그렇게 해주시면 고맙죠. 하지만 정말 괜찮아요?"

"네, 저희는 고객분을 믿으니까요."

남자 손님은 놀랍다는 듯 눈을 둥그렇게 떴다.

나오미는 신입에게 눈짓을 보냈다. 어서 방 키를 준비하라는 뜻이다.

"혹시 오늘 뭔가 기념일이라서 저희 호텔을 찾아주신 건가요?" 나오미는 젊은 남녀를 번갈아 바라보며 물었다.

"예." 남자 손님은 겸연쩍은 웃음을 지었다. "우리, 결혼기념일이에요."

"와아, 축하드립니다. 멋진 밤 되시기 바랍니다."

"고마워요." 커플이 합창하듯 한목소리로 대답했다.

신입 프런트 클러크가 두 장의 카드키를 종이홀더에 넣어 남자 손님 앞에 놓았다.

"여기 1608호실을 준비해드리겠습니다. 16층입니다." 곁에서 대기하고 있던 벨보이를 손짓으로 불러 카드키를 건넸다. "그럼 편안한 시간 되십시오." 공손히 머리를 숙이고 커플이 돌아가는 것을 눈으로 배웅했다. 옆에서 나오미도 머리를 숙였다.

방금 전까지 부루퉁하던 남자 손님의 얼굴에 웃음이 가득했다. 팔짱을 낀 여자 쪽도 기분이 좋아 보였다.

커플의 모습이 사라진 뒤에 신입이 질문을 던졌다. "기념일이란 걸 어떻게 아셨어요?"

"말의 억양을 통해 알았지. 아까 써준 숙박표 좀 볼까?"

그가 꺼내준 숙박표에 적힌 것은 나라 현의 주소였다.

"역시 간사이 사람이야. 전차로 기껏 한 시간 거리잖아. 별다른 일이 아니라면 하룻밤에 몇만 엔씩 하는 오사카의 호텔에 와서 잘 리가 없지. 근데 그들은 여기까지 찾아왔어. 새로 문을 연 고급 호텔에서 하룻밤을 보내고 싶은 마음 때문이겠지만, 나는 당일 예약이라는 게 마음에 걸렸어. 내일도 아니고 모레도 아니고 꼭 오늘이어야 하는 사정이 있었겠지? 즉 오늘이 아주 중요한 날이라서 뭔가 이벤트를 준비했어야 하는데 남자는 깜빡 잊고 있었다. 그래서 서둘러 호텔을 예약했다……. 뭐, 그 정도로 추리를 해봤어."

신입 프런트 클러크는 눈이 둥그레졌다.

"듣고 보니 정말 맞는 말씀이에요. 그렇다면 생일이나 결혼기념일이라고 생각할 수 있죠."

"근데 생일이라면 뭔가 선물을 사줬을 거야. 나는 결혼기념일 쪽이라고 생각했어. 여자 손님이 약지에 반지 두 개를 끼고 있었거든."

"두 개?"

"결혼반지와 약혼반지."

아하, 하고 그는 크게 고개를 끄덕였다. "나오미 씨, 잠깐 동안에 자세히도 보셨네요."

"실은 고객을 지나치게 관찰하는 바람에 몇 번이나 주의를 받기도 했어. 그나저나 그 사람들이 스키퍼일 거라고 생각한 거야?"

스키퍼—. 체크아웃 수속 없이 호텔 요금을 떼어먹고 도망치는 손님을 가리키는 말이다.

"스키퍼까지는 아닐 거라고 생각했지만, 당일 예약인데 예치금도 안 받는 건 역시 나중에 문제가 될 것 같아서요. 그래서 2만 엔만 받아둘까 하고……."

나오미는 한숨을 쉬며 고개를 저었다.

"결혼기념일에 지갑에 만 엔짜리 한 장 넣고 아내와 놀러 나가는 건 너무 쓸쓸한 일이잖아. 그 이상은 쓸 생각이 없었다고 해도 마찬가지야. 고객을 믿을 거라면 철저히 믿어드리는 게 좋아. 어중간한 건 안 되지." 신입 프런트 클러크의 옆구리를 손등으로 툭 쳤다.

젊은 신입은 고개를 움츠리며 네, 라고 작은 소리로 대답했다.

코르테시아오사카 호텔이 마침내 문을 연 지도 이제 곧 한 달이 되어간다. 직원들이 일하는 모습에도 조금씩 여유가 느껴지기 시작했다. 이 정도라면 원래 예정대로 연말까지는 도쿄로 돌아갈 수 있겠다고 나오미는 가슴을 쓸어내렸다.

오사카로 지원을 나가달라는 얘기가 들어온 것은 개관 한 달 전이었다. 총지배인 후지키에게서 직접 지시가 내려온 것이다.

"사전에 직원 교육을 철저히 했다고는 하는데, 역시 한 사람 한 사람의 경험 부족은 부정할 수 없는 모양이야. 그래서 계열 호텔에서 지원을 해주기로 했어. 미안하지만 어느 정도 궤도에 오를 때까지 좀 도와줬으면 하네."

평소에 번번이 도움을 받아온 후지키 총지배인의 지시라서 거절할 수 없었다. 하지만 자세한 이야기를 듣고 있는 사이에 점점 마음이 무거워졌다. 단순히 지원만 하는 게 아니라 젊은 직원들의 교육까지 겸하는 모양이었기 때문이다.

"교육은 제가 그리 잘하는 편이 아닙니다. 아니, 그런 쪽으로는 전혀 소질이 없다고 하는 게 맞습니다."

"거, 이상하군. 숙박부장에게서도 프런트 오피스 매니저에게서도 그런 보고는 받은 적이 없는데? 오히려 후배에 대한 충고가 적확하고 알기 쉬운 데다 적당히 타협하고 넘어가는 일은 없다는 식으로 들었지. 아, 약간 지나치게 엄격한 면은 있는 모양이지만."

나오미는 아픈 곳을 찔린 듯한 기분이었다.

"엄격하게 할 마음은 없는데 저도 모르게 심한 말을 해버리는 경우가 있습니다. 그래서 대부분 저를 피합니다."

핫하하, 하고 후지키는 재미있다는 듯 웃었다.

"교육 담당이란 원래 그런 거야. 뭐, 때로는 다른 직장을 경험

해보는 것도 나쁘지 않아. 자신을 위한 교육이기도 하다고 생각하고 몇 달만 열심히 뛰어줘."

아무래도 후지키의 생각은 바뀔 것 같지 않았다. 그래서 나오미는 각오를 다지고 네, 라고 짧게 대답했던 것이다.

하지만 코르테시아오사카에 막상 와보니 잘했다고 생각되는 일이 많았다. 전국에서 사람들이 찾아오는 건 다를 게 없지만, 도쿄 쪽 손님들과는 미묘하게 분위기가 달랐다. 그건 아마도 이 지역에 기대하는 바가 다르기 때문일 것이라고 나오미는 짐작했다. 이를테면 지방에 사는 사람이 업무차 도쿄에 오는 경우, 아무래도 일본의 중앙지에 임한다는 마음에 적잖이 긴장하면서 저절로 기를 쓰게 되는 것 같다. 하지만 오사카를 찾는 손님들에게서는 그런 게 거의 느껴지지 않는다. 오히려 편하고 수더분한 것을 원하는 기미가 있다. 그 전형적인 사례가 이 호텔에 온 뒤로 자주 듣게 된 인근 맛집에 대한 문의였다. 게다가 고급 요리가 아니라 대개는 다코야키나 오코노미야키, 우동 가게를 알려달라고 한다. 즉 타지에서 오사카를 찾는 손님들이 이 지역에서 대표적으로 기대하는 게 바로 그런 것들이었다. 덕분에 나오미는 첫 일주일 사이에 호텔 주변의 그런 가게들을 샅샅이 파악하게 되었다.

그런 생각들을 더듬고 있는데 한 여자 손님이 프런트로 다가왔다. 민소매 회색 니트를 입었다. 거기에 날씬한 다리를 강조하는 슬림핏 청바지다. 머리 길이는 어깨보다 조금 아래. 큼직한 토트백을 어깨에 걸고 있었다. 서른 살 정도로 보이지만, 침착한 분위기여서 조금 더 나이가 든 듯한 느낌도 들었다. 어쨌거나 상당한 미인이다. 특히 새까만 기운이 강한 눈빛은 가슴이 철렁할 만큼 신비로운 인상을 주었다.

여자가 이름을 밝혔다. 약간 허스키한 목소리였다.

나오미는 단말기를 두드려 잽싸게 화면을 읽어 내려갔다. 해당하는 이름이 눈에 들어왔다.

"오늘부터 일박, 이그제큐티브 더블룸을 이용하는 것으로, 괜찮으시겠습니까."

괜찮다고 그녀는 대답했다. 그러면 여기에 기입을 부탁드립니다, 라고 매뉴얼대로 숙박표와 볼펜을 내밀었다.

그 순간, 달콤한 향기가 나오미의 콧구멍을 간질였다. 결코 나쁜 느낌이 아닌 향기다. 달콤함과 함께 홍차 향 같은 우아함이 있었다.

"왜요?" 나오미가 멈칫 동작을 멈췄기 때문인지 여자 손님이 물었다.

"아, 아무것도 아닙니다. 손님에게서 좋은 향기가 나서요. 장미 향기인가요."

여자 손님의 표정이 환해졌다. "맞아요, 장미. 약간 강했나."

"아뇨, 전혀 그렇지 않습니다. 실례했습니다."

수속을 마치고 나오미는 여자 손님에게 카드키를 건넸다. 안내해드리라고 벨보이를 부르려고 했지만 그녀는 사양하고 혼자 엘리베이터 홀로 향했다. 이런 호텔을 이용하는 데 익숙한 것이리라.

그 뒤에도 차례차례 투숙객이 찾아와 체크인 수속을 했다. 그럭저럭 괜찮을 만큼 손님이 붐벼서 현재로서는 코르테시아오사카 호텔은 성공적이라고 생각되었다. 하지만 방심할 수는 없다. 여전히 빈방이 약간 남아 있는 것이다. 새로 문을 연 호텔이니 가급적 평일에도 만실에 가까운 상태를 계속 유지할 수 있으면 싶었다.

내일 회의는 좀 우울하겠다고 생각했다. 총지배인으로 취임한 인물이 운동부 스타일의 활력 넘치는 야심가다. 며칠 전에는 영업 실적이 좀 염려스럽다면서 아침 일찍부터 괴상한 슬로건을 복창하라고 했다. 혹시 투숙객들에게 들리지나 않을지 불안하기만 했다. 그 짓을 또 해야 할지도 모른다고 생각하니 어딘가로 도망쳐버리고 싶었다.

다음 날, 나오미는 8시 반에 출근했다. 야간 담당자의 오전 당번에의 업무 인계가 오전 9시였기 때문이다.

업무 인계를 마치고 프런트로 나갔다. 곧바로 한 남자가 다가왔다. 나이는 사십 대쯤일까. 나이에 비해 탄탄하고 다부진 체격에 미남형이라고 할 만한 인물이었다. 지적인 인상을 풍기는 것은 안경 때문만은 아닐 터였다. 옅은 수염을 기르고 있었지만 불결한 인상은 아니었다.

"체크아웃이십니까."

"음, 부탁해요." 남자는 카드키를 카운터에 놓았다.

나오미는 단말기를 두드려 정산 수속을 시작했다. 남자는 바를 이용했고 그 요금을 방에 달아두고 있었다. 거기에 룸서비스도 이용했다.

명세서를 프린트해서 남자에게 보여주었다. 그는 한 차례 슬쩍 들여다보고 고개를 끄덕였다.

결제는 신용카드로 했다. 나오미는 카드 이용명세서 사본과 영수증을 봉투에 넣어 내밀었다. "저희 호텔을 이용해주셔서 감사합니다. 다시 찾아주시기를 기다리겠습니다."

수고했어요, 라고 말하고 남자는 등을 돌렸다. 걸음을 옮기면서 가방을 열어 나오미에게서 받은 봉투를 안에 넣으려 하고 있었다. 그러다가 문득 걸음을 멈추더니 다시 카운터로 돌아왔다. 얼굴에 쓴웃음을 짓고 있었다.

"무슨 일이십니까."

"내가 깜빡 이걸 가방 속에 넣어 왔군요." 그렇게 말하고 그가 내민 것은 흰 타월이었다. 호텔 비품이다. "갈아입은 옷을 넣을 때 섞인 모양이에요. 대신 돌려주실 수 있을까요?"

"네, 물론입니다." 나오미는 흰 타월을 받았다. 약간 젖어 있었다. "저희 호텔 서비스에 혹시 미흡한 점은 없으셨습니까."

"아니, 아주 좋았어요. 만족했습니다." 남자는 하얀 이를 내보인 뒤, 스스로를 납득시키듯이 고개를 끄덕였다. "겨우 일박이지만 추억으로 남을 만한 밤이었어요."

"그렇게 말씀해주시니 마음이 놓입니다. 다음에도 잘 부탁드립니다."

"음, 나야말로."

남자 손님을 배웅하고 있으려니 엘리베이터 홀에서 한 여자가 나타났다. 어제 나오미가 체크인 수속을 했던 장미 향기가 나는 여자다. 그녀도 지금 체크아웃을 하려는 것이리라.

호텔에는 다양한 사람들이 찾아온다. 나오미는 새삼 생각했다. 그들은 모두 가면을 쓰고 있다. 호텔맨은 결코 그 가면을 벗기려고 해서는 안 된다—.

2

건물 안으로 들어선 순간, '과학실 냄새다!'라고 닛타 고스케는 생각했다. 그러고서 가장 먼저 떠오른 기억이 초등학생 때의 것이었다. 5엔짜리 동전을 도금해 은색으로 만드는 실험을 했다. 그 실험에 대한 것은 다른 사람들에게 얘기하면 안 된다고 선생님은 말했다. 동전을 가공하는 게 법률 위반이기 때문이라는 것이다. 그 말을 듣고 더욱더 흥미가 났다. 도금한 5엔짜리 동전은 얼핏 보면 50엔짜리 동전 같았다. 가게에 가서 사용하면 들킬까. 눈이 안 좋은 할머니라면 알아차리지 못하는 게 아닐까. 상상하니 가슴이 두근두근했다.

그 5엔짜리 동전을 실제로 써봤는지 어떤지는 기억나지 않는다. 하지만 그 실험이 아직도 또렷이 생각나는 것은 그게 위법행위라는 말을 들었기 때문일 것이다. 인간은 모두가 규칙을 위반하는 데서 적잖이 흥분을 느낀다. 죄악감과 쾌감은 종이 한 장 차이다.

사건 현장은 건물 2층에 있었다. 닛타는 같은 차로 출동한 동료들과 함께 계단을 뛰어 올라갔다. 중간에 여러 명의 수사원이며 감식과원들과 마주쳤다. 닛타 일행에게 전혀 신경 쓰는 기색을 보이지 않는 건 이쪽이 수사 1과 완장을 차고 있기 때문이리라.

활짝 열린 문이 있었다. 선배 형사 모토미야의 등이 보였다. 먼저 도착한 모양이다.

"어때요?" 닛타가 말을 건넸다.

모토미야는 뒤돌아보며 해골 같은 얼굴을 찌푸렸다. "직접 보셔."

입구에 '교수실'이라는 팻말이 걸렸고 '책임자 오카지마 다카오'라는 작은 글씨가 덧붙어 있었다.

닛타는 실내를 들여다보았다. 그리 넓지 않은 방에 책과 사무용 책상, 그리고 간이 응접세트가 있을 뿐이다. 책상 위에 컴퓨터가 놓였지만 그 주위가 첩첩 쌓인 책이며 서류로 둘러싸여 있었다.

사체는 바닥에 엎드린 자세로 쓰러져 있었다. 남자, 작업복 상의에 양복바지를 입은 차림새다. 넥타이는 매지 않았다. 약간 통통하고 키는 작은 편이다. 바닥에 안경이 떨어져 있었다.

"형사 생활 오래했지만 이런 현장은 처음이야." 모토미야가 책장을 올려다보며 말했다. "뭐야, 저거. 『화학결합과 계면 물성 제어의 관계』『저반사율 실리콘 표면 구조의 연구』라네? 뭐가 뭔지 하나도 모르겠어."

"피해자가 대학교수예요?"

"그런 모양이야. 과학자의 세계라니, 나는 아예 상상도 못 하겠어. 골치 아픈 문제는 튀어나오지 않았으면 좋겠는데 말이야." 모토미야는 목덜미를 긁적이며 입가를 일그러뜨렸다.

닛타는 새삼 실내를 둘러보았다. 싸움이 벌어진 흔적은 없었다.

범행 때 범인은 죄악감을 느꼈을까 아니면 쾌감을 느꼈을까. 피에 젖은 사체의 등을 내려다보며 문득 그런 생각을 했다.

특별수사본부는 관할 지역인 하치오지미나미 경찰서에 개설되었다. 사건 현장이 된 다이호 대학 이공학부 캠퍼스는 경찰서에서 도보로 불과 몇 분 거리였다.

신고가 들어온 것은 오늘 10월 5일 오전 10시경이다. 다이호 대학 이공학부에서 사람이 살해되었다는 전화가 종합상황실에 들어왔다. 잠시 뒤 관할 하치오지미나미 경찰서의 경관이 뛰어가 현장을 확인했다는 얘기였다.

살해된 사람은 오카지마 다카오라는 52세의 남성으로, 다이호 대학 이공학부 교수였다. 오카지마 교수는 어제부터 모습이 보이지 않았고 그가 혼자 사용하는 교수실에는 열쇠가 채워져 있었다. 오늘에야 주차장에 오카지마의 차가 서 있는 것을 알아본 조교들이 여벌 열쇠를 이용해 교수실에 들어갔다가 크게 변해버린 교수의 모습을 발견한 것이다.

사인은 외상에 의한 쇼크사였다. 등을 찌른 흉기가 심장에 달했다. 흉기는 가져가버려서 없었지만 길이 20센티미터 이상의 날카로운 칼로 추정되었다. 실내는 그리 어질러지지 않았으나 오카지마 교수의 상의에서 지갑이 사라졌다. 단 범행 장소가 반드시 교수실이라고 한정할 수는 없었다. 관계자의 말에 따르면, 오카지마 교수는 연구실에서만 작업복을 입었다고 한다. 연구실은 교수실 옆이었다. 그쪽에서 칼로 찔러 살해하고 범인이 사체를 교수실로 옮겼을 가능성이 높았다.

관할서 쪽과 본청 쪽 사람들이 서로 인사를 나누면서 얼굴을 익힌 뒤, 수사원들은 몇 개 팀으로 나뉘어 회의를 하게 되었다. 닛타 일행의 리더는 모토미야다.

팀의 면면들을 둘러보다가 닛타는 좀 놀랐다. 젊은 여성이 섞여 있었기 때문이다. 게다가 모토미야에게서 그녀와 한 팀이 되라는 지시가 떨어졌다.

"왜 접니까?" 닛타는 입을 툭 내밀었다.

"왜 자네면 안 되는데?" 거꾸로 모토미야가 물었다.

“왜냐니, 그야…….” 닛타가 어물거리고 있는데 그 여성 경찰관이 “잘 부탁드립니다!”라고 힘찬 인사를 건네 왔다. 의욕이 활활 타오르는 기색이다.

잘 부탁해, 라고 닛타는 머리를 긁적이며 응했다.

그녀의 이름은 호즈미 리사라고 했다. 원래는 생활안전과 소속이라고 한다. 키는 그리 크지 않지만 자세가 곧고 몸매가 탄탄하다. 하지만 뺨이 통통하고 태평한 인상의 얼굴 모습은 전혀 경찰관답지 않았다.

특별수사본부가 개설되면 인원이 적은 경찰서의 경우에는 다양한 부서에서 사람들을 끌어온다. 형사과 인원만으로는 도저히 머릿수를 채울 수 없기 때문이다. 특별수사본부 차량의 운전 담당으로 교통과에서 지원을 나오는 일도 드물지 않았다. 닛타도 형사과 이외의 사람과 한 팀이 되었던 적이 많았지만 여성 경찰관은 처음이었다.

모토미야의 지시에 따라 닛타 팀은 첫 사체 발견자의 얘기를 다시 확인하러 가기로 했다.

“대단하네요. 나는 특별수사본부에 참여하는 건 처음이에요. 닛타 씨, 무슨 일이든 서슴없이 지시해주세요. 뭐든 다 할 테니까.” 호즈미 리사는 들뜬 기색으로 말했다.

“알았어.”

“이래 봬도 튼튼한 것 하나는 자신 있거든요. 지난번에 자전거하고 부딪쳤는데 나는 아무렇지도 않고 그쪽이 넘어져 다쳤을 정도예요, 하하하."

"어, 그래?"

"그나저나 이번 사건의 범인은 어떤 인간일까요. 대학이라면 이른바 폐쇄된 공간 아닌가요? 그런 가운데서 살인을 저지르다니, 진짜 대담하네요."

"그렇지."

"어지간히 피해자가 미웠던 모양이죠. 아니면 무슨 다른 커다란 동기라도 있었나? 대체 어떻게 된 거야."

호즈미 리사는 말투도 빠르고 말수도 많은 여자였다. 대학으로 향하는 도중에도 쉴 새 없이 입을 놀리고 있었다. 닛타는 맞장구를 치기도 귀찮아졌다.

"미리 말해두겠는데," 발을 멈추고 그녀의 코끝을 가리켰다. "수사를 하는 건 우리 1과 형사들이야. 그쪽은 보조야. 보조란 기본적으로 나설 자리가 없어. 필요할 때는 내가 말할 거야. 그때까지는 내 옆에서 조용히 대기하고 있어. 조용히, 라고. 알겠나?"

조금쯤은 상처 입은 표정을 보이려나 했더니만 호즈미 리사는 크게 고개를 끄덕이며 "네, 알겠습니다!"라고 힘찬 경례 포즈를 취했다.

진짜로 알아들은 거야 뭐야, 라고 생각하며 닛타는 대학 정문을 들어섰다.

연구실이 있는 건물은 출입 금지 상태였다. 닛타는 기술본관이라 불리는 건물의 응접실에서 사체를 처음 발견한 두 사람을 만났다. 야마모토라는 조교와 스즈키라는 학생이다.

"그럼 두 분이 오카지마 교수님을 마지막으로 본 건 그저께, 즉 10월 3일 저녁 6시쯤이라는 말이지요?" 두 사람의 이야기를 한바탕 들은 뒤, 닛타가 확인했다.

그렇습니다, 라고 두 사람은 고개를 끄덕였다.

그저께 그들이 귀가할 때, 오카지마는 아직 연구실에 남아 있었다는 얘기다.

"거의 매일같이 교수님은 밤늦도록 연구실에 계셨습니다. 아침에 와보면 편의점 도시락을 드신 흔적이 남아 있는 일도 많았어요. 혼자 사니까 집에 일찍 가봤자 별로 할 일도 없다, 라는 얘기를 자주 하셨어요." 야마모토가 말했다.

"3일 밤, 오카지마 교수님이 귀가했는지 어떤지는 확인을 못 했군요."

"네, 그건 못 했어요. 하지만 당연히 집에 가셨을 거라고 생각했죠."

"그런데 어제는 결근을 하셨다고요. 못 나오신다는 연락은 아무도 받지 못했습니까?"

"결근할 때는 반드시 저한테 연락하셨어요. 애초에 웬만해서는 결근하는 일도 없으셨는데." 야마모토는 눈썹을 팔자로 늘어뜨렸다.

"두 분이 오카지마 교수님에게 연락해보려고는 하지 않았습니까?"

"전화를 한 번 드렸어요. 하지만 연결이 되지 않았습니다. 그래서 문자를 보냈는데 답이 없으셨어요. 저희도 무슨 급한 볼일이 있었던 건 아니라서 특별히 심각하게 생각하지는 않았는데……."

설마 바로 옆방에서 살해되어 있을 줄은 생각도 못했다, 라고 야마모토의 얼굴에 쓰여 있었다.

"오늘 아침에야 오카지마 교수님의 차를 발견했다고 하던데요."

"네, 제가 발견했습니다." 그렇게 대답한 것은 자그마한 체격의 스즈키였다. "우연히 근처를 지나가다가 발견했어요. 오카지마 교수님 차하고 비슷한 것 같아서 찬찬히 봤는데 번호판이 똑같은 거예요."

"어제는 거기에 주차되어 있지 않았습니까?"

"그건 잘 모르겠어요. 오카지마 교수님이 평소에 연구실 옆 주차장을 이용하셨거든요. 어제 그 자리에는 차가 없었습니다. 하지만 교수님이 출근을 안 하셨으니까 차가 없는 것에 별로 신경을 쓰지 않았죠."

"오늘 아침에 당신이 차를 발견한 곳은 평소에 이용하시던 주차장이 아니었군요."

"그렇습니다."

"거기에 오카지마 교수님이 이따금 차를 세워놓는 일도 있었습니까."

스즈키는 고개를 갸우뚱했다.

“지금까지 그런 일은 없었어요. 그래서 처음에는 교수님 차라는 생각을 전혀 못 했어요.”

즉 차가 어제부터 평소에 이용하지 않던 그쪽 주차장에 세워져 있었을 가능성도 있는 셈이다. 차를 이동시킨 자는 아마도 범인일 것이다.

오카지마가 살해된 건 그저께 밤이고, 사체는 계속 그의 교수실에 있었다, 라고 생각하는 게 우선 타당할 것 같다. 실제로 사후 24시간 이상이 지났다, 라는 게 사체를 부검한 검시관의 소견이다.

“그저께, 오카지마 교수님이 뭔가 얘기한 건 없습니까. 누군가를 만난다든가 누군가가 연구실로 찾아온다든가.”

야마모토와 스즈키는 얼굴을 마주 보며 둘 다 그런 얘기는 듣지 못했다는 것을 확인했다.

“평소에 갑작스럽게 사람이 찾아오는 일은 없었습니까.”

“약속 없이, 말입니까? 아니, 그런 일은 거의 없어요.” 야마모토가 부정했다. “연구 일정이 촘촘히 짜여 있어서 누군가 갑작스럽게 찾아오면 일에 지장이 생기니까 사전에 반드시 연락한 후에 방문하도록 하고 있어요. 게다가 우리가 여기서 나간 게 저녁 6시가 넘은 시각이었습니다. 그 뒤로 방문한 사람이 있었다고는 생각할 수 없어요.”

“그렇군요.”

하지만 분명 방문객이 있었던 것이다. 그 인물은 흉기를 준비해 연구실로 찾아왔다.

"연구실 문단속을 어떤 식으로 하고 있죠?"

"문 열쇠는 오카지마 교수님과 제가 갖고 있습니다." 야마모토가 대답했다. "그리고 수위실에도 하나가 더 있습니다. 아까도 말씀드렸지만 오카지마 교수님이 거의 매일같이 밤늦도록 연구실에 계셨기 때문에 문단속은 주로 교수님이 직접 하셨어요. 아침에는 먼저 온 사람이 문을 여는데, 그건 대부분 저였어요. 어제도 그랬습니다."

"어제 아침에 연구실 쪽은 문이 잠겨 있었죠?"

"그렇습니다."

오카지마가 갖고 있어야 할 열쇠는 발견되지 않았다. 범인이 가져간 것으로 생각되었다.

"문을 잠근 건 연구실 쪽이었지요? 건물 전체의 출입구를 잠그는 일은 없습니까?"

"그건 어려워요. 한밤중에도 사람들이 꽤 많이 드나드니까요. 철야로 실험을 하는 친구들도 많아서요."

"그러면 제삼자가 몰래 들어와도 수상하게 여기지 않겠군요."

"그렇습니다. 아무튼 연구실이 상당히 많거든요. 저도 아직은 낯선 사람이 더 많을 정도예요."

"오카지마 교수님이 밤늦도록 연구실에 계신다는 건 학내에서 다들 알고 있었습니까?"

글쎄요, 라고 야마모토는 고개를 갸웃거렸다.

"교수님 밑에 있는 사람들이야 잘 알겠지만, 다른 연구실 사람들이 알고 있는지 어떤지는 모르겠어요. ……그렇지?"

동의를 청하자 스즈키도 말없이 고개를 끄덕였다.

"최근에 오카지마 교수님 주변에서 뭔가 이상한 점은 없었습니까. 어떤 트러블에 휘말렸다든가 이상한 전화가 걸려 왔다든가."

야마모토는 고개를 갸우뚱하며 "뭔가 있었어?"라고 옆의 스즈키에게 물었다. 글쎄요, 라고 스즈키도 당혹스러운 얼굴이었다.

"아무 일도 없었던 것 같은데요." 야마모토가 말했다.

"오카지마 교수님은 어떤 분이었습니까. 혹시 성격이 급해서 남들과 부딪치는 일이 있었다든가 인간관계가 좋지 않았다든가, 그런 일은 없었습니까?"

즉 안팎으로 누군가 적이 될 만한 사람이 있었느냐, 라는 질문이었지만 여기에도 두 사람의 반응은 미적지근했다.

"아뇨, 어느 쪽인가 하면 둔감하신 편이라 화를 내는 건 본 적이 없어요."

야마모토의 말에 스즈키도 크게 고개를 끄덕였다.

"학생들이 좀 지나치게 장난을 쳐도 나무라시는 일이 없었습니다. 남의 일에는 별로 관심이 없으신 것 같기도 했어요."

"여자관계는? 독신이었다던데, 혹시 사귀는 사람은 없었습니까."

닛타의 질문에 스즈키는 천만의 말씀이라는 듯 어깨를 으쓱했다. "오카지마 교수님이? 그건 전혀 아니에요."

"하지만 여자를 사귄 적이 전혀 없었던 건 아니겠죠."

"아뇨, 그게……." 야마모토가 고개를 갸우뚱하며 말했다. "그런 쪽의 소문은 전혀 들어본 적이 없어요. 취미도 딱히 없으신 것 같고 음식에도 별다른 취향이 없으신 것 같고……. 아무튼 오카지마 교수님은 연구 외에는 매사에 관심이 없는 분이셨어요."

"연구……." 닛타는 코 밑을 비비며 젊은 두 연구자를 번갈아 바라보았다. "대체 어떤 연구를 하고 있었죠? 아마추어라도 알아들을 수 있게 설명해주시면 고맙겠는데."

"한마디로 말하면, 반도체 연구예요." 야마모토가 대답했다. "반도체는, 아시지요?"

"그야 대충은. 컴퓨터 부품으로 사용되는 거잖아요."

"네, 맞습니다. 오카지마 교수 팀의 연구 내용은 새로운 반도체 재료의 개발이었어요. 연구가 상당히 진척되어서, 그게 실용화되면 각종 모바일은 더욱더 슬림해지고 소비 전력도 대폭 줄어들게 돼요."

"그건 대단한 발명 아닌가요? 방금 오카지마 교수 팀이라고 하셨지요. 혼자서 연구하신 게 아니었군요?"

"이런 연구는 단독으로 하기는 어려워요. 기업과의 공동 연구였죠. 하지만 기본적인 아이디어는 교수님이 고안하셨으니까 역시 대단한 건 틀림이 없습니다."

야마모토가 그 기업명을 말했지만, 닛타는 들어본 적도 없는 곳이었다.

"그런 분이 돌아가시다니, 정말 엄청난 손실이네요."

"네, 그렇습니다. 누가 이런 끔찍한 짓을 했는지……." 안타까운 듯 야마모토는 팔자 눈썹 사이에 깊은 주름을 만들었다.

"어느 분이든 그 연구를 이어받을 사람은 없습니까? 이를테면 여기 두 분이라든가."

"우리는 절대 못 하죠. 그 연구를 이어받을 수 있다면 아마 난바라 교수님일 거예요."

"난바라 교수?"

"준교수님이에요. 오카지마 교수님과 함께 공동 연구에 참여하신 분입니다."

"그분은 오늘 어디에?"

"그저께부터 교토에 계세요. 학회에 참석하러 가셨어요. 이번 사건을 알려드렸더니 즉시 도쿄로 돌아오겠다는 연락이 왔습니다."

난바라 사다유키, 라는 이름을 야마모토가 알려주었다.

혹시나 해서 야마모토와 스즈키의 그저께부터의 행적을 확인한 다음에 두 사람을 돌려보냈다.

"역시나 수사 1과 형사님은 다르시네요. 질문이 그렇게 술술술 나오다니, 진짜 감동했어요." 호즈미 리사가 눈을 반짝이며 말했다.

"그냥 평범한 질문인데? 별다른 수확도 없었고."

"그런가요? 하지만 사건의 윤곽이 좀 잡히는 것 같은데."

닛타는 여성 파트너를 돌아보았다. "윤곽이 잡히다니, 어떤 식으로?"

"오카지마 교수는 연구 외에는 관심이 없는 사람이고 인간관계에서 트러블 같은 것도 없었다. 즉 이건 원한에 의한 범행은 아니다. 여자관계도 전혀 없었으니까 애증이 얽힌 사건도 아니다. 그렇다면 남는 건? 바로 돈을 노린 사건이라는 거죠."

"대학교수를 살해해서 무슨 큰돈이 굴러 들어온다는 거야?"

"수사회의에서 나온 얘기, 아직 못 들었어요? 범인이 지갑을 훔쳐 갔잖아요."

"뭐?" 닛타는 호즈미 리사의 동그스름한 얼굴을 빤히 보았다. "지갑을 훔쳐 갈 목적으로 살해했다는 거야? 일부러 이런 데까지 몰래 잠입해서?"

"강도라는 건 원래 몰래 들어오는 법이에요."

"그거 진짜 진지하게 하는 말이야?"

"물론이에요. 뭔가 잘못된 부분이 있습니까." 자신만만하기 짝이 없다. 아무래도 농담으로 한 말이 아닌 모양이다.

"알았어, 됐다고. 그보다 오카지마 연구실에 학생과 연구생을 합쳐 그 밖에 네 명이 더 있다는 모양이야. 그 사람들에게도 얘기를 들어보자고. 가서 좀 불러와."

네, 라고 힘차게 대답하고 호즈미 리사는 응접실을 나갔다. 조심성 없이 쾅 소리 나며 닫히는 문을 바라보면서 닛타는 한숨을 내쉬었다.

오카지마 밑에서 공부하는 네 사람에게도 차례차례 탐문을 했지만 그들의 입에서 나온 얘기는 야마모토와 스즈키에게서 들은 것과 별반 차이가 없었다. 학자로서는 우수하지만 인간적인 면에서는 그다지 눈에 띄는 특징은 없었다, 라는 게 그들 모두의 의견이었다.

"진짜 귀엽네요." 마지막 한 사람이 돌아간 뒤에 호즈미 리사가 말했다. "이제 스무 살이 될락 말락 하는 젊은 애들은 진짜 풋풋하군요. 얼마 전까지만 해도 내가 저랬는데 그새 나이 차가 느껴지다니. 같은 공간에서 얘기만 나눠도 젊은 에너지가 마구 옮겨 오는 것 같아요. 연하의 남자친구라는 것도 그리 나쁘지 않겠네요."

닛타는 맥이 빠져서 그녀의 옆얼굴을 바라보았다.

"참 태평하네, 리사 씨. 나는 단서를 못 잡아 의기소침한 판인데."

"글쎄 이건 단순한 강도 살인이라니까요. 관계자에게서 단서가 나오지 않는 건 당연한 일이죠."

대꾸할 마음도 나지 않아서 닛타는 말없이 자리를 털고 일어섰다.

대학을 나오기 전에 다시 한 번 조교 야마모토를 만났다. 수사에 협력해줘서 고맙다는 인사를 하기 위해서였다. 야마모토는 닛타와 호즈미 리사를 기술본관 1층까지 배웅해주었다.

“어떤 사소한 일이라도 괜찮으니 뭔가 생각나는 게 있으면 꼭 연락해주십쇼.”

“알겠습니다. 다른 친구들에게도 얘기해둘게요.” 그렇게 말하고 야마모토는 뭔가 좀 머뭇머뭇 난처한 듯한 표정을 보였다. “저어, 조금 전에는 스즈키가 옆에 있어서 말을 못 했는데요, 실은 한 가지 말씀드릴 것이…….”

“어떤 얘기죠?” 닛타는 목소리를 낮췄다.

“난바라 교수님에 대한 거예요.”

“난바라 교수님이라면, 그 준교수?”

예에, 라고 야마모토가 고개를 끄덕였을 때, “이봐, 야마모토!” 라고 닛타 뒤쪽에서 부르는 소리가 들렸다. 돌아보니 양복 차림의 남자가 다가오는 참이었다. 사십 대 중반쯤일까. 여행 가방을 들고 있었다.

“앗, 잘 다녀오셨습니까.” 야마모토는 큰 소리로 대답하고는 난바라 교수님이에요, 라고 닛타에게 속삭였다.

“좀 더 빨리 오고 싶었는데 이래저래 할 일이 많았어. 그나저나 어떻게 이런 끔찍한 일이…….” 남자는 찌푸린 얼굴로 다가오다가 닛타 쪽을 쳐다보았다. “아, 이분들은?”

“경시청 형사님들이 오셨어요, 이번 사건을 수사하려고.”

“그랬구먼. 이것 참, 수고가 많으십니다.” 남자는 양복 안쪽에 손을 넣어 명함을 꺼냈다. 거기에는 준교수라는 직함과 난바라 사다유키라는 이름이 인쇄되어 있었다.

닛타는 경시청 배지를 제시하고 자기소개를 했다.

"교토에 가셨었다고 들었습니다. 학회에 참석하셨다고요?"

닛타의 물음에 난바라는 고개를 끄덕였다.

"맞습니다. 실은 내일까지 교토에 있을 예정이었는데."

"그렇군요. 피곤하실 텐데 죄송합니다만 잠깐 몇 가지 여쭤봐도 될까요. 그리 오래 걸리지는 않을 겁니다."

난바라는 고개를 끄덕이며 대답했다. "물론 괜찮고말고요."

닛타는 흘끔 야마모토에게로 시선을 던졌다. 그는 눈을 마주친 뒤, 조용히 고개를 숙였다.

조금 전의 응접실로 다시 돌아가 난바라에게서 얘기를 듣기로 했다. 하지만 몇 가지 질문을 해봐도 딱히 특이한 점은 나오지 않았다. 사건에 대해 짐작 가는 것이 없고 트러블 같은 것도 일어난 적이 없었다고 한다. 다만 연구 업무 외에는 오카지마와 별다른 교류가 없어서 사적인 일에 대해서는 거의 알지 못한다는 얘기였다.

오카지마라는 인물의 인상에 대해 난바라는 딱 한 가지 다른 사람과 미묘하게 차이가 나는 말을 했다. 특별히 재능 있는 연구자라고는 생각하지 않는다, 라는 것이다.

"성실하게 노력하는 사람이라는 건 분명합니다. 엄청난 양의 데이터를 축적하는 것으로 가설을 입증하는 타입이었어요. 그런 의미에서는 뛰어나다고 할 수 있겠지요. 하지만 지나치게 신중

한 면이 있어서 논리의 비약이나 기발한 발상이라고 할 만한 것에는 그리 좋은 얼굴을 하지 않았습니다. 나도 자주 그런 얘기를 들었어요. 난바라 씨는 항상 꿈같은 제안을 한다, 꿈만으로는 연구가 진척되지 않는다고. 나는 꿈을 좇지 않고서는 새로운 길은 개척할 수 없다고 생각하는데 말이에요."

"의견이 맞지 않아 대립하신 적도 있습니까?"

난바라는 얼굴 앞에서 홰홰 손을 저었다.

"대립이라는 건 맞지 않는 말이지요. 서로 의견이 다를 때는 토론을 합니다. 그게 연구자의 올바른 자세예요. 거기서부터 다음을 향한 첫걸음이 시작됩니다. 개발 중인 신소재에 대한 얘기는 들으셨습니까."

"반도체 재료 말씀이시죠. 기본적인 아이디어를 낸 건 오카지마 교수님이라고 하던데요."

그러자 난바라는 얼굴을 찌푸리며 슬쩍 고개를 저었다.

"그렇게 생각하는 사람들이 많은데 실제로는 좀 달라요. 처음 아이디어를 낸 건 나였습니다. 그에 관한 특허도 땄어요. 오카지마 교수님은 애초에 그리 탐탁해하지 않았습니다. 그래서 여러 차례 토론을 거듭하는 가운데 다른 아이디어가 나왔지요. 그게 이번 발명으로 이어진 거예요. 그러니 오카지마 교수님은 내 아이디어를 약간 바꾼 것뿐입니다. 하지만 그 덕분에 연구가 발전한 건 사실이니까 공연히 쓸데없는 말이 나오지 않도록 입조심을 하고 있지요."

학내에서의 오카지마의 입장을 존중해주고 있다, 라는 투였다.

"연구자의 세계에도 이런저런 복잡한 속사정이 있군요."

"그야 인간이 하는 일이니까요." 난바라는 희미한 웃음을 지었다.

"어떻든 오카지마 교수님이 이렇게 변을 당하셨으니 아무래도 연구가 정체될 것 같군요."

"아니, 다행히 그럴 염려는 없어요. 정보는 공유하고 있었으니까요. 단지 약간의 방침 전환은 필요하겠지요. 애초에 앞으로 실용화를 위한 단계는 내가 주도할 예정이었어요." 난바라는 자신에 찬 말투였다.

"그렇습니까. 이래저래 힘드시겠지만, 기운 잃지 말고 열심히 해주십시오."

"예, 잘할 수 있습니다. 내 입으로 이런 말 하기는 좀 그렇지만, 실행력이 내 장점이에요."

"든든한 말씀이군요. 잘 알겠습니다. 마지막으로 한 가지, 여쭤볼 게 있는데요. 이건 관계자 모두에게 던지는 질문이니 불쾌하게 생각하지 마시고……."

닛타가 거기까지 말했을 때 난바라는 다 알고 있다는 듯 몇 번이나 고개를 끄덕였다.

"알리바이 말이군요. 딱히 불쾌할 것도 없어요, 당연한 질문이지요."

"죄송합니다."

"아까도 말씀드렸듯이 어제는 종일 교토에 있었습니다. 학회장에 도착한 게 오전 11시쯤이었나? 강연 하나 듣고 회장 안의 레스토랑에서 점심을 먹었고 오후에도 계속 강연을 연달아 들었어요. 밤에는 대학교수 친구들과 회식을 했고요. 기온의 클럽에서 술 한잔 하고 교수들과 헤어져 호텔로 돌아갔습니다." 줄줄 얘기한 뒤에 난바라는 수첩을 꺼내 학회 세미나 장소, 교수 친구들, 호텔 등을 하나하나 거명했다.

이상입니다, 라면서 난바라는 수첩을 덮었다.

그의 말을 호즈미 리사가 받아 적는 것을 곁눈으로 확인한 뒤에 닛타는 고맙다는 인사를 건넸다.

"어제의 행적에 대해서는 충분히 알았습니다만, 그저께는 어땠는지도 말씀해주시겠습니까."

그러자 난바라의 눈이 둥그레졌다. "그저께?"

"예, 그저께부터 교토에 계셨지요?"

"그렇긴 한데…… 하지만 왜죠?"

"뭐가요?"

"아니, 그저께는 관계가 없는 것 같은데."

"관계가 없다고요? 왜 그렇게 생각하십니까."

"그야 오카지마 교수님이 살해된 건 어제잖아요."

"아니, 꼭 그렇지만은 않아요. 교수님의 모습을 마지막으로 확인한 건 그저께 저녁이었습니다. 그러니 그저께 밤에 살해됐을 가능성도 있어요."

"엇, 그래요?" 난바라의 눈이 허우적거리기 시작했다.

"그저께도 낮에는 학회에 참석하셨지요? 그 뒤에 어떻게 보내셨습니까. 오후 6시 이후부터 말씀해주셔도 좋습니다."

"그날은, 음, 그러니까……." 난바라가 침을 꿀꺽 삼키는 게 느껴졌다. "학회 끝난 뒤에 나 혼자 식사를 하고 일찌감치 호텔로 돌아갔는데요."

"누군가 동행한 분은 없으셨어요?"

"예, 그날은 저녁 내내 혼자였어요. 좀 피곤해서 일찌감치 쉬러 들어갔으니까요."

"호텔 방에서 누군가에게 전화를 했다거나 누군가에게서 전화가 온 일은 없습니까."

"아뇨, 그런 건 없었어요." 난바라가 뭔가 씁쓸하다는 듯 얼굴을 찌푸리며 대답했다.

닛타는 한숨을 내쉬며 팔짱을 꼈다.

"그저께 밤에 교토에 계셨다는 것을 증명할 만한 뭔가가 있었으면 좋겠는데요."

"그렇긴 하겠지만……." 난바라는 뺨이 약간 굳어진 채 닛타를 바라보았다. "오카지마 교수님이 살해된 건 어제인 것 같은데?"

"왜 그렇게 생각하십니까."

"그건, 그냥 그런 감이 드는 것뿐이지만……. 아, 부검 같은 걸로 정확한 시각이 나오잖아요?"

"물론 그렇습니다. 이제 곧 부검 결과가 나올 테니 범행 시각도 좁혀지겠죠. 하지만 여러 번 찾아오는 것도 미안하고, 지금으로서는 어느 정도 폭을 넓혀서 질문할 수밖에 없습니다. 양해해 주십시오."

"그렇군요. 하지만 내가 대답할 수 있는 건 그 정도가 최선이에요."

"알겠습니다. 일반적으로 알리바이가 확실한 경우가 더 적으니까요. 괜찮습니다. 협조해주셔서 고맙습니다."

셋이서 응접실을 나왔다. 닛타가, 이 시간 이후의 일정은 어떻게 되느냐고 난바라에게 묻자 공동 연구에 참여한 기업 쪽 사람을 만나러 간다는 대답이 돌아왔다.

"오카지마 교수님이 돌아가신 직후인데 벌써 일 얘기를 하셔야 하는군요."

"이런 일이 벌어졌으니 더욱더 긴밀히 만나서 상의를 해야지요. 앞서도 말했듯이 방침 전환이 필요하니까요."

"실행력이 장점, 이라고 하셨죠."

"그렇습니다."

그럼 이만 실례, 라면서 난바라는 복도를 건너갔다.

그 뒷모습을 지켜보던 호즈미 리사가 "와아, 멋진 분이네"라고 작은 소리로 말했다.

"멋지다니, 난바라 씨 말이야?"

"네, 중년의 매력이라고 하던가요? 나이를 먹었어도 전혀 아저씨 같은 데가 없잖아요. 분명 여대생들 사이에서 인기가 많을 걸요."

닛타는 찬찬히 그녀의 얼굴을 바라보았다. "리사 씨는 항상 그래?"

"뭐가요?"

"아까는 젊은 남학생들을 봤다고 좋아하더니 이번에는 중년 남자한테 폭 빠졌잖아. 남자만 보면 매번 그러느냐고."

"항상 그렇진 않아요. 상대가 멋있을 때만 그렇지." 호즈미 리사는 진지한 얼굴로 대답한 뒤에 이렇게 덧붙였다. "닛타 씨 만났을 때는 아무 말도 안 했잖아요."

"오, 그러셔? 미안하네, 매력 없는 남자라서."

"앗, 내 말은 그런 뜻이 아니라……."

"됐어, 괜히 변명할 거 없어. 그보다 리사 씨가 먼저 특별수사본부에 들어가서 모토미야 씨에게 보고 좀 해줘."

"닛타 씨는 어디 가려고요?"

"잠깐 들를 데가 있어."

"어딘데요? 내가 모시고 가야……."

"올 거 없어. 최대한 효율적으로 움직이자고."

호즈미 리사는 토라진 듯 뺨이 불룩해졌다. "나를 따돌리는 거예요?"

"그런 거 아니야. 남에게서 비밀스러운 얘기를 들어야 할 때는 이쪽도 혼자인 게 좋아. 자, 어서 가, 가라고." 닛타는 파리를 쫓

듯이 손을 휘휘 흔들었다.

특별수사본부에 돌아가자 모토미야가 서류를 들여다보는 참이었다. 닛타를 알아보고 손을 까불었다.

"대학 구내를 탐문 조사하는 팀에서 주차장에 관한 정보가 들어왔어. 피해자의 차가 어제도 같은 자리에 주차된 걸 목격한 사람이 있대. 좀 더 말하자면, 그저께는 피해자가 항상 차를 세워두던 그 주차장에 서 있었어. 그리고 부검 결과가 나왔는데……." 모토미야가 사체 검안서를 집어 들었다. "그저께 밤 8시에서 11시 사이로 추정됐어."

"역시 그저께였군요."

"그리고 또 한 가지, 범행 현장이 확정됐어. 연구실 쪽이야. 바닥에서 루미놀 반응이 나왔거든. 피를 닦아낸 흔적이 있었던 모양이야. 아마도 범인이 닦아냈겠지."

"즉 이런 얘기네요. 범인은 피해자가 혼자 있을 즈음을 노려 건물에 침입해 연구실에서 피해자를 살해한 뒤에 사체를 옆의 교수실로 옮겼다. 연구실 바닥의 피를 닦아낸 뒤, 피해자의 열쇠를 사용해 연구실 문을 잠갔다. 나아가 교수실 문까지 잠그고 현장을 떠났다. 그리고 피해자의 차를 평소와는 다른 주차장으로 이동시키고 대학을 빠져나갔다."

"음, 대충 그런 얘기야."

모토미야의 말이 끝나자마자 "한 가지, 빠진 게 있습니다"라고 옆에서 호즈미 리사가 끼어들었다. 어느 틈에 옆에 와 있었던 모양이다.

닛타는 그녀를 바라보았다. "빠진 게 있다니, 뭐가?"

호즈미 리사는 콧구멍을 벌름거리며 힘차게 말을 이어나갔다.

"지갑입니다. 방금 하신 이야기에는 범인이 지갑을 빼 갔다는 게 빠져 있어요."

무릎에서 덜컥 힘이 빠졌다. "또 그 얘기야?"

"그리고 흉기를 가져갔다는 것도 잊어버리셨어요."

"잊어버리지 않았어. 생략했을 뿐이야. 지갑에 대한 것도."

"왜요? 중요한 일인데." 호즈미 리사는 불만스러운 듯 입을 툭 내밀었다.

"무슨 얘기야?" 두 사람이 주고받는 말의 의미를 알 수 없었는지 모토미야가 물었다.

"리사 씨의 추리로는 범행 동기가 지갑을 노린 거랍니다." 닛타는 그렇게 말하고 그녀 쪽을 향했다. "그렇다면 물어보겠는데, 범인이 무엇 때문에 사체와 차를 이동시켰을까. 지갑이 목적이었다면 사체는 그대로 놔두고 1초라도 빨리 현장을 벗어나려고 했을 거 아냐. 게다가 차를 굳이 이동시킬 필요도 없어."

호즈미 리사는 고개를 두 번 가로저었다.

"그건 안 되죠. 카드를 써먹을 시간적 여유가 없잖아요."

"카드?"

"신용카드 말이에요. 범인은 사건이 발각되기 전까지 훔친 신용카드로 마구마구 쇼핑을 할 생각이었을 거라고요. 그러기 위해서는 사체의 발견을 최대한 늦춰야죠. 그래서 사체도 감춰놓고 차도 다른 주차장으로 옮겨놓은 거예요." 빠른 말투로 단숨에 늘어놓는다.

닛타는 어이가 없어 그녀의 입가만 빤히 바라보았다. 약이 올랐지만, 순간적으로 반론이 떠오르지 않았다.

"거, 꽤 괜찮은 추리인데." 옆에서 모토미야가 말했다.

"그렇지요?" 호즈미 리사가 흐뭇한 표정으로 말했다. "어제 하루 종일, 범인은 마구 카드를 쓰고 다녔을 거예요."

"그렇다면 확인해봐야겠네. 신용카드에 대해서는 발로 뛰는 팀에서 조사하고 있을걸." 모토미야는 저만치 먼 곳을 손끝으로 가리켰다. "저기 모인 친구들이야. 키다리 젊은 형사, 보이지? 세키네라는 친구인데 그쪽에 좀 알아보고 올래?"

알겠습니다, 라고 말하고 호즈미 리사는 깡충깡충 뛰듯이 멀어져갔다. 그 등을 지켜본 뒤에 닛타는 "진심이에요?"라고 모토미야에게 물었다. "진짜로 지갑을 노린 범행이라고 생각하시느냐고요."

모토미야가 몸을 흔들며 웃었다.

"신용카드 사용 상황은 조금 전에 세키네에게 다 들었어. 어제도 오늘도 카드를 사용한 흔적은 없었어."

"그렇죠?" 닛타는 가슴을 쓸어내렸다. "이건 그런 단순한 사건이 아니에요. 그나저나 계속 리사 씨하고 한 팀으로 뛰어야 한다고 생각하니 마음이 무겁네요."

"그런 소리 하지 마. 자네를 그녀와 한 팀으로 묶어주라고 지시한 건 계장님이야."

"이나가키 계장님이? 대체 왜요."

"기대감의 표현이지. 자네는 간부 후보생이니까 말이야. 해외 경험자이기도 하고, 승진 시험에도 별문제 없이 척척 합격할 엘리트잖아. 앞으로 여자 형사도 많아질 텐데 일찌감치 사람 다루는 법을 배워두라는 뜻일 거야. 말하자면 부모 같은 마음으로 신경을 써준 거라고."

닛타는 머리를 긁적였다. "귀찮게만 하는 부모 마음이네요."

"하지만 리사 씨의 말도 완전히 틀린 건 아냐. 범인이 사체의 발견을 늦추려고 했던 건 틀림없으니까. 문제는 그 목적이야."

"그 점은 저도 계속 고민 중인데 뚜렷한 답이 나오질 않아요. 며칠씩 늦추는 거라면 또 모르지만, 이번에 쓴 방법은 기껏 하루 이틀 늦추는 것뿐이에요. 그게 범인에게 무슨 이득이 되는지 모르겠어요."

모토미야는 나지막하게 끄응 신음하더니 의자 등받이에 몸을 맡겼다.

"우선 그런 쪽을 정리해서 계장님에게 보고해야겠어. 그 밖에 또 뭔가 없었어?"

"그 밖에는 뭐……." 닛타는 말끝을 어물거렸다.

어허, 하고 모토미야가 아래쪽에서 쓱 노려보았다.

"뭔가 있는 표정인데? 괜히 거들먹거리지 말고 냉큼 말해봐."

"실은 마음에 걸리는 인물이 한 사람 있습니다."

닛타는 난바라 사다유키에 대해 이야기했다.

"흠, 공동 연구 중인 준교수……. 근데 왜 이 사람이 마음에 걸리지?" 난바라의 명함을 들여다보며 모토미야가 물었다.

"이유는 단순해요. 만일 피해자인 오카지마 교수가 죽지 않았다면 난바라는 연구자로서 큰 타격을 입을 우려가 있었어요."

선배 형사가 눈을 실처럼 가늘게 떴다. "어떤 타격?"

"조교 야마모토 씨가 은밀히 알려준 건데, 오카지마 교수 팀이 개발하려던 신소재 제조 방법이 크게 나눠서 두 가지였답니다. 실용화 단계에 들어서면서 그중 어느 쪽 방법을 선택할지, 결정권이 오카지마 교수에게 주어진 거예요. 그런데 둘 다 일장일단이 있어서 좀체 결론이 나지 않았습니다."

"응, 그래서?"

"근데 최근에 오카지마 교수가 그중 한쪽으로 점점 마음이 기운 모양이에요. 그건 오카지마 교수가 주도해온 방법이고 난바라는 거기에 거의 관여하지 않았답니다. 반대로 자칫하면 버려지게 된 방법은 난바라가 특허를 취득한 아이디어를 바탕으로 한 거였어요."

모토미야는 크게 숨을 들이쉬더니 눈동자를 굴리며 노려보았다.

"그건 분명 난바라에게는 일생일대의 갈림길이네."

"가만히 있다가는 설령 신소재의 실용화가 시작되어도 난바라는 손에 들어오는 게 아무것도 없습니다. 반대로 난바라가 제안한 방법으로 실용화가 진행되면 특허를 갖고 있는 만큼, 막대한 이익을 얻을 수 있었어요." 닛타는 한 마디 한 마디 곱씹듯이 말했다. "어떻습니까, 지갑을 노렸다는 추리보다는 훨씬 더 설득력이 있잖아요."

"자네 말이야, 법학부 출신이지? 아버님은 분명 변호사라고 하셨던가."

"시애틀에서 고문 변호사로 일하고 있죠. 지적재산권을 다루는 일도 많은 것 같던데요."

모토미야는 혀를 끌끌 차면서 명함을 바닥에 내리쳤다.

"그런 호재가 있으면 진즉에 말을 했어야지! 아무튼 좋아, 그쪽으로 방향을 잡고 추진해보자고. 계장님에게는 내가 말해둘테니까. 엇, 저기 파트너도 돌아오시네."

닛타는 모토미야가 턱으로 가리키는 쪽을 돌아보았다. 잔뜩 실망한 기색으로 호즈미 리사가 다가오는 참이었다.

3

난바라 사다유키에게 임의출두를 청한 것은 사체 발견으로부터 사흘째인 10월 7일이었다. 하치오지미나미 경찰서 안의 취조실에서 닛타는 난바라와 마주 앉았다. 모토미야가 옆에 서고 호즈미 리사는 기록 담당으로서 동석했다.

"바쁜데 나오시라고 해서 죄송합니다. 하지만 오늘은 꼭 사실대로 얘기해주셨으면 합니다." 닛타는 온화하게 운을 뗐다. 상대는 공식적으로는 아직 참고인이다. 그래서 묵비권에 대해서는 말해주지 않았다.

난바라는 미간을 찌푸렸다.

"무슨 말입니까? 지난번에 모두 다 얘기했어요. 나는 거짓말은 안 하는 사람입니다."

"아뇨, 저희 쪽에서 조사를 통해 밝혀낸 사실과는 다른 내용이 있었습니다. 다시 한 번 묻겠습니다. 10월 3일 밤, 당신은 어디에 있었습니까."

"3일요? 왜 자꾸 3일에 대해 묻는 겁니까." 난바라는 답답하다는 투로 물었다.

"묻는 말에 대답하십시오. 3일 밤에 어디에 있었습니까."

난바라는 낭패한 기색을 감추려고도 하지 않고, 당혹스러운 얼굴로 모토미야를 흘끔 올려다본 뒤에 다시 닛타에게로 시선을 돌렸다.

"그러니까 그날은 교토에 있었다고 지난번에……."

"네, 호텔에 있었다고 하셨죠. 지난번 말씀으로는 '교토 퀸호텔'이라고 하셨어요. 상당히 고급 호텔이죠. 방에서는 뭘 하셨습니까."

"뭘 하다니……, 그냥 텔레비전도 보고……."

"어떤 방송이었죠? 몇 시부터 몇 시까지 보셨습니까. 가능한 한 상세히 말씀해주시죠."

난바라의 시선이 흔들렸다. 연거푸 눈을 깜빡인 뒤, 뺨을 파르르 떨면서 입을 열었다.

"아, 그게 아니에요. 그날 밤에는 텔레비전은 안 봤어요. 그래요, 책을 읽었습니다. 책 제목은……."

"아니, 그만 됐습니다." 닛타는 상대의 말을 가로막았다. 그런 말은 끝까지 들어봤자 아무 도움도 안 된다. 자신이 가진 책의 제목을 늘어놓는 것뿐이다. "호텔에 계실 때, 뭔가 특이한 일은 없었습니까? 이를테면 화재경보기가 울렸다든가."

"화재경보기? 아니, 그런 일은 없었던 것 같은데……." 난바라는 명백히 불안한 기색이었다. 어쩌면 실제로 화재경보기가 울렸을 수도 있다, 라고 생각했는지도 모른다.

닛타는 모토미야를 올려다보았다. 선배 형사는 턱을 슬쩍 내밀었다.

난바라 씨, 라고 닛타는 시작했다. "당신은 10월 3일 밤, 교토 퀸호텔에 투숙하지 않았습니다."

"그렇지 않아요. 내가 그날 체크인을 하고……."

"네, 분명 체크인 기록은 남아 있습니다. 오후 6시에 수속을 했더군요. 하지만 당신은 호텔 방에 가지 않았어요. 최소한 그날 밤에 교토 퀸호텔에서 잠을 잔 건 아닙니다. 어때요, 맞습니까."

“어떻게 그런 것을…….”

“단언할 수 있느냐, 라는 질문이신 것 같군요. 간단합니다. 호텔에 문의해봤어요, 10월 3일 밤, 당신 방이 어떤 상태였는지, 아니, 정확히 말하면 10월 4일 오전에 어떤 상태였는지 문의해봤습니다. 만일 그 방에서 잤다면 흔적이 남아 있을 테니까요. 일류 호텔이란 데는 아주 대단하거든요. 어떤 일이든 기록으로 남겨둡니다. 당신에 대한 것도 남아 있었어요. 10월 4일, 하우스키퍼가 방에 들어갔을 때, 침대를 사용한 흔적이 전혀 없었습니다. 타월 한 장, 쓰지 않았어요. 아니, 그런 건 고사하고 변기의 소독 종이커버까지 그대로 씌워져 있었어요. 설령 바닥에서 잤다고 해도 그 방에서 밤을 보냈다면 화장실은 사용했어야 맞지 않습니까?”

난바라의 얼굴에서 핏기가 사라지면서 이윽고 창백해졌다. 그 대신 눈이 충혈되기 시작했다. 입술이 움직이는 것을 보고 자백하려는 건가, 하고 닛타는 순간 생각했다.

“정말로……”라고 난바라는 중얼거리고 있었다. “정말로 3일이에요?”

“예?” 닛타는 입을 헤벌렸다. “대체 무슨 얘깁니까.”

“사건이 일어난 날짜 말입니다. 틀림없이 10월 3일이에요? 뭘 근거로 그렇게 판단했습니까. 얘기 좀 해봐요.”

닛타는 모토미야와 얼굴을 마주 보았다. 난바라의 반응은 전혀 예상치 못한 것이었다.

"이봐요, 난바라 씨." 모토미야가 말을 건넸다. "사건이 일어난 날짜 같은 건 당신이 걱정할 거 없어요. 당신은 그냥 사실대로만 얘기하면 된다니까. 3일 밤, 어디 있었습니까. 교토의 호텔에 있었다는 거짓말은 이제 그만하시고. 우리도 이래저래 바빠요. 취조실에서 이렇게 얌전한 얼굴을 짓고 있는 것도 진짜 피곤한 일이에요. 이제 슬슬 한계치라고요."

어떻게 봐도 일반인으로는 보이지 않는 면상의 모토미야가 사근사근한 어조로 말하니 도리어 더 무시무시한 박력이 느껴졌다. 난바라는 굳은 표정으로 고개를 떨구었다.

난바라 씨, 라고 닛타는 말했다. "입을 다물어버리면 곤란합니다. 대답을 좀 해주시죠."

이윽고 난바라는 고개를 슬쩍 들었다. 그 얼굴에 고민의 기색이 떠 있었다.

"알겠습니다. 죄송합니다." 무겁게 입을 열었다. 드디어 체념했나, 하고 닛타는 생각했다. "그 말이 맞습니다. 3일 밤에 교토 퀸호텔에 있었다는 건 거짓말이에요. 그날 밤에는 다른 곳에 있었습니다."

"어딥니까?"

"그건……." 난바라는 크게 숨을 쉬고 나서 말을 이었다. "그건 말씀드릴 수 없습니다."

"예에? 무슨 말입니까, 그게."

"3일 밤에 교토 호텔에 있지 않았다는 건 인정해요. 하지만 어디 있었는지는 밝힐 수가 없어요. 죄송합니다." 머리를 깊숙이 숙인다.

타앙 하는 큰 소리가 났다. 모토미야가 손바닥으로 책상을 내리친 것이다. 난바라는 소스라치게 놀라며 뒤로 물러났다. 그것과 거의 동시에 닛타 뒤쪽에서 히이익 작은 비명이 들렸다. 호즈미 리사가 터뜨린 비명이다.

"이봐요, 경찰이 만만합니까." 모토미야가 본격적으로 험악하게 나왔다. "머리만 숙이면 끝날 일이냐고, 이게!"

난바라는 마음을 진정시키려는 듯 몇 차례 숨을 가다듬더니 닛타와 모토미야를 번갈아 쳐다보았다.

"그 전에 설명을 좀 해주시죠. 내가 왜 3일의 알리바이를 말해야 합니까. 지난번에 닛타 씨도 말했잖아요. 알리바이라는 건 확실한 사람이 오히려 적다면서요. 나도 그런 사람 중의 하나라고 이해해주면 안 되겠습니까."

"당신은 알리바이가 확실치 않은 게 아니라 아예 말을 안 하고 있어요. 진실을 말하기는커녕 우선 거짓말까지 했습니다. 그걸 이해하고 넘어갈 수 있겠어요?" 그렇게 말하고 닛타는 모토미야의 얼굴을 흘끔 쳐다보았다. 지시를 내려달라는 뜻이다. 모토미야가 슬쩍 턱을 움직였다. 두 번째 작전으로 들어가라는 신호다.

닛타는 다시 난바라 쪽을 향해 입을 열었다.

"극한점에 있어서의 MKE 제법."

난바라는 놀란 듯 눈이 큼직해졌다. 그것을 확인한 뒤에 닛타는 말을 이었다.

"당신이 고안한, 반도체 신소재를 만들기 위한 기술의 명칭이라더군요. 관계자들에게서 많은 이야기를 들었습니다. 문외한이라 내용을 이해하는 데 상당히 애를 먹었어요. 아니, 지금도 다 이해한 건 아닙니다. 하지만 그 기술이 관련 회사와 공동 개발한 반도체 제조 기술로 채용되면 당신에게 거액의 보수가 떨어진다는 건 알고 있어요. 그런데 오카지마 교수님은 그 기술을 채용하지 않는 쪽으로 결단을 내리려고 했습니다. 그렇게 되면 당신은 보수를 받기는커녕 프로젝트에서 배제될 우려마저 있었다더군요. 아니, 그뿐만이 아니죠. 여기에서 당신의 기술이 제외되면 앞으로 두 번 다시 채용되지 못할 가능성이 높은 거예요. 자신의 신념에 따라 연구를 계속해온 사람에게 그건 엄청난 충격이었으리라는 건 충분히 짐작이 갑니다."

난바라는 손수건을 꺼내 관자놀이에 흐르는 땀을 닦았다. 얼굴은 창백한 채였다.

"일이 그렇게 될까 봐서 내가 오카지마 교수님을 죽였다는 겁니까?"

"동기로서는 충분히 성립합니다. 관계자의 말을 들어본바, 위험한 도박에 나서도 이상하지 않을 만큼 큰 프로젝트라는 감을 얻었어요."

말도 안 되는 소리, 라고 난바라는 짜증스럽게 내뱉었다.

"당신들, 큰 착각을 하고 있어요. 아마 야마모토 조교에게서 들은 얘기일 테지만, 그 친구는 아무것도 몰라요. 분명 오카지마 교수님은 내가 개발한 MKE 제법이 아닌 다른 방법을 검토하고 있었습니다. 하지만 그 방법이 조만간 벽에 부딪히리라는 게 내 눈에는 뻔히 보였어요. 오카지마 교수님도 결국은 마음을 바꿨을 거라고요. 그걸 다 알면서 내가 왜 교수님을 죽인단 말입니까."

닛타는 고개를 갸우뚱했다.

"거, 이상하군요. 야마모토 씨 이외의 다른 관계자들도 당신이 처한 입장에 대해 똑같은 얘기들을 했는데요."

"내가 어떤 입장에 처했는데요?"

"한마디로, 오카지마 교수님에게서 그리 높은 평가를 받지 못했다는 겁니다. 원래 MKE 제법은 다른 방법이 없을 경우를 위한 대체안 정도로 생각했다던데요."

"천만에요. 실제로 MKE 제법으로 실용화 연구를 진행하기로 이미 방침이 정해져가는 단계예요."

"그러십니까. 그야말로 계산하신 대로 일이 흘러가는군요."

난바라는 얼굴을 찌푸리며 고개를 저었다. "나는 죽이지 않았습니다."

"그렇다면 10월 3일에 무엇을 하셨는지 얘기하세요. 당신이 오후 6시경에 교토 퀸호텔에 체크인 했다는 건 알고 있습니다. 하지만 그다음부터의 행동이 밝혀지지 않았어요. 그 뒤에 어디에 가셨습니까. 결백을 증명하려면 솔직하게 얘기하시는 수밖에 없어요."

난바라는 깊숙이 고개를 꺾고 있었다. 속 시원히 털어놓을 것인가 아니면 버틸 만큼 버티면서 도망칠 기회를 기다릴 것인가. 온갖 생각이 머릿속에서 뒤엉키고 있을 거라고 닛타는 상상했다.

마음을 정한 듯 난바라가 고개를 번쩍 들었다.

"교토 퀸호텔에 체크인 한 뒤에 내가 간 곳은…… 오사카였어요."

"오사카?" 닛타는 다시 모토미야와 얼굴을 마주 본 다음에 난바라에게로 시선을 돌렸다. "왜 오사카에? 그리고 오사카의 어디에?"

"그건 말 못 합니다. 아무튼 오사카에 갔던 건 틀림없어요. 신오사카 역에 도착한 게 아마 오후 7시쯤이었을 겁니다. 거기 역 구내 서점에서 잡지도 한 권 샀어요. 아마 그 서점에 기록이 남아 있을 겁니다."

어떤 잡지를 샀느냐는 질문에는 《월간 금속공업》이라고 대답했다. 그가 연구하는 업계의 잡지인 모양이었다. 그다지 많이 팔릴 책은 아니라서 그가 정말로 구입했다면 확인은 그리 어렵지 않을 터였다.

"그날 밤에는 오사카에서 잤습니까?"

"예, 거기서 잤어요."

"어디서?"

"오사카의 어떤 호텔입니다."

"그래서는 확인할 수가 없죠. 어떤 호텔입니까. 정확하게 대답하세요."

"아니, 그건 안 됩니다."

"왜요?"

"그 호텔에서 내가 어떤 사람을 만났어요. 내가 거기 있었다는 것을 증명하려면 그 사람의 이름을 대야 합니다. 하지만 그랬다가는 그 사람에게 큰 폐를 끼치게 돼요. 그래서 말하고 싶어도 말할 수 없습니다."

난바라의 얘기를 듣고 닛타는 머릿속에 번쩍 떠오르는 것이 있었다.

"혹시 상대가 여자분?"

난바라는 괴로운 듯 얼굴을 찌푸리며 짧게 대답했다. "예."

"아하!" 닛타 뒤쪽에서 호즈미 리사가 목소리를 높였다. "혹시 불륜?"

모토미야가 몸을 돌려 그녀를 노려보았다.

"죄, 죄송합니다." 호즈미 리사가 목을 움츠렸다.

닛타가 난바라를 빤히 쳐다보며 확인했다. "그런 겁니까?"

호즈미 리사가 중년의 매력을 느꼈다는 연구자는 한 차례 천천히 눈을 깜빡하더니 한숨을 내쉬며 고개를 위아래로 끄덕였다. 그리고 이렇게 말을 이었다. "그 여자분이 가정이 있는 사람이에요. 그래서 누군지 밝힐 수가 없다는 겁니다."

4

닛타와 모토미야의 보고를 듣고 계장 이나가키는 자신의 자리에서 팔짱을 끼고 눈을 꾹 감았다. 짧게 깎은 머리에 얼굴이 큼직하고 눈꼬리는 조금씩 처져가는 기미가 보인다. 그래서 평소에는 온화하게 보이지만 이따금 내뿜는 눈빛이 여간 예리한 게 아니다.

닛타와 모토미야는 이나가키 앞에 나란히 서 있었다. 호즈미 리사는 조금 떨어진 자리에서 이따금 걱정스러운 시선을 던졌다.

이윽고 이나가키가 눈을 번쩍 떴다.

"상황은 잘 알겠어. 그래서 자네 느낌으로는 어때?" 우선은 모토미야에게 재촉하듯이 턱을 움직였다.

"아무리 봐도 백白은 아니에요." 모토미야가 입을 열었다. "한없이 흑黑에 가까운 회색입니다. 피해자는 연구실에 있다가 공격을 당했는데, 거의 매일같이 밤늦도록 거기에 혼자 있다는 것을 아는 사람은 한정되어 있어요. 연구실 이외의 사람은 전원 알리바이가 있고, 역시 난바라가 가장 수상합니다."

음, 하고 고개를 끄덕이고 이나가키는 자네는 어떠냐는 듯이 닛타에게로 시선을 옮겼다.

"저도 난바라가 이번 사건과 분명 관계가 있다고 생각합니다. 사건이 일어난 날 밤에 유부녀와 밀회를 했고 그래서 알리바이를 발설할 수 없다니, 그건 웃기는 소리예요."

"하지만 논리적으로는 잘못된 게 없어. 처음에 알리바이를 추궁했을 때 교토에 있었다고 거짓말을 했던 이유로서 나름대로 타당한 얘기잖아."

"하지만 그럴 거면 그 유부녀를 교토 쪽 호텔로 오라고 했으면 되잖습니까."

"그 점에 대해 난바라는 어떻게 설명했지?"

"교토 호텔에는 학회 관계자들이 많아서 혹시라도 그 사람들 눈에 띌까 봐서, 라고 했습니다."

"응, 그것도 맞는 얘기잖아?"

이나가키의 말에 닛타는 마땅히 내밀 만한 반론이 생각나지 않았다. 그렇습니다, 라고 대답할 수밖에 없었다.

오사카 부경府警의 협조를 얻어 신오사카 역 구내 서점에 대한 확인 작업은 이미 끝냈다. 난바라가 말했던 날짜와 시각에 틀림없이 《월간 금속공업》이라는 잡지가 팔린 것이다. 점원이 손님 얼굴까지 기억하지는 못한 모양이지만 기록은 분명히 남아 있었다.

하지만 오후 7시경에 신오사카 역에 있었다는 것만으로는 알리바이가 성립되지 않는다. 그다음에 서둘러 도쿄로 돌아와 범행을 저지르는 것도 가능하기 때문이다.

난바라에게 상대 여자에게는 절대로 피해가 가지 않도록 할 테니 이름과 연락처를 말해줄 수 없겠느냐고 몇 번이나 어르고 달래봤다. 하지만 그는 고집스럽게 입을 열지 않았다. 경찰을 도저히 믿을 수 없다는 것이었다.

결국 그날은 일단 난바라를 돌려보냈다. 신병을 구속할 만한 근거가 없었기 때문이다. 알리바이를 말하지 않는다고 해서 피의자로 취급할 수는 없다.

"자아, 정리해보자. 난바라 사다유키를 범인이라고 가정했을 경우, 지금까지의 수사에서 밝혀진 것과 모순되는 점은 없나?"

하지만 계장의 말에 닛타도 모토미야도 즉답을 하지 못했다.

"뭐야, 왜들 그래." 즉각 이나가키가 못마땅한 듯 미간을 좁혔다. "모순점이 있는 거야?"

"모순점이라고 할 정도는 아니지만, 몇 가지 의문이……." 모토미야가 말을 멈추고 닛타에게 눈짓을 했다. 자네가 설명해, 라는 뜻이다.

"거듭 말씀드린 대로 난바라는 피해자를 살해할 동기가 충분합니다." 닛타는 천천히 이야기를 풀어나갔다. "10월 3일 밤, 대학 연구실에 잠입해 피해자를 등 뒤에서 칼로 찌르는 것도 가능했다고 생각합니다. 서로 잘 아는 사이니 몰래 접근할 것도 없이, 잠깐 볼일이 있어 들렀다는 식으로 말해서 피해자를 안심시킨 뒤에 틈을 노려 칼로 찌르는 방법을 썼을 수 있습니다. 하지만 풀리지 않는 문제는, 어째서 사체를 옆의 교수실로 옮겼고 피해자의 차를 다른 주차장으로 옮겼는가 하는 겁니다. 그 바람에 사체의 발견이 늦춰졌지만, 난바라에게 그게 무슨 이득이 되었는지, 그 점이 아직 밝혀지지 않았습니다."

"그렇군." 이나가키는 얼굴을 위아래로 짧게 끄덕였다. "또 뭐가 있지?"

"이것도 모순점이라고 할 정도는 아니지만, 지나치게 대비책이 없다는 점도 이상합니다."

"대비책이 없다?"

"피해자가 살해되었을 경우, 동기가 충분하다는 점에서 난바라는 자신이 가장 먼저 혐의자로 거론되리라는 것을 잘 알고 있었을 겁니다. 그렇다면 뭔가 은폐 공작 같은 대비책을 마련하는 게 일반적이잖습니까."

"자칫 어설픈 은폐 공작을 폈다가 그게 들통 나면 그때는 변명도 할 수 없게 돼. 아무리 의심스러워도 결정적인 증거가 없으면 괜찮다고 생각했던 거 아닐까?"

"네, 그것도 가능한 얘깁니다. 하지만 침대를 사용한 흔적이 전혀 없었다는 것 등을 통해 3일 밤에 교토 퀸호텔에서 숙박하지 않았다는 게 드러났습니다만, 이게 좀 지나치게 허술한 것 같아요. 게다가 한 가지 마음에 걸리는 게 있었습니다."

"그게 뭐지?"

"왜 그런지 처음 만났을 때부터 난바라는 10월 3일 밤의 알리바이를 묻는 것 자체에 의문을 품는 듯한 기색이었어요. 이번 취조 때도 사건 발생일을 10월 3일로 확정한 이유에 대해 몇 번이나 되물었습니다. 어쩌면 난바라에게는 그날 사건이 일어났다는 게 자신의 계획에서 크게 벗어난 일이었을 수 있습니다."

이나가키는 의아한 듯 입가를 일그러뜨렸다. "무슨 얘기야?"

"난바라의 계획대로라면 범행 날짜는 그다음 날인 10월 4일이었어야 하는 게 아닌가 싶습니다. 왜냐면 4일의 알리바이라면 거의 완벽할 정도거든요. 그날 난바라는 교토에서 정말 많은 사람들을 만났습니다."

"10월 3일의 범행을 4일에 일어난 범행처럼 보이게 할 계획이었다는 건가?"

"아뇨, 그게 아닙니다." 닛타는 고개를 저었다. "난바라 본인도 우리 얘기를 듣기 전까지는 오카지마 교수가 틀림없이 10월 4일에 살해되었다고 믿고 있었던 것 같아요."

이나가키가 눈을 부릅떴다.

"그 말대로라면 난바라는 범인이 아니라는 얘기잖아."

"네, 실행범이 아닐 수도 있습니다." 닛타는 상사의 얼굴을 마주 보았다. "직접 손을 댄 자는 난바라와 한패인 자, 그리고 당초 계획으로는 범행일이 10월 4일이어야 했습니다. 그래서 난바라는 그날의 알리바이를 완벽하게 만들어둔 거죠. 하지만 무슨 착오가 생겼는지, 실제 범행은 3일에 일어난 겁니다. 네, 그렇게 생각하면 난바라의 불가사의한 언동이 납득이 되는 거예요."

어떻습니까, 라고 닛타는 이야기를 마무리했다.

이나가키는 아랫입술을 툭 내밀고 부하의 얼굴을 노려보고 있다가 이윽고 그 눈을 모토미야에게로 쓱 옮겼다. "자네는 어떻게 생각해?"

"나쁘지 않은 추리예요." 모토미야가 말했다. "건방지고 왠지 밉살맞은 녀석이지만, 역시 머리가 진짜 뛰어납니다."

이나가키는 다시 닛타를 올려다보았다.

"난바라가 3일 밤의 알리바이를 밝히지 못하는 건 공교롭게도 계획이 어긋났기 때문이라는 건가?"

"그건 아직 알 수 없습니다. 범행과 연관된 뭔가를 숨기고 있을 가능성도 있거든요. 어쨌든 유부녀와 밀회를 했다느니 하는 말을 액면 그대로 받아들일 수는 없습니다."

이나가키는 고개를 끄덕이고 두 손으로 자신의 양 무릎을 툭툭 두드렸다.

"다음 수사회의 때까지 방금 한 얘기를 정리해줘. 나는 관리관에게 보고하고 올 테니까."

넷, 하고 닛타는 대답하는 목소리에 기합을 넣었다.

닛타의 추리가 타당했다는 것은 그 후의 수사에서도 확인되었다. 수사원들이 대학을 중심으로 대대적인 탐문 수사를 벌였는데도 사건 당일 밤에 난바라의 모습을 목격한 사람은 끝내 나타나지 않은 것이다. 또한 대학 주변에 설치된 방범 카메라의 영상을 모조리 분석해봤지만 난바라로 보이는 인물은 찍혀 있지 않았다.

살해된 오카지마 다카오 교수의 차에 대해서도 철저한 과학

수사가 이루어졌다. 하지만 난바라의 지문은 발견되지 않았고 그뿐만 아니라 차내에서 검출된 모든 DNA가 그와는 일치하지 않았다.

난바라가 이번 사건에 관여했다고 해도 실행범은 따로 있다—. 그렇게 생각하는 게 합리적이라고 할 수 있었다.

한편 난바라는 10월 3일의 알리바이에 대해 여전히 분명한 말을 하지 않았다. 오사카에서 유부녀를 만났었다, 라는 말만 되풀이할 뿐이었다.

"그러면 최소한 호텔 이름만이라도 알려주시겠습니까." 닛타는 말했다. 오늘도 다시 취조실에서 난바라와 마주하고 있었다.

"그런 얘기를 해봤자 대체 무슨 의미가 있습니까. 내가 그 호텔에 있었다는 증명이 되는 것도 아니잖아요. 그 호텔은 내가 체크인 한 게 아니에요." 난바라는 자포자기한 듯한 말투였다. 연일 계속되는 취조에 역시 지친 기색이었다.

"호텔 관계자 중에 당신을 본 사람이 있을 겁니다. 그 사람을 찾아내면 오카지마 교수님을 칼로 찌른 게 당신이 아니라는 것은 증명됩니다. 그건 당신에게도 결코 나쁜 일이 아닐 텐데요."

하지만 닛타의 그런 말에도 난바라는 시들한 얼굴로 고개를 저었다.

"아무튼 가정을 가진 사람과의 불륜이 아닙니까. 그래서 아무도 내 얼굴을 못 보게 최대한 조심스럽게 움직였다니까요. 목격자를 찾아내는 건 불가능해요."

"그거야 해보지 않고서는 모르는 거지요."

"소용없다니까요. 게다가 그런 수사를 하다가 상대 여자가 밝혀지기라도 하면 큰일이란 말입니다."

"그렇게까지 꽉꽉 숨겨줘야 하는 상대인가요?"

"당연하죠. 남편이 있는 여자예요." 난바라의 입 끝이 일그러졌다.

닛타는 팔짱을 꼈다.

"아무도 얼굴을 못 보게 조심했다고 하셨는데, 그렇다면 당신 쪽에서 그 호텔에 관해 뭔가 기억나는 건 없습니까. 이를테면 로비에 웨딩드레스 차림의 여자가 지나갔다든가 코스프레 그룹이 숙박했다든가. 어떤 호텔인지 알려주기만 하면 그런 기억을 확인해서 당신의 알리바이를 증명할 수 있는데요."

하지만 난바라는 입을 꾹 다물었다. 지그시 책상 위로 시선을 던지고 있었다.

닛타는 양손을 머리 뒤로 돌려 깍지를 꼈다.

"이래서는 일이 해결되지 않아요. 대체 언제까지 버틸 작정입니까."

그러자 난바라는 적개심이 담긴 눈빛으로 닛타를 노려보았다.
"그건 내가 할 소리입니다."

"무슨 말이죠?"

"언제까지 이런 짓을 계속할 작정인지, 대답을 듣고 싶다는 얘기예요."

"이런 짓이라니요?"

"사람을 몇 번이나 오라 가라 하면서 똑같은 질문을 되풀이하는 짓 말입니다. 대체 언제까지 나를 의심할 겁니까?"

"그야 물론 의심이 풀릴 때까지죠."

"내 입장도 좀 생각해보세요. 주위에서 이상한 눈으로 쳐다보는 통에 일을 못 하고 있어요. 결국 대학 측에서 한동안 집에서 휴양하라는 지시가 내려왔습니다. 이건 명백한 인권침해예요."

"대학을 쉬고 계시다는 건 알고 있습니다. 당신의 동향을 파악하는 수사원에게서 들었어요. 하지만 우리는 규칙에 따라 수사를 진행할 뿐입니다. 인권침해에는 해당하지 않아요. 불만이 있다면 변호사에게라도 상담을 해보시죠."

난바라는 두 손으로 책상을 내리쳤다.

"당신들, 내가 진짜로 오카지마 교수님을 살해했다고 생각하는 겁니까!"

"수사란 건 모든 사람을 의심하는 데서부터 시작합니다. 그다음은 소거법이에요. 우선 알리바이가 명확한 사람을 소거하고, 그다음에는 범행 동기가 없는 사람을 소거합니다. 그런 작업을 꾸준히 쌓아나간 끝에 결국 피해자 주위에서 유일하게 당신 이름만 남았어요."

난바라는 흐늘흐늘 머리를 흔들었다.

"어이가 없군요. 내가 범인이라면 그 증거를 좀 보여주시죠."

"머지않아 보여드릴 수도 있겠죠, 당신이 범인이라면. 하지만 당신이 범인이 아니라면 수사에 협조를 해주세요. 당신의 태도 여하에 따라서는 내일 또 이 자리에 나오셔야 합니다."

책상을 사이에 두고 닛타는 난바라와 마주 노려보았다. 침묵의 시간이 수십 초 흘러갔다.

이윽고 난바라의 입이 움직였다. "코르테시아……."

"예?"

"오사카 역 앞의 코르테시아오사카 호텔입니다. 내가 3일 밤에 묵었던 호텔."

닛타는 고개를 끄덕이고 자신의 수첩에 호텔 이름을 메모했다.

"고맙습니다. 그걸 증명할 만한 말까지 해주시면 더 좋겠는데. 동행했던 분의 이름을 알려주신다든가."

"수없이 말했던 대로, 그건 안 됩니다." 난바라는 씁쓸한 얼굴로 고개를 저었다.

"그러면 호텔에서 뭔가 인상에 남은 일 같은 건?"

"아마 그날 밤에 어느 레스토랑에선가 '세계맥주박람회'라는 행사를 했을 겁니다. 호텔 방에 팸플릿이 놓여 있었어요. 그리고 내가 방을 나온 게 4일 아침이었는데, 중국인 그룹과 엘리베이터를 함께 탔습니다. 오전 9시경이었던 것 같아요. 비교적 노인이 많은 그룹이었습니다."

닛타는 다리를 꼬고 의자에 등을 기댔다. "네, 좋습니다."

"이제 속이 시원합니까? 아무튼 난 이만 가봐야겠어요." 난바라가 노려보면서 말했다. "됐죠?"

"물론입니다. 임의출두에 의한 조사니까요. 우리는 인권을 침해할 생각은 없습니다. ……호즈미 경관, 문 앞까지 배웅해드려."

"넵!" 옆에서 기록하고 있던 호즈미 리사가 힘찬 대답과 함께 자리에서 일어섰다.

그녀가 난바라를 데리고 나간 뒤에도 닛타는 의자에 앉아 있었다. 허공을 지그시 바라보며 생각을 굴렸다.

처음 취조실에 왔을 때는 낭패의 기색이 짙었던 난바라가 요즘은 초췌한 모습이기는 해도 침착성을 되찾은 것처럼 보였다. 아마도 연일 계속되는 취조를 통해 설령 알리바이를 대지 못하더라도 명확한 물증 없이는 자신을 체포할 수 없다고 확신했기 때문일 것이다. 난바라는 증거 따위는 나오지 않는다는 굳건한 자신감이 있는 것이다. 그건 역시 실제로 오카지마를 살해한 건 그가 아니기 때문이라고 닛타는 짐작했다. 실행범은 따로 있는 것이다.

하지만 닛타의 추리가 모두 맞는다고 해도, 어째서 그 실행범은 원래의 계획과 달리 10월 3일에 범행을 강행했는가. 그 문제가 아무래도 풀리지 않았다. 뭔가 급작스러운 사정이 있어서 그렇게 할 수밖에 없었던 걸까. 만일 그렇다면 왜 그런 사정을 난바라에게 전하지 못했을까. 분명 난바라는 3일에 범행이 이뤄진 사실을 알지 못했었다.

거기에 또 한 가지, 어째서 범인은 사체의 발견을 늦추려고 했는가, 라는 의문도 아직껏 해결되지 않은 채 남아 있었다.

뒤쪽 문이 열리고 호즈미 리사의 목소리가 날아왔다. "참고인 난바라 씨를 귀가시키고, 그다음 작업은 미행 팀에게 넘겼습니다."

수고했어, 라고 닛타는 뒤도 돌아보지 않고 대답했다.

"마침내 성공하셨네요, 닛타 형사님." 호즈미 리사가 환한 어조로 말했다.

"뭘?"

"호텔 이름을 실토했잖아요. 코르테시아오사카 호텔이라고."

"별 대단한 성과도 아니야. 실제로 투숙했는지 아닌지도 아직 모르는 거고. 정말로 거기에 갔었다고 해도 실행범은 따로 있다는 증명이 될 뿐이야. 단지 알 수 없는 건 10월 3일, 그 호텔에서 난바라가 무엇을 했느냐는 점이야. 어째서 아무도 자신의 얼굴을 못 보게 조심했는가. 어째서 자신이 묵었던 흔적을 지웠는가. 그러지 않았더라면 이번 사건에서 철벽의 알리바이가 됐을 텐데 말이야. 그런데도 난바라는 호텔 이름조차 발설하지 않으려고 지금까지 며칠을 버텼어. 대체 왜 그랬을까." 닛타는 의자에서 몸을 크게 뒤로 젖혀 천장을 올려다보았다.

"여기서 취조 과정을 다 들으면서 생각한 건데요, 혹시 난바라는 거짓말은 하지 않은 게 아닐까요?"

닛타는 젖혔던 몸을 바로 세우고 뒤를 돌아보았다. "그건 또 뭔 얘기야."

호즈미 리사는 검지와 엄지를 턱에 대고 그 손의 팔꿈치는 다른 손으로 받쳐 든 채 서 있었다. 생각에 잠긴 듯 고개가 한쪽으로 기울었다.

"정말로 만났던 거예요, 유부녀를."

닛타는 의자에서 떨어질 뻔하다가 겨우 버텼다. "그거, 진짜로 하는 말이야?"

"살인 혐의자로 몰리면서도 여전히 상대가 누군지 밝히지 않잖아요. 불륜이 아니고서야 그럴 리 없는 거 아닌가요."

"말도 안 되는 소리야. 살인 계획을 짜고 그걸 실행하려는 때에 불륜이라고? 그런 인간은 없어."

"그건 모르는 일이죠. 상대 유부녀는 오사카에서 살고 있을 거예요. 난바라 씨는 그다음 날 교토에 갈 예정이 있어서 먼저 오사카에 들러 밀회를 했다든가?"

닛타는 고개를 저었다. "그런 일은 절대로 없어."

"왜요?"

"생각을 좀 해봐. 그 사람, 살인 혐의를 받고 있어. 알리바이를 증명해서 혐의를 벗을 수만 있다면 불륜이 드러나는 것쯤은 별일도 아니라고. 게다가 난바라는 현재 독신이야. 여자 쪽의 가정을 지켜주겠다고 그렇게까지 버틸 리는 없단 얘기야."

"그러니까 엄청 대단한 여자인 거예요. 불륜이 드러나면 난바라 씨의 인생도 끝장날 만큼 대단한 여자. 이를테면 대학 총장 부인?"

닛타는 흥 코웃음을 쳤다. "설령 대학에서 해고되더라도 살인자로 인생이 끝장나는 것보다는 나아."

"그거야 본인의 가치관에 따라 다르겠죠. 난바라 씨가 어떻게 생각하는지, 그건 모르는 거잖아요."

"알았어. 그렇다면 리사 씨에게 특별한 임무를 주도록 하지."

"네, 무슨 일이신지요." 호즈미 리사가 힘찬 목소리로 물었다.

"오사카 출장. 아마 별 수확은 없겠지만, 말하자면 수확이 없다는 것을 확인하기 위한 출장이야."

5

엘리베이터 홀에서 한 노인이 지팡이를 짚어가며 걸어왔다. 그가 한 시간쯤 전에 체크인 한 것을 야마기시 나오미는 기억하고 있었다. 수속을 담당한 건 지금도 그녀 옆에 서 있는 다시로라는 젊은 프런트 클러크다.

노인의 발걸음은 느릿느릿 찬찬하지만 그 표정으로 보아 뭔가 못마땅한 일이 있는 것 같았다. 험한 표정인 채로 곧장 프런트를 향해 다가왔다.

"이봐." 노인이 다시로를 노려보았다. "대체 뭔가, 그 방은."

웃음을 담고 있던 다시로의 뺨이 그 즉시 팽팽히 긴장했다.

"무슨 문제라도 있으십니까."

"있어도 크게 있지. 복도 맨 끝 방이잖아. 하필 그런 방을 골라 주다니, 대체 어쩌자는 게야!" 노인이 거친 목소리를 냈다.

나오미는 순식간에 상황을 파악했다. 객실 배정은 대략 그 전날까지 정해진다. 아마도 다시로는 거기에 따라 방을 제공한 것뿐이리라. 하지만 프런트 클러크에게는 때때로 임기응변의 대응이 요구된다.

"지난번에 여기 왔을 때는 엘리베이터에서 가장 가까운 방이었어. 그래서 이 호텔은 세심한 데까지 배려를 잘해주는구나 했더니만. 나한테 그런 방을 주면 오고 가는 데 시간이 걸려서 당해낼 재간이 있겠나. 좀 더 머리를 써야 할 게 아닌가, 머리를." 노인은 지팡이로 몇 번이나 바닥을 내리쳤다.

다시로는 당황한 기색으로 머리를 숙였다.

"죄송합니다. 지금 즉시 방을 바꿔드리겠습니다. 잠시만 기다려주시겠습니까."

"됐어, 됐어. 방에다 짐을 풀어버렸는데 그걸 다시 챙기란 말인가. 그보다 식당이나 좀 알아봐줘."

"식당 말씀이십니까."

"저녁 먹을 곳을 찾아달란 말이야. 아들 내외와 식사하기로 했어. 이 근처에 어디 괜찮은 식당이 있나 좀 알아봐. 나는 중화요리점이 좋아."

"중화 레스토랑이라면 저희 호텔 3층에 있습니다만."

노인은 답답한 듯 고개를 저었다.

"그건 나도 알아. 근데 거기는 지난번에 가봤지. 그러니 이번에는 다른 곳으로 가겠다는 게야. 어서어서 알아보라고."

"알겠습니다. 중화요리라고 하셨지요." 다시로는 곁에 있는 파일을 집어 들었다. 호텔 근처의 주요 음식점을 정리해둔 파일이다. 그것을 펼쳐 노인 쪽으로 내밀었다. "그러시면 여기 이 식당은 어떨까요."

노인은 얼굴을 찌푸렸다. "이 자잘한 글씨가 내 눈에 보이겠나? 대체 어떤 식당이야."

다시로는 식당 이름을 말하고 그 위치를 대략 설명했다.

"거기라면 가까워서 좋겠군. 그래, 거기로 하자. 예약 좀 해줘, 어른 세 명으로."

"네, 알겠습니다."

"손님." 나오미가 옆에서 노인에게 말을 건넸다. "상하이 꽃게 요리인데 괜찮으시겠습니까."

"꽃게라고?"

"이맘때면 그 중화요리점의 코스요리는 상하이 꽃게가 메인입니다. 물론 메인디시를 다른 요리로 바꾸셔도 되겠지만, 기왕이면 꽃게 이외의 요리가 명물인 곳으로 가시는 게 어떨까요. 이를테면 샥스핀이라든가 베이징덕이 유명한 레스토랑이 있습니다만."

노인은 눈을 깜빡거리며 신기하다는 듯 나오미의 얼굴을 지그시 바라보았다.

"자네는 내가 꽃게 알레르기라는 것을 알고 있는가?"

나오미는 고개를 끄덕였다. "네, 지난번에 말씀해주셨어요."

"지난번에?" 그러고는 노인은 뭔가 생각난 듯한 표정을 보였다. "아, 그래, 그때 예약해준 게 바로 자네였구먼."

"기억해주셔서 감사합니다." 나오미는 머리를 숙였다.

"체크인 때 호텔 안의 중화요리점을 예약해달라고 했더니 곧장 연락해줬지."

"네, 그때 뭔가 꺼리는 요리는 없으신지 여쭈었더니 꽃게 알레르기가 있다고 하셨어요."

"맞아, 그랬어. 벌써 두 달 전 일이야. 나는 그새 까맣게 잊어버렸는데 자네는 용케도 기억하고 있구먼. 대단하네, 대단해."

"고맙습니다."

"자네 말이 지당하구먼. 꽃게 알레르기인 사람이 굳이 상하이 꽃게 요릿집에 갈 필요는 없지. 다른 식당으로 하세. 어디 추천할 만한 곳이 있는가."

나오미는 한 중화 레스토랑을 추천했다. 베이징덕이 명물인 곳이다. 그곳이 좋다고 노인이 반색해서 다시로에게 예약을 하라고 지시했다.

"그리고 손님, 방에 대한 것인데요." 다시로가 레스토랑에 예약 전화를 하는 사이에 나오미는 노인에게 말했다. "식사한 뒤에 오래 걷는 건 어느 분이라도 힘드시지요. 역시 엘리베이터 홀에서 가까운 방이 좋겠습니다. 이미 짐을 풀었다고 하셨는데, 만일 저희가 잠깐 짐에 손을 대도 괜찮으면 이따가 돌아오시기 전까지 새 방으로 옮겨드렸으면 합니다만."

나오미의 말에 노인은 잠시 생각에 잠긴 표정이었다.

"그렇게 해주면 물론 고맙기야 하지. 내 짐에 손을 대는 건 별 문제 없어. 하지만 어쩐지 미안하구먼."

"천만의 말씀이십니다. 생각이 짧았던 저희가 죄송할 따름이지요. 그러면 식사를 마치고 돌아오는 길에 여기 프런트에 잠깐 들러주십시오. 새 방의 카드키를 준비해드리겠습니다."

"알았어요. 참말로 고맙네."

다시로의 통화도 끝난 것 같았다. 무사히 예약이 잡혔고 꽃게 알레르기에 대한 주의 사항도 그쪽에 전달했다고 한다.

완전히 기분이 좋아진 노인은 웃는 얼굴로 프런트를 떠났다. 그 뒷모습을 배웅한 뒤에 다시로가 덕분에 살았다고 감사 인사를 건넸다.

"나오미 선배, 정말 대단하세요. 나는 두 달 전에 오셨던 손님의 얼굴, 기억할 자신이 없는데."

"손님 얼굴을 보면서 이분에게 뭘 해드릴 수 있을까, 나한테 어떤 것을 기대하실까, 진지하게 생각해봐. 그러면 기억할 수 있어."

"우와." 다시로는 기가 죽은 얼굴을 했다.

뒤쪽 문이 열리고 동그란 얼굴의 남자가 나타났다. 어시스턴트 매니저 요시무라였다.

"나오미 씨, 잠깐 괜찮아?"

네, 라고 대답하고 나오미는 사무실로 내려갔다. "무슨 일이세요?"

"미안하지만 지금 나하고 잠깐 응접실에 갈 수 있을까?"

"응접실? 네, 괜찮습니다만 어떤 고객이신데요."

"고객이라기보다……." 요시무라가 목소리를 낮췄다. "실은 경찰에서 나왔어. 도쿄에서 왔대."

나오미는 저도 모르게 몸이 긴장했다. "혹시 무슨 사건이라도?"

"그런 모양인데 어떤 사건인지는 말을 안 하네. 아무튼 10월 3일에 대해 물어보고 싶다는 거야."

"10월 3일……."

"굳이 거짓말을 할 필요는 없어. 묻는 대로 솔직하게 답하면 돼. 단 쓸데없는 말은 하지 않도록 해야겠지. 고객의 프라이버시에 관련된 일이라면 더욱 말할 것도 없고."

"네, 그건 잘 알고 있습니다." 나오미는 딱 잘라 대답했다.

응접실 앞에 도착하자 요시무라가 문을 노크했다. 들어오세요, 라는 목소리를 듣고 나오미는 의외라는 마음이 들었다. 여자 목소리였기 때문이다.

안에 들어가 상대를 마주하고서 다시금 놀랐다. 눈앞에 있는 여자는 아무리 봐도 나오미보다 어린 것 같았다. 애교 있는 동그스름한 얼굴은 전혀 경찰관 같지 않다.

그녀는 호즈미 리사라고 이름을 밝혔다. 하치오지미나미 경찰서 생활안전과 소속이라고 했다.

"실은 어떤 사건에 대해 수사 중이에요. 그 사건에 관련된 사람이 10월 3일에 이쪽 호텔에서 숙박했는지 아닌지를 알아보려고 합니다. 협조 부탁드립니다." 적힌 문장을 읽듯이 막힘없이, 그리고 별다른 억양 없이 여성 경찰관은 말했다.

"10월 3일에는 여기 야마기시 나오미 씨가 저녁 당번이었어요. ……그렇지?"

요시무라의 물음에, 그렇습니다, 라고 나오미는 대답했다.

"저녁 당번이란 건 뭐예요?" 호즈미 리사가 메모할 준비를 하고서 물었다.

"17시부터 근무하는 팀이에요. 22시에 야간 당번과 교대합니다."

"주요한 업무 내용은?"

"체크인이에요. 데이 유스의 체크아웃도 합니다."

"계속 프런트에 계시는 건가요?"

"기본적으로는 그렇지만, 고객이 뜸할 때는 뒤쪽 사무실에 내려가는 일도 있어요."

호즈미 리사는 옆에 놓인 토트백에서 사진 한 장을 꺼내 나오미 앞에 놓았다.

"10월 3일에 이 사람이 여기 호텔에 왔었습니까."

나오미는 사진을 손에 들었다. 남자였다. 안경을 썼고 옅은 수염이 자라 있다.

이건 대답하기 어렵다고 나오미는 생각했다. 실은 사진 속 인물을 본 기억이 있었다.

어때요, 라고 호즈미 리사가 물어 왔다.

"3일에는 못 봤던 것 같아요." 그렇게 말하고 사진을 내려놓았다.

"역시 그렇죠?" 예상했던 대답이었는지 호즈미 리사는 딱히 실망하는 기색도 없이 사진을 집어 들었다. "다들 못 봤다고 하더라고요."

이렇게 둔감해서야, 라고 나오미는 혀를 차고 싶은 심정이었다. 이 사람, 경찰로서 제대로 일할 수 있을까.

"네, 본 적이 없습니다." 되풀이해서 말하고 다시 뒤를 이었다. "10월 3일에는."

호즈미 리사는 고개를 끄덕이며 사진을 가방에 넣으려고 했다. 하지만 그 직전에 어라, 하는 얼굴로 나오미를 보았다. "10월 3일에는? 그러면 다른 날에는 봤다는 건가요?"

요시무라가 짐짓 헛기침과 함께 눈짓을 했다. 나오미가 쓸데없는 말을 할까 봐 걱정하는 것이다. 그녀는 요시무라를 향해 고개를 슬쩍 끄덕이고 나서 호즈미 리사를 보았다.

"그보다 좀 더 전이라면 사진 속 남자와 비슷한 분을 본 적이 있습니다." 신중하게 단어를 골라 말했다. "이 호텔이 개관하고 한 달쯤 지난 때였을 거예요."

"정말요? 본명으로? 이 사람, 이름이 난바라 사다유키인데."

"죄송하지만 이름까지는 기억나지 않네요."

"이 사람, 뭔가 특이한 점은 없었어요? 어떤 것이든 괜찮아요, 얘기 좀 해주세요."

글쎄요, 라고 나오미는 고개를 갸웃했다.

"체크아웃 때 잠깐 얘기한 것뿐이에요. 전날에 숙박을 하신 모양인데 깜빡 호텔 타월을 자기 가방에 넣어 왔다, 라고 하셨어요. 타월은 제가 받아서 돌려줬죠. 그런 일이 있어서 기억이 납니다."

"그 밖에는?"

"딱히 없었어요. 그냥 그것뿐입니다."

"이 사람을 본 건 그날 한 번뿐이었어요?"

"제가 기억하는 건 그날뿐이에요."

"자꾸 똑같은 질문이라서 미안한데, 10월 3일에는 못 보셨다는 거죠?"

"네."

호즈미 리사는 안타까운 듯 눈썹 끝이 아래로 처졌다. 그 모습을 보면서 나오미는 딱하기는 하지만 어쩔 수 없다고 생각했다. 호텔맨에게는 호텔맨으로서 결코 깰 수 없는 규칙이 있는 것이다.

"이제 됐습니까?" 요시무라가 물었다. "바빠지는 시간대라서 그만 업무 구역으로 돌아갔으면 하는데요."

"네, 됐습니다. 협조해주셔서 고맙습니다."

나오미는 요시무라와 함께 응접실을 나왔다. 걸음을 옮기면서 요시무라는 "사진 속 남자를 봤다는 얘기는 안 해도 됐을 텐데"라고 약간 못마땅한 투로 말했다.

"죄송합니다. 그분이 좀 딱해서요. 도쿄에서 일부러 여기까지 왔는데 아무 수확도 없는 것 같아서."

"그런 어린 아가씨에게 맡길 정도의 수사인데 수확이 없는 것도 당연하지. 나오미 씨가 걱정할 거 없어."

"네, 그럴지도 모르겠네요."

대답을 하면서도 나오미는 가슴속에 뭔가 응어리가 남는 것을 인정하지 않을 수 없었다. 질문한 것에는 솔직히 대답했다. 하지만 질문하지 않은 것에는 대답하지 않았다. 정말 그걸로 괜찮은 걸까.

프런트로 돌아와 다시 체크인 업무에 임했다. 차례차례 투숙객이 찾아왔지만 별다른 트러블 없이 시간이 흘러갔다.

일이 일단락되었을 무렵, 로비를 종종걸음으로 건너가는 여자의 모습이 눈에 들어왔다. 호즈미 리사였다. 그녀는 벨 데스크를 지키는 벨보이에게 뭔가 말을 건넸다. 손에 든 것은 그 사진인 것 같았다. 벨보이가 짧게 고개를 저었다.

그 질문을 하는 거라고 나오미는 짐작했다. 사진 속의 이 남자를 10월 3일에 봤느냐, 라는 질문이다.

호즈미 리사는 다른 벨보이와 도어맨에게도 말을 건넨 뒤에 위층으로 향하는 에스컬레이터에 올랐다. 위층에는 레스토랑과 숍 등이 있다. 그쪽 종업원들에게도 죄다 물어보고 다닐 생각인지도 모른다.

이윽고 오후 10시가 되었다. 사무실에서 야간 근무자에의 업무 인계를 마치고 탈의실로 향하는데 요시무라가 떨떠름한 얼굴로 프런트에서 내려왔다. 뭔가 투덜투덜하고 있었다. 무슨 일이냐고 물어보았다.

"그 여자 경찰관, 아직도 안 갔어. 종업원뿐만 아니라 손님에게도 접근하는가 봐. 이 호텔 단골이라는 걸 알면 그 사진을 꺼내 들고 본 적이 있는지 없는지 물어보는 모양이야."

"그래요? 상당히 끈덕진 경찰이네요."

"웬만큼 하고 얼른 떠났으면 좋겠는데 말이야. 개관한 지 얼마 되지도 않았는데 자칫 이상한 소문이라도 퍼지면 우리는 큰 타격을 받을 수 있어."

"그 경찰관, 지금 어디 있죠?"

"로비에 있어. 쫓아낼 수도 없고, 참 난감하네." 요시무라는 한숨을 내쉬었다.

나오미는 프런트로 가보았다. 아닌 게 아니라 호즈미 리사의 모습이 눈에 들어왔다. 로비 소파에 앉아 있는데 아무래도 꾸벅꾸벅 조는 것 같았다.

카운터 옆을 돌아 나와 그녀에게로 다가갔다. 리사 씨, 라고 불러봤지만 눈을 뜨는 기척이 없었다.

다시 한 번 귓가에 대고 불렀더니 화들짝 놀라면서 등을 쭉 폈다. 몇 번 눈을 깜빡인 뒤에야 나오미에게로 시선을 향한다. "앗."

"피곤한가 봐요."

"미안합니다. 이런 데서 잠을 자다니." 호즈미 리사는 흐트러진 머리를 두 손으로 가다듬었다.

"잠시 쉬고 싶으면 여기 직원용 수면실이 있어요."

"아뇨, 괜찮아요. 잠잘 데는 잡아뒀거든요. 여기보다 훨씬 저렴한 비즈니스호텔로."

"오늘 오사카에서 하룻밤 자고 가는군요."

호즈미 리사는 고개를 끄덕였다. "내일 첫차로 들어오라고 해서요."

"첫차로? 고단하겠네요."

"오전 중에 수사회의가 있거든요. 화장은 신칸센 안에서 하면 되니까 괜찮아요." 왼쪽 주먹으로 오른쪽 어깨를 두드리기 시작했다. 어깨가 결리는 것이리라.

"여자분이 경찰 일을 하다 보면 이래저래 힘든 일도 많을 것 같아요."

"네, 좀 그렇죠. 하지만 각오하고 들어온 세계니까요."

"리사 씨는 왜 경찰이 되겠다고 생각했어요?"

호즈미 리사는 으음, 하고 생각에 잠긴 소리를 냈다.

"한마디로, 나쁜 놈을 혼내주고 싶어서요. 세일러문 같은 만화 영화를 엄청 좋아했거든요."

그 대답에 나오미는 웃음이 터지려는 것을 겨우 참았다. 호즈미 리사의 어린 시절 모습이 저절로 머릿속에 떠오른 탓이다. 아마 지금과 그리 큰 차이는 없었을 것이다.

"근데 현실은 혹독하더라고요." 호즈미 리사는 문득 풀 죽은 기색을 보였다. "요즘은 남자 형사들의 보조 역할만 하고 있거든요. 제대로 된 일이 떨어지지 않아서."

"그렇군요."

"그래서 이번 오사카 출장에서는 오기로라도 뭔가 중요한 단서를 잡고 싶었어요. 어차피 수확이 없는 출장일 테니까 나한테 다녀오라고 지시하지 뭐예요. 사람을 얕잡아 봐도 유분수지."

"그건 너무했네. 지시한 사람이 남자 형사예요?"

"지시를 했다고 할까, 출장을 제안한 건 경시청 수사 1과의 남자 형사예요. 엘리트랍시고 잘난 척하고 늘 자신만만한……. 하긴 뭐, 머리가 뛰어나긴 하더라고요."

그럴 법한 얘기라고 나오미는 생각했다. 일하는 여성을 괴롭히는 적은 어디에나 있는 것이다.

나오미는 자세를 낮춰 바닥에 한쪽 무릎을 짚었다.

"잠깐 물어볼 게 있는데요, 아까 보여준 그 사진 속 남자 본인이 10월 3일에 이 호텔에서 숙박했다고 얘기한 건가요?"

"그렇죠."

"그분 혼자서?"

"본인 말에 따르면 동반자가 있었대요. 유부녀와…… 아차."
호즈미 리사는 당황해서 자신의 입을 급히 손으로 가렸다.

아무래도 여자와 함께 왔었던 모양이다.

"체크인이나 체크아웃 수속은 동행한 분이 했었군요?"

"네, 본인은 그렇게 말하고 있어요."

나오미는 고개를 끄덕이고 프런트 카운터를 돌아보았다. 젊은 프런트 클러크가 한 명 서 있었지만 이쪽에 신경을 쓰는 기척은 없었다.

몸을 돌려 호즈미 리사에게로 얼굴을 바짝 댔다.

"할 말이 있어요. 잠깐 나를 따라오세요."

호즈미 리사는 허를 찔린 듯한 표정이었다. "무슨 말인데요?"

"어쩌면 내가 도움이 될지도 모르겠어요. 단 그 전에 약속해줄 게 있지만요."

"약속이라뇨?"

"나중에 얘기할게요. 아무튼 가요." 그렇게 말하고 몸을 일으켰다.

나오미는 엘리베이터 홀로 향했다. 호즈미 리사도 당혹스러운 표정으로 뒤따라왔다.

엘리베이터를 타고 4층으로 올라갔다. 연회장이 있는 층이다. 지금 이 시각에는 고요히 가라앉아 있다. 복도에 나란히 놓인 소파 한 곳을 호즈미 리사에게 권하고 나오미도 그 곁에 앉았다.

"먼저 약속해줄 건 다른 게 아니에요. 지금 내가 하는 말을 정식 증언으로 취급하면 안 된다는 거. 왜냐면 이건 단순히 내 상상일 뿐이고 증거로서의 가치는 전혀 없어요. 그러기는커녕 호텔을 이용해준 고객에 대한 중대한 배신행위라고 할 수 있어요. 하지만 리사 씨가 그렇게 열심히 동분서주하는 걸 보고 혹시 도움이 되었으면 하는 마음에 얘기하기로 했어요. 어때요, 약속해줄 수 있어요?"

호즈미 리사는 압도된 듯 몸을 주춤 뒤로 빼면서 눈만 깜빡거리더니 이윽고 고개를 위아래로 끄덕였다.

"알았어요. 약속할게요. 나오미 씨에게서 들었다는 것도 절대로 아무에게도 말하지 않겠습니다."

나오미는 후우 숨을 토해냈다.

"그 말, 믿을게요. 조금 전의 사진을 다시 한 번 보여줄래요?"

호즈미 리사는 가방에서 사진을 꺼내 내밀었다. 그것을 확인하고 나오미는 고개를 끄덕였다.

"아까도 말했지만 10월 3일에 나는 이 사람을 못 봤어요. 하지만 그날 이 사람이 우리 호텔에서 숙박했을 가능성은 아주 높아요."

"어째서요?"

"이유를 설명하기 위해서는 그 전에 이 사람이 자기 본명으로 숙박했을 때의 일을 미리 말할 필요가 있어요."

"아, 그거요?" 호즈미 리사가 수첩을 넘겨 보며 말했다. "아까 다른 직원에게 알아봤어요. 7월 10일이었고, 난바라 사다유키라는 본명으로 숙박했더군요. 나오미 씨가 기억한 대로예요. 역시 나 대단하세요."

"고마워요. 실은 그날 또 한 여자가 우리 호텔에 투숙했었어요. 체크인 수속을 내가 했는데 무척 인상적인 여자였죠. 왜냐면 달콤한 장미 향기가 났거든요."

"장미?"

"향수를 뿌리는 사람은 많지만 카운터 너머까지 향기가 느껴지는 일은 드물죠. 하지만 결코 싫은 느낌이 아니어서 나도 모르게 좋은 향기가 난다고 말을 건넸었어요."

호즈미 리사는 어리둥절한 표정으로 나오미의 말을 듣고 있었다. 그 얘기가 자신이 조사하는 일과 어떤 관련이 있는지, 아직 알지 못하기 때문이다.

"그리고 그다음 날 아침에 작은 해프닝이 있었어요. 체크아웃을 마친 남자분이 호텔 비품인 타월을 깜빡 자기 가방에 넣어 왔다고 말한 거예요."

아, 하고 호즈미 리사의 목소리가 높아졌다.

"아까 했던 얘기……, 그게 이 사람이었군요?" 다시 사진을 내밀며 물었다.

"맞아요. 그래서 내가 타월을 받았는데, 그 순간 흠칫 놀랐어요. 왜냐면 그 타월에서 장미 향기가 났거든요. 틀림없이 그 여자에게서 났던 그 향기였어요."

"그렇다면……." 호즈미 리사는 눈을 둥그렇게 뜨고 잉어가 먹이를 기다리듯 입을 뻐끔거렸다.

"지금부터 하는 얘기는 내가 해본 상상이에요." 나오미는 말했다. "자세한 사정은 알 수 없지만, 아무튼 그 여자는 남자의 방에 갔을 거예요. 그리고 그 방의 타월을 썼어요. 그래서 타월에 그 여자의 향기가 뱄던 건데, 그걸 남자가 깜빡 자기 짐 속에 넣었다. 일이 그렇게 된 거 아닐까요?"

"두 사람이 그렇고 그런 사이였다는 얘기네요. 그래서 이 호텔에서 몰래 만났다는."

호즈미 리사의 말에 나오미는 고개를 갸우뚱했다.

"그럴 가능성도 있지만, 나는 약간 좀 다른 것 같은데."

"다르다니요?"

"두 사람은 그날 처음 만난 것 같았어요."

"어째서요?"

"우선 두 사람이 각자 방을 잡았어요. 밀회할 예정이라면 방은 하나면 충분하죠. 그리고 둘 다 신용카드로 결제했어요. 즉 둘 다 본명으로 투숙했다는 거예요."

"그렇군요. 하지만 업무를 빙자해 오사카에 온 거라면 실제로 방을 잡아야 영수증도 나오고 이름도 본명이 아니면 안 되니까 그랬던 게 아닐까요?"

"그럴 수도 있겠죠. 다만 밀회였다면 바에 갈 필요는 없었겠죠?"

"바?"

“남자 쪽의 이용명세서에 스카이라운지에서 쓴 요금이 있었어요. 혼자 마셨다고 하기에는 좀 많은 금액이었던 걸로 기억해요. 게다가 룸서비스도 이용했어요. 샴페인이었죠. 그건 혼자 마시는 술이 아니지요. 그래서 나는 그 두 사람이 바에서 서로 알게 됐고 그 뒤에 남자 방으로 옮겨 가 다시 샴페인을 마셨을 거라고 짐작했어요.”

호즈미 리사가 나오미의 얼굴을 지그시 바라보았다.

“왜 그래요?”

“호텔에서 일하는 분은 늘 그런가요? 고객을 그렇게 잘 관찰하고 이런저런 상상을 해요?”

“아뇨, 항상 그런 건 아니고……. 손님의 기색을 지켜보면서 뭔가 도와드릴 일이 없을지 생각해보는 것뿐이에요.”

“하지만 석 달 전쯤의 일을 그렇게 상세히 기억하다니, 정말 대단하세요.”

“별일도 아닌데요, 뭘.”

하지만 사실 나오미는 그 두 사람을 특별하게 기억하고 있었다. 남자에게서 건네받은 타월에 배어버린 장미 향기에 놀라고 있는데 잠시 뒤에는 여자 쪽이 체크아웃을 하러 왔다. 그래서 두 사람이 떠난 뒤에 나오미는 그들의 이용명세서를 찬찬히 살펴보고 이런저런 상상을 해봤던 것이다. 호텔맨으로서 그리 칭찬받을 만한 일은 아니었다.

“7월 10일의 일에 대해서는 이제 알겠네요. 이제 문제는 10월

3일에 이 남자가 여기에 왔었느냐 하는 거예요." 호즈미 리사가 다시 사진을 내밀며 말했다.

"가장 중요한 얘기를 아직 못 했군요. 내가 10월 3일에 이 남자가 우리 호텔에 왔을 가능성이 높다고 생각하는 이유는 한 가지예요. 몇 번이나 말했던 대로 그날 이 남자를 보지는 못했어요. 하지만 여자 쪽이라면 분명 이 호텔에 왔었어요."

호즈미 리사의 눈이 한층 커졌다. "장미 향기가 나던 그 여자가?"

"내가 프런트에 있을 때, 체크아웃을 했어요. 담당자는 다른 프런트 클러크였는데 나는 옆에 있다가 그 여자라는 걸 알았어요. 선글라스를 쓰고 있었지만 아마 틀림없을 거예요. 물론 그 여자를 봤다고 해서 반드시 사진 속의 이 남자도 함께 왔었다고는 할 수 없지만요."

"장미 향기의 그 여자, 이름 좀 알려줄 수 있어요?"

나오미는 주춤 뒤로 몸을 물렸다. "아니, 그건 좀……."

호즈미 리사는 머리를 숙이며 두 손을 맞댔다.

"알아요, 직무상 함부로 고객 이름을 밝힐 수는 없겠죠. 하지만 범인 체포를 위한 일이에요. 부탁드릴게요. 나오미 씨에게서 들었다는 얘기, 절대 아무에게도 말하지 않을 테니까." 절을 하듯이 몇 번이나 고개를 숙였다.

나오미는 한숨을 내쉬었다.

"이러지 말아요. 아무리 그래도 소용없어요. 이름까지는 기억도 못 해요. 몇 번씩 수속을 담당했다면 또 모르지만 딱 한 번이었던 고객의 이름을 모두 기억할 수는 없죠."

그건 사실이었다. 장미 향기가 났던 그 여자의 경우도 이용명세서는 찬찬히 살펴봤지만 이름은 무심코 흘려 봤을 뿐이다. 전혀 기억나지 않는다.

"하긴 그렇겠죠. 그러면 우리 쪽에서 어떻게든 손을 써보는 수밖에 없겠네요." 호즈미 리사는 실망한 기색으로 머리를 긁적였다.

"필요하다면 정식 수속을 밟는 게 가장 좋아요. 하지만 리사 씨, 처음에 한 약속을 잊으면 안 돼요. 사진 속의 남자와 장미 향기가 나던 여자를 연결 지은 건 어디까지나 나만의 상상이에요. 그걸 증언으로 다뤘다가 괜한 억측이었던 것으로 밝혀지면 우리 호텔의 신용은 땅에 떨어져요. 설령 내가 상상한 게 맞는다고 해도 혹시 이번 사건과는 아무 관계도 없는 일이라면 그것도 엄청난 프라이버시 침해인 데다 직무상 비밀 엄수 의무를 위반한 짓이 돼요."

"알겠습니다. 약속은 꼭 지킬게요. 나오미 씨의 이름은 절대로 입 밖에 내지 않겠습니다. 안심하세요." 호즈미 리사는 자신 있게 말하면서 자기 가슴을 타악 쳤다.

6

호즈미 리사의 보고를 듣고 모토미야는 시들한 기색으로 담배 연기를 내뿜었다.

"어쨌거나 10월 3일에 난바라라는 자가 코르테시아오사카 호텔에 투숙했다는 증거는 잡지 못했네."

"호텔에 숙박한 흔적이나 난바라를 목격한 사람을 찾아내지는 못했습니다." 호즈미 리사는 약간 딱딱한 어조로 말했다. "하지만 '세계맥주박람회'는 최상층 스카이라운지에서 개최되었고, 10월 4일 오전에 중국인 그룹이 체크아웃 한 기록은 확인했습니다."

모토미야는 입가를 삐뚜름하게 틀면서 고개를 갸우뚱했다.

"맥주박람회에 대해 알고 있었다는 게 3일 밤에 거기서 숙박했다는 증거가 될 수는 없어. 그리고 중국인 그룹과 마주쳤다는 것도 그래. 요즘에는 어떤 호텔이든 온통 중국인 천지야. 난바라라는 자가 얼렁뚱땅 둘러댄 말이 우연히 맞아떨어졌을 가능성도 있어."

"네, 그건 그렇죠."

"오케이, 됐어. 별수 없지 뭐. 애초에 별다른 수확이 없다는 것을 확인하기 위한 출장이기도 했고, 그렇지, 닛타?"

모토미야의 갑작스러운 질문에 닛타가 대답에 나섰다. "그렇죠. 현재로서는 수사회의에서 보고할 정도의 얘기는 아니라고 생각합니다."

"일단 계장님에게 보고는 할게." 모토미야는 담뱃불을 끄더니 호즈미 리사를 향해 "수고했어"라는 인사를 건네고 흡연실을 나갔다.

닛타도 그 뒤를 이어 밖으로 나왔다. 옷에 밴 냄새를 킁킁 맡아보면서 얼굴을 찌푸렸다.

"담배도 안 피우는 내가 왜 흡연실에서 회의를 해야 하느냐고. 이래서야 흡연실을 따로 마련한 게 아무 의미도 없잖아."

"닛타 씨." 뒤따라 나온 호즈미 리사가 머뭇머뭇 뭔가 할 말이 있는 것 같았다.

"코르테시아오사카 호텔의 10월 3일 투숙객 명부는 입수해 왔지? 그중에 난바라와 연결될 만한 인물이 있는지 확인해봐. 하긴 이번 사건과 관련된 사람이 본명으로 숙박했을 리가 없지. 근데 그런 쓸데없는 일이라도 일단 확인해두지 않으면 위에서 엄청 잔소리를 하거든."

"실은 그것에 관해서 한 가지 생각난 게 있어요." 그녀는 검지를 바짝 세웠다. "다이호 대학에서 처음 난바라 씨를 만났을 때의 일이에요."

"뭔데?"

"냄새요. 그 사람한테서 희미하게 향수 냄새가 났었어요."

닛타는 미간을 좁히며 호즈미 리사를 마주 보았다. "향수 냄새?"

"네, 장미 향기가 났었어요."

"그랬었나?"

"틀림없어요. 미처 말을 못 했었지만 내가 실은 냄새에 아주 민감하거든요." 자신의 코를 손끝으로 쿡쿡 찌른다. "부모님이 나한테 개코라고 했어요. 보통 사람은 분간하지 못하는 향기에도 즉각 반응을 하니까요. 난바라 씨를 만났을 때도 그랬어요."

"그래? 근데 그게 어떻다는 거지?"

"그때 내가 퍼뜩 생각했었어요. 이 사람은 남자 주제에 향수를 뿌리고 다니나 하고. 근데 그럴 리는 없다 싶어서 한참 동안 잊어버리고 있었어요. 하지만 그게 퍼뜩 생각난 거예요. 향기가 옮겨 가는 일도 있다는 게."

"남의 향수 냄새가 그 사람에게 옮겨 갔다고?"

"그렇죠. 어때요, 그럴싸한 얘기잖아요."

"물론 그럴 수도 있겠지. 근데 누구한테서 향기가 옮겨 온 건데?"

"바로 그거예요. 난바라 씨는 독신이고 사귀는 여자도 확인되지 않았죠. 하지만 분명 어딘가에 있는 거예요. 향수 냄새가 옮겨 올 정도로 깊은 관계인 여자가."

닛타는 미간을 찡그리며 호즈미 리사의 가슴팍을 손끝으로 가리켰다.

"설마 난바라가 오사카에서 밀회한 유부녀가 장미 향수를 뿌린 여자라는 얘기는 아니지?"

"10월 4일은 하루 종일 교토의 학회에 참석했었으니까 향기가 옮겨 왔다면 3일 밤뿐이에요. 그러니까 그날 밤에 난바라 씨가 여자와 함께 있었다고 말한 건 사실일 거예요. 유부녀인지 뭔지는 모르겠지만 아무튼 깊은 관계라는 건 틀림없어요."

"우리가 난바라를 만난 건 10월 5일이야. 이틀 전에 옮겨 온 향기가 그때까지도 남아 있었단 말이야?"

"한번 양복에 밴 향기는 웬만해서는 지워지지 않는 법이에요. 옷에 밴 냄새 때문에 바람피운 걸 들켜버린 사례를 내가 몇 건이나 알고 있다니까요."

닛타는 선 채로 팔짱을 끼고 호즈미 리사를 내려다보았다.

"설령 그렇다 쳐도 그 여자를 어떻게 찾아내지?"

나는요, 라고 호즈미 리사는 말했다. "난바라 씨가 코르테시아 오사카 호텔에서 숙박을 했다는 얘기는 사실이라고 생각해요. 거짓말을 할 이유가 없거든요. 이번 출장에서 그 흔적을 찾아내지 못한 건 유감스럽지만."

"그러니 어떻다고? 투숙객 명부를 들여다봤자 누가 장미 향수를 뿌렸는지 말았는지 알 도리가 없잖아."

"호텔에서 숙박표도 빌려 왔어요. 그건 직접 손으로 서명한 거라서 투숙객의 지문이 찍혀 있을 가능성이 높아요."

"그걸로 뭘 어떻게 해? 리사 씨가 숙박표 냄새를 한 장 한 장 맡아보고 장미 향수 냄새가 밴 것을 찾아내기라도 하려고?"

놀려줄 생각으로 한 말인데 호즈미 리사는 진지한 얼굴로 시선을 맞받았다.

"조금 전에 내가 보고했던 대로 난바라 씨는 7월 10일에도 코르테시아오사카 호텔을 이용했어요. 어쩌면 그날도 장미 향기가 나는 여자와 함께 지냈을 수도 있다고요."

"그날은 본명으로 숙박했잖아. 그렇다면 그 여자와 함께 있지는 않았을 거 같은데?"

"그거야 아직 모르죠. 확인해봐야 알 일이에요."

"그걸 어떻게 확인해?"

"실은 7월 10일의 숙박표도 빌려 왔어요. 10월 3일의 숙박표와 지문을 조회해보면 설령 가명을 썼더라도 동일 인물이 숙박했는지 아닌지 확인할 수 있잖아요."

호즈미 리사의 말투에서는 자신감이 느껴졌다. 그것이 뜻밖이어서 닛타는 그녀의 얼굴을 지그시 바라보았다. 그러자 시선을 감당하지 못하겠는지 그녀의 검은 눈동자가 슬그머니 사선으로 위쪽을 향했다.

닛타는 이래저래 생각을 굴려본 뒤에 "응, 나쁘지 않아, 그 아이디어"라고 중얼거렸다.

호즈미 리사의 얼굴이 환해졌다. "그렇죠?"

"실행범을 밝혀내는 수사도 벽에 부딪힌 상태고, 지금으로서는 난바라가 실토하게 하는 것 말고는 별 뾰족한 수가 없어. 그자의 입을 열게 할 비장의 카드가 된다면 그야말로 만세 만세 만만세야. 계장님에게 제안해보자." 닛타가 성큼성큼 걸음을 떼자 호즈미 리사는 종종걸음으로 뒤를 따라왔다.

이나가키 계장은 닛타와 리사의 제안을 받아들였다. 즉각 대규모의 지문 조회에 들어가게 되었다. 7월 10일과 10월 3일, 양일간의 숙박표는 수백 명분에 달했다. 하지만 여자 혼자 숙박한 손님으로 한정하자 그 숫자가 바짝 좁혀졌다.

그 두 날짜에 동시에 숙박한 손님이 몇 명 있다는 것은 지문 조회에 들어가기 전에 이미 판명되었다. 본명을 쓴 경우는 서명만 보면 즉시 밝혀지기 때문이다. 그 대부분이 단골인 것으로 생각되었다.

닛타가 모토미야와 호즈미 리사와 함께 이나가키 계장의 호출을 받은 것은 지문 조회를 시작한 지 이틀째 되던 날의 일이었다.

"감식과에서 찾아냈어." 그렇게 말하며 이나가키는 출력한 A4 사이즈 종이를 책상에 내놓았다.

모토미야가 집어 들자 닛타는 그것을 옆에서 넘어다보았다.

인쇄된 것은 두 장의 숙박표였다. 날짜는 7월 10일과 10월 3일이라고 나와 있었다.

"지문이 일치했어요?"

모토미야의 물음에 이나가키는 음, 하고 짧게 대답했다.

닛타는 서명을 확인했다. 7월 10일의 숙박표에는 '하타케야마 레이코', 10월 3일의 숙박표에는 '스즈키 하나코'라는 이름이 적혀 있었다.

'코子'라는 글씨체가 명백히 유사했다. 닛타가 그 점을 얘기하자 이나가키는 크게 고개를 끄덕였다.

"동일 인물에 의한 필적이라고 봐도 일단 틀림없어."

"스즈키 하나코……. 이건 분명 가짜 이름이네." 모토미야가 말했다.

그쪽 주소는 '도쿄 도 미나토 구 미나미아오야마'로 되어 있었다. 한편 '하타케야마 레이코'라는 이름 쪽에는 요코하마의 주소가 적혀 있었다.

"하타케야마 레이코라는 게 본명이야." 이나가키가 나지막한 소리로 말했다.

닛타는 저도 모르게 눈이 둥그레졌다. "진짜요?"

"그날 신용카드를 사용했어. 투숙객 명부에 기록이 남아 있었어." 그렇게 말하고 이나가키는 날카로운 눈빛을 호즈미 리사에게로 향했다. "큰 공을 세운 것 같네, 호즈미 리사 경관."

젊은 여성 경찰관은 등을 곧추세우고 머리를 숙였다. "감사합니다!"

이나가키가 쓴웃음을 지었다.

"아직 좋아하기는 일러. 난바라가 이 여자와 함께 있었다고 확정된 건 아니니까." 그러고는 시선을 모토미야에게로 돌렸다. "최대한 빨리 이 여자에 대해 알아보도록 해. 단 신중하게 해야 돼. 알지?"

"네, 알고 있죠." 모토미야가 대답했다. "만일 난바라의 밀회 상대였다면 필시 복잡한 사연이 있을 테니까요."

"그렇지, 바로 그거야. 잘 부탁해." 이나가키는 눈에 희미한 빛을 담고서 말했다.

7

선반에 장식된 항아리 옆으로 다가가 호즈미 리사는 발돋움을 하고 그 안을 들여다보고 있었다. 항아리의 높이는 50센티미터 정도, 표면에 펼쳐진 부채며 꽃이 선명한 색깔로 그려져 있었다. 정확히는 항아리가 아니라 꽃병인 것이리라.

"이런 걸 장식해두는 사람의 심리를 모르겠더라고요. 일부러 널찍한 선반을 만들어 항아리 하나를 덜렁 올려두다니, 이건 아무리 봐도 공간 낭비인 거 같은데."

"리사 씨네 방하고 똑같은 줄 알아? 이렇게 넓은 집에 그런 거라도 장식해두지 않으면 너무 살풍경하다고 생각한 모양이지."

닛타는 실내를 둘러보았다. 응접실 면적만 열 평은 넘을 터였다. 대리석 테이블을 중앙에 두고 가죽 소파가 ㄷ자 모양으로 배치되어 있었다.

"진짜 굉장하네요. 미용 살롱이라는 데가 그렇게 돈을 많이 벌어요?"

"글쎄, 어떻게 하느냐에 따라 다르겠지. 어쨌거나 그거, 손대지 않는 게 좋아." 호즈미 리사가 항아리를 쓰다듬기 시작하는 것을 보고 닛타가 주의를 주었다. "그거, 아리타 도자기야. 크기로 봐서 아마 백만 엔 가까이는 될 거야. 깨뜨렸다가는 몇 달 치 월급이 날아가."

"헉, 진짜요? 안 되지, 안 돼." 호즈미 리사는 돌아와서 닛타 옆에 앉았다.

두 사람은 요코하마에 자리한 하타케야마 레이코의 회사에 와 있었다. 미용 살롱과 피트니스 클럽 등을 경영하는 회사였다. 접수처에서 신분을 밝히고 사장을 만나고 싶다고 말하자 이 응접실로 안내해준 것이다.

노크 소리가 들린 것은 그로부터 잠시 뒤의 일이었다. 예에, 라고 대답하고 닛타는 자리에서 일어섰다.

문이 열리고 한 여자가 들어왔다. 흰색 정장 차림, 안에는 분홍색 니트 셔츠를 입었다. 마흔 살이라는 건 이미 알고 왔지만 그보다 훨씬 더 젊게 보였다. 약간 이국적인 윤곽의 얼굴에 어깨까지 기른 머리가 잘 어울렸다.

"기다리시게 해서 죄송합니다. 일이 좀처럼 끝나지 않아서." 하타케야마 레이코는 허스키한 목소리로 말했다.

"아뇨, 천만에요. 저희야말로 바쁘신데 죄송합니다." 닛타는 신분증을 내보이며 다시 한 번 이름을 밝히고 호즈미 리사에 대해서도 간단히 소개했다.

여성 경찰관이 신기했는지 하타케야마 레이코는 흥미 깊은 시선으로 그녀를 바라본 뒤 "어서 앉으세요"라고 오른손으로 소파를 가리켰다. 공기가 사르르 닛타 쪽으로 움직였다.

실례합니다, 라고 말하고 소파에 앉아 반대편의 하타케야마를 마주 보았다. 그 순간, 여자의 눈빛에 마음이 후욱 빨려 드는 듯한 감각이 있었다.

"어떤 일로 저를 찾아오셨을까요." 하타케야마가 물었다.

사고가 일시 정지해버린 것을 닛타는 자각했다. 급히 자세를 바로잡고 혀로 입을 적셨다.

"실은 현재 우리가 어떤 사건의 수사를 담당하고 있는데, 그러던 중에 하타케야마 씨에게 꼭 확인해야 할 사항이 나왔습니다."

"어떤 건데요?"

닛타는 호즈미 리사에게 눈짓을 보냈다. 젊은 여성 경찰관이 질문하는 게 상대로서도 마음을 열기가 쉽지 않겠느냐는 것은 이나가키의 의견이었다.

호즈미 리사는 수첩을 펼쳐 들고 심호흡을 했다. 긴장하고 있는 게 손에 잡힐 듯이 느껴졌다.

"문의할 내용은 10월 3일의 일입니다. 그날 하타케야마 씨는 어디에 계셨지요?"

닛타는 하타케야마 레이코의 아주 작은 표정 변화 하나라도 놓치지 않으려고 그 얼굴을 주시하고 있었다. 하지만 유감스럽게도 동요나 낭패의 빛은 발견되지 않았다.

"대체 어떤 사건일까요. 저와 관계된 사건인가요?"

"아뇨, 그건 아직 어떻다고 말씀드릴 수가 없습니다. 그래서 사건 내용도 현재로서는 얘기할 수 없어서……. 미안합니다."

하타케야마 레이코는 크게 숨을 들이쉬었다. 가슴이 불룩해지고 얼굴 위치가 슬쩍 높아졌다. 그러고는 그 위치에서 젊은 여성 경찰관을 아래로 내려다보았다.

"나는 경찰에 대해서는 잘 모르지만, 몇 월 며칠에 어디에 있었느냐고 묻는 건 이른바 알리바이 확인 아닌가요? 어떤 사건인지 모르지만, 지금 나를 의심하시는 거예요?"

"아뇨, 절대 그런 것이 아니라……."

"그게 아니면 어떤 일인데요?"

"그건 사건 관계자 중 한 사람이 그날 어떤 곳에 있었다고 주장하고 있기 때문입니다. 그 주장이 사실인지 아닌지 확인하는 한 방법으로써 그곳에 있었다고 생각되는 모든 사람들의 말을 들어보기로 한 거예요. 우리가 오늘 듣게 될 말씀은 사건과 아무 관련이 없다고 판명되는 그 시점에 기록에서 모조리 삭제됩니다. 부디 협조를 부탁드립니다." 호즈미 리사는 열의에 찬 어조로 말했다. 어딘지 어색하면서도 막힘없이 술술 대답하는 것은 사전에 상정했던 질문이기 때문일 것이다.

"잠깐만요. 그러면 당신들은 그날 내가 어디에 있었는지 이미 알고 있다는 거예요?" 하타케야마 레이코가 말했다. 목소리에 약간의 불쾌감이 배어 있는 것 같았다.

호즈미 리사가 흘끔 닛타에게로 시선을 던졌다. 어떻게 대답해야 할지, 갈팡질팡하고 있는 것이다.

네, 라고 닛타는 딱 잘라 대답했다. "말씀하시는 대로 대강은 파악하고 있습니다. 하지만 가능하면 본인의 입을 통해 듣고 싶어서요."

하타케야마 레이코의 눈에 냉철한 빛이 스윽 내달린 것처럼 보였다.

"어떻게 알아냈지요? 누구한테서 들었습니까."

"그건 상상에 맡기겠습니다. 수사에는 다양한 방법이 있으니까요."

여류 사업가의 이국적인 얼굴에서 일순 표정이 사라졌다. 머릿속으로 다양한 계산과 추측을 하고 있다는 것을 닛타는 느꼈다.

그녀의 입이 움직였다.

"프라이버시에 관한 것이라서 별로 얘기하고 싶지 않군요."

"그 점을 어떻게 좀, 잘 부탁합니다." 닛타는 머리를 숙였다. 옆에서 호즈미 리사도 따라서 머리를 숙이고 있었다.

"어쩔 수 없군요." 하타케야마 레이코가 한숨을 섞어 말했다. "그날, 오사카에 있었어요."

닛타는 얼굴을 들었다. "오사카의 어디에?"

그의 눈을 똑바로 마주 바라보며 그녀는 답했다. "코르테시아 오사카 호텔에요."

"혼자서요?"

"네."

"숙박을 하신 거죠."

"그렇습니다."

"목적은?"

하타케야마 레이코의 모양새 좋은 눈썹이 오른쪽만 꿈틀 치켜 올라갔다. "내가 왜 그 목적까지 말해야 하지요? 조금 전에 설명해주신 대로라면 그럴 필요가 없을 텐데요."

"맞는 말씀입니다. 실례했습니다." 닛타는 그 즉시 사과했다. 머리 좋은 여자에게 잔재주를 부려봤자 통하지 않는 모양이다. "체크인 수속은 본명으로 했습니까."

하타케야마 레이코는 한 호흡 뜸을 들인 뒤에 "아니요"라고 짧게 고개를 저었다. "가명을 썼어요."

"어째서 가명을……. 아, 이건 대답하지 않아도 괜찮습니다. 어떤 가명을 쓰셨죠?"

그녀는 여기서도 한 박자 뜸을 들인 뒤에 대답했다. "스즈키 하나코였어요."

"호텔에는 몇 시부터 몇 시까지 있었습니까."

"체크인은 3일 오후 7시쯤에 했던 것 같아요. 체크아웃은 다음날 오전 10시 지나서였어요."

옆에서 호즈미 리사가 급하게 메모를 하고 있었다. 그것을 곁눈으로 지켜보며 닛타는 하타케야마 레이코에게로 시선을 돌렸다. "오사카에는 자주 가십니까."

"1년에 몇 번 정도. 그쪽에도 지점이 있어서요."

"하지만 10월 3일의 목적은 업무가 아니었던 모양이네요, 가명을 쓰신 걸 보면."

하타케야마 레이코는 흘끗 노려본 뒤에 손목시계를 들여다봤다.

"다른 질문이 없으시다면 이만 자리에서 일어날까 하는데요."

"마지막으로 한 가지, 잠깐 봐주실 게 있습니다." 닛타는 호즈미 리사에게 눈으로 신호를 보냈다. 그녀는 가방에서 한 장의 사진을 꺼내 하타케야마에게 보이면서 물었다. "이 사람을 본 적이 있습니까?" 난바라 사다유키의 얼굴 사진이었다.

하타케야마 레이코는 사진을 한 번 흘낏 쳐다보고 "모르는 사람이에요"라고 담백하게 말했다.

"좀 더 자세히 봐주십시오." 상대의 반응을 살피면서 닛타는 버텼다. "오사카의 그 호텔에서 못 보셨어요?"

"사업이 사업인지라 사람 얼굴은 잘 기억하는 편이에요. 하지만 이 사람은 기억에 없습니다. 이제 됐나요? 제가 좀 바빠서요."

"네, 됐습니다. 협조, 감사했습니다."

고맙습니다, 라고 호즈미 리사도 뒤를 이어 말했다. 하지만 이미 하타케야마 레이코는 자리에서 일어나 등을 돌린 후였다.

"딱 걸렸어." 회사 밖으로 나온 뒤에 닛타는 말했다. "저 여자야. 틀림없어. 리사 씨도 그렇게 생각했지?"

"뭔가 있구나 하는 느낌은 들었어요. 처음부터 유난히 경계하는 분위기였거든요. 알리바이 질문을 받고 불쾌해하는 것도 수상했어요."

닛타는 발을 멈추고 호즈미 리사 쪽을 향했다. "그것뿐이야?"

"예?"

"갑작스럽게 형사가 찾아오면 경계하는 건 당연하고, 무슨 사건인지 설명도 없이 알리바이를 캐물으면 누구라도 불쾌하게 마련이지. 그런 반응은 일반적인 거야. 딱히 수상할 것도 없어."

"그럼 왜 딱 걸렸다는 거예요?"

닛타는 호즈미 리사의 얼굴을 쳐다보았다. "정말 몰라서 물어?"

그녀는 곤혹스러운 듯 눈을 깜짝거렸다. 닛타는 자신의 코를 툭 쳤다.

"장미 향수 냄새야. 처음 마주 앉았을 때, 금세 알았어."

아, 하고 호즈미 리사의 입이 떡 벌어졌다.

"리사 씨는 그 냄새를 못 맡았어? 개코라고 자랑하던 후각은 어떻게 된 거야?"

"그, 그게 오늘은 코 상태가 좋지 않아서. 하지만 듣고 보니 맞네요. 분명 냄새가 났어요. 장미 향기였죠, 네."

닛타가 빤히 쳐다보자 그녀는 뭔가 켕기는 기색으로 주춤 뒤로 물러섰다. "왜, 왜요?"

"아니, 아무것도 아냐. 본부로 돌아가서 보고나 하자." 닛타는 걸음을 뗐다.

"장미 향기가 났다는 것만으로는 결정타가 안 되는데." 닛타의 얘기를 듣고 이나가키는 표정이 흐려졌다. "그 여자 태도는 어땠어. 낭패한 기색이 있었나?"

닛타는 아랫입술을 툭 내밀고 고개를 저었다.

"오히려 당당하던데요. 찔리는 게 없어서 그런지, 아니면 경찰이 왔다니까 각오를 하고 나왔는지, 어느 쪽인지 정확히 말을 못하겠어요. 어떻든 보통은 아니었습니다. 방심은 금물이에요."

"그래도 우선 10월 3일에 코르테시아오사카 호텔에 갔었다는 건 인정한 거네."

"숨겨봤자 별 볼 일 없다고 생각했겠지요. 경찰이 찾아온 걸 보면 뭔가 확실한 증거를 잡고 있을 거라고 내다본 거 아니겠습니까. 어설프게 거짓말을 했다가 도리어 이래저래 뒷조사를 당하는 게 더 싫었을 겁니다."

"그럴지도 모르겠군. 자아, 다음은 어떻게 하지?" 이나가키는 곁에 있던 모토미야에게 의견을 청했다.

"문제는 그 여자가 이 사건과 어떻게 관련되어 있느냐는 겁니다. 아, 그 전에 정말로 난바라의 여자인지 아닌지도 확인해야겠죠."

이 의문에는 닛타도 답을 찾지 못하고 있었다. 난바라가 오사카에서 만났던 건 아마도 그 여자겠지만, 사건과의 관련은 전혀 짐작도 가지 않았다.

하타케야마 레이코의 경력은 거의 대부분 밝혀졌다. 요코하마의 한 자산가의 외동딸로 태어나 그 지역 대학을 졸업하고 3년 동안 미국에서 유학 생활을 했다. 귀국해서 외국계 회사에서 근무한 뒤, 서른 살 때 부친의 도움을 바탕으로 회사를 설립했다. 피부 손질에 철저히 집중하는 미용 살롱은 대성공을 거두었다. 그 후에 동일 업종의 체인점을 수도권을 중심으로 펼쳐나가고 있다. 결혼을 한 것은 서른두 살 때였다. 열 살 연상인 사람으로, 회사 설립 때부터 그녀의 오른팔이 되어 일했던 동업자였다. 그 상대와는 지금도 이혼은 하지 않고 있다. 즉 만일 난바라의 상대가 하타케야마 레이코였다면 '10월 3일 밤에 유부녀와 밀회를 했다'라는 진술은 거짓은 아니었다는 얘기가 된다.

하타케야마 레이코와 남편 사이에 아이는 없었다. 일찌감치 어머니를 잃은 터라서 육친이라고는 올해 82세의 친아버지뿐이다. 그 아버지도 올봄에 쓰러져 줄곧 의식불명 상태가 이어지고 있다. 회복할 전망이 없어서 언제 숨을 거두어도 이상하지 않은 상태라고 한다.

어디를 어떻게 조사해도 이번 사건과의 접점은 발견되지 않았다. 애초에 난바라와의 관련이라고 할 만한 것도 전혀 눈에 띄지 않았다. 하타케야마 레이코 자신은 이번 사건과는 아무 관계가 없다고 생각할 수밖에 없었다.

다시 한 번 난바라를 불러들이게 되었다. 취조실에서 낫타는 그에게 하타케야마 레이코의 사진을 내밀었다.

"3일 밤에 당신이 만났다는 여자, 이 사람 아닙니까."

난바라의 눈에 놀람과 동요의 빛이 번지는 것을 닛타는 분명하게 확인했다. 설마 그걸 알아낼 줄은 예상도 못 했던 듯했다. 담담한 표정을 유지하려고 무진 애를 썼을 테지만 얼굴 근육이 명백히 긴장으로 굳어버리고 귀가 붉어졌다. 동석한 모토미야의 눈썹이 꿈틀 움직였다.

하지만 난바라는 인정하지 않았다. 아닙니다, 라고 신음하듯이 대답한 것이다.

"정말 이해할 수가 없군요. 왜 자꾸 시치미를 떼십니까. 인정하면 당신은 알리바이가 생겨요. 두 사람의 관계를 비밀로 해주기를 원한다면 우리도 어떻게든 해볼 방법이 있습니다. 이분 남편에게 절대로 알려지지 않게 할 수 있어요. 솔직히 얘기하시는 게 여러모로 좋을 것 같은데요."

그럼에도 난바라의 태도는 변하지 않았다.

"시치미를 떼는 게 아닙니다. 아니니까 아니라고 하는 것뿐이에요. 나는 저런 여자, 모릅니다. 이제 어지간히 좀 하시죠."

노기를 담은 그의 말을 듣고 닛타는 모토미야와 호즈미 리사의 얼굴을 마주 보는 수밖에 없었다.

결국 그날도 별 수확 없이 난바라를 돌려보냈다.

특별수사본부가 차려진 강당으로 나가서 이나가키에게 보고했다. 난바라가 부정했다는 말을 듣고 이나가키 계장은 떨떠름한 얼굴로 그렇군, 이라고 대답했다.

"대체 왜 그러는지 모르겠어요. 그 사람의 기색으로 봐서는 틀림없어요. 그 여자가 난바라의 상대입니다. 어째서 실토하지 않는지, 도무지 이해를 못 하겠네." 모토미야의 말투에 답답함이 담겼다.

이나가키는 닛타에게로 시선을 옮기며 물었다. "자네 생각은 어때?"

"모토미야 선배님과 똑같은 의견입니다. 하타케야마 레이코의 사진을 보고 난바라는 명백히 동요했습니다."

흠, 하고 이나가키는 고개를 끄덕였다.

"자네들의 감이 진짜라면 난바라에게는 알리바이가 있어. 하지만 그걸 한사코 감추려는 이유가 뭘까. 살인 혐의자로 몰리면서도 감추지 않으면 안 되는 게 대체 뭐지?"

상사의 질문에 닛타는 모토미야와 함께 입을 꾹 다물 수밖에 없었다. 아무리 생각해봐도 답이 나오지 않았다.

8

자동문이 열리고 발을 들이민 곳은 짙은 갈색의 세련된 벽으로 둘러싸인 공간이었다. 적당히 조절한 불빛 아래 가죽 소파가 나란히 놓였다. 마치 고급 호텔이나 바처럼 멋스러운 곳이었다.

"어서 오십시오." 왼편에 마련된 카운터에서 정장 차림의 여자가 웃는 얼굴로 인사를 건넸다.

닛타는 그쪽으로 다가가며 안주머니에 손을 넣었다. 호즈미 리사도 뒤따라왔다.

"미안한데 손님이 아니에요. 나는 이런 사람입니다." 신분증이 달린 배지를 제시했다.

여자의 웃는 얼굴이 어중간한 상태에서 팽팽해졌다. 그 얼굴을 바라보며 닛타는 말을 이었다. "책임자분을 잠깐 만나고 싶은데요."

잠시만요, 라면서 여자는 옆의 전화를 손에 들었다. 소곤소곤 뭔가 이야기를 했다. 이윽고 전화를 끊더니 "점장님이 지금 곧 나오시겠답니다"라고 닛타에게 말했다.

잠시 뒤에 나타난 사람은 아직 서른 살 전후로 보이는 여자였다. 그녀는 마에무라라고 이름을 밝혔다.

닛타 일행은 옆의 직원실로 안내를 받았다. 책상이며 의자가 잡다하게 늘어섰고 직원 몇몇이 거기서 작업을 하고 있었다. 벽의 선반에는 종이박스가 높직이 쌓여 있었다. 조금 전의 엔트런스 홀과는 분위기가 너무나 다르다.

직원실 안쪽으로 칸막이를 해둔 공간에 응접용으로 보이는 간이 소파가 있었다. 거기에 닛타는 호즈미 리사와 나란히 앉았다.

하타케야마 레이코가 경영하는 미용 살롱 점포 중의 한 곳이다. 단 이곳에는 다른 점포와는 다른 특징이 있었다. 남성 전용인 것이다.

"오늘은 잠깐 확인할 게 있어서 이렇게 찾아왔습니다." 닛타는 매번 하던 대로 난바라 사다유키의 사진을 내밀었다. "이런 사람이 이 살롱에 온 적이 있습니까."

마에무라는 사진에 시선을 떨구더니 표정이 흐려졌다.

"모든 고객의 얼굴을 다 아는 건 아니라서……."

"그렇다면 이름을 알려드릴까요. 여기도 당연히 회원 명부 같은 게 있죠?"

"있기야 하지만 고객의 개인 정보라서 저 혼자 결정하기는 좀……."

"그럼 윗분과 얘기해주실래요? 영장이 필요하다면 준비하겠습니다."

마에무라는 당황한 표정으로 눈만 깜빡거리다가 "일단 이사님과 상의해볼게요"라고 말했다. "같은 빌딩에 사무실이 있는데 지금 이사님이 거기 계시니까요."

"그래요. 잘 부탁드립니다." 머리를 숙였다.

마에무라가 나간 뒤 닛타는 넥타이를 조금 느슨하게 풀었다. 옆을 보니 어느새 가져왔는지 호즈미 리사가 살롱 팸플릿을 읽고 있었다.

"수염을 제모除毛하는 사람도 있네? 살짝 나 있는 게 더 멋있는데."

닛타는 그 말을 듣고 난바라가 옅게 수염을 기르고 있었던 게 생각났다.

어쩌면 난바라가 미용 살롱의 손님이었는지도 모른다, 라는 얘기는 이나가키가 처음 꺼냈다. 아닌 게 아니라 그런 거라면 하타케야마 레이코와 알게 됐을 가능성이 있었다. 미용 살롱은 여성들만 이용하는 곳이라고 생각했던 닛타로서는 갑자기 눈이 확 뜨이는 듯한 발상으로 들렸다.

누군가 다가오는 기척과 함께 한 남자가 나타났다. 그 뒤를 점장 마에무라가 따라왔다.

닛타가 자리에서 일어서자 "아니, 그냥 앉아 계십쇼. 수고가 많으십니다"라고 말하며 남자는 명함을 내밀었다. 전무이사라는 직함 밑에 '야베 요시유키'라는 이름이 인쇄되어 있었다.

"바쁘신데 번거롭게 해드려서 죄송합니다." 닛타는 사과했다.

"아뇨, 이래저래 힘든 일이 많으시지요?"

나이는 쉰 살 전후일까. 크지도 작지도 않은 키에 보통 몸집, 그리고 기품 있는 얼굴의 남자였다. 짧게 깎아 올린 머리에도 청결감이 있었다. 피부 관리의 효과인가, 라고 닛타는 생각했다.

"얼마 전에는 하타케야마에게도 찾아오셨다고 하더군요."

남자의 말에 닛타는 허를 찔린 듯한 마음이었다. "아, 알고 계십니까?"

그는 흐흐 웃음을 지었다. "아내예요."

"옛?"

"제가 하타케야마의 남편 되는 사람입니다. 사업 쪽에서는 결혼 전 성씨를 그대로 쓰고 있죠."

"그러셨군요." 닛타는 새삼 명함을 확인했다. 즉 눈앞에 있는 인물의 본명은 하타케야마 요시유키라는 얘기다.

"지난번에는 아내의 행적에 대해 물어보셨다고 하던데요. 오늘은 고객에 관한 문의로군요. 어떤 사건을 수사 중이십니까?"

"죄송하지만 그건 밝힐 수 없습니다. 게다가 우리도 자세한 건 알지 못합니다. 위에서 지시하는 대로 움직이는 것이라서요."

하타케야마는 전혀 납득하는 눈치는 아니었지만 "그렇습니까"라고 고개를 끄덕였다. "그나저나 누군가가 우리 살롱의 회원인지 아닌지를 알아보려고 하신다고요?"

"그렇습니다. 이 사람이에요. 이름은 난바라 사다유키라고 합니다." 닛타는 사진을 내보였다.

마에무라가 하타케야마의 뒤에서 물었다. "제가 알아보고 올까요?"

"아니, 우리끼리 알아봐서야 형사님들이 믿어주시기가 어렵지. 회원 명부와 방문객 명부를 보여드리고 직접 확인하실 수 있게 해드려." 하타케야마는 그러고는 닛타 쪽을 보았다. "그게 좋겠지요?"

"네, 가능하면."

하타케야마는 마에무라에게 안내를 지시했다.

"리사 씨, 부탁해." 닛타는 호즈미 리사에게 말했다. 그녀는 결의가 담긴 표정으로 고개를 끄덕이더니 자리에서 일어섰다.

"그 사진의 남자가 뭔가 사건의 용의자인가요?" 두 사람이 나간 뒤 하타케야마가 물었다.

"아뇨, 아직 확실한 건 아니라서……." 말끝을 흐렸다. 마음속으로는, 당신 아내의 불륜 상대인지도 모른다, 라고 중얼거렸다.

닛타는 조금 전까지 호즈미 리사가 들여다보던 팸플릿을 손에 들었다. 아래 칸에 계열 점포명이 줄줄이 적혀 있었다.

"부부간에 경영하시는 것 같은데, 원래 회사 설립은 부인께서 하셨다고 들었습니다. 게다가 서른 살 남짓한 나이에. 정말 대단하시던데요. 하타케야마 씨가 뒤에서 도와주신 덕도 있겠지만요."

"내가 돕는다고 해봤자 뭐 거기서 거기예요."

"그렇습니까."

"아내는 사업에 성공하는 데 필요한 세 가지를 갖고 있어요." 하타케야마는 오른쪽 손가락 세 개를 들었다. "사랑, 용기, 그리고 행운. 누구나 조금씩은 갖고 있지만 아내가 가진 그 세 가지는 보통 강한 게 아니에요. 그게 한꺼번에 모이면 정말 신비한 능력을 발휘합니다. 사람 마음을 좌지우지하는 것도 가능하니까요. 나야 뭐, 입 다물고 조용히 따라가는 것뿐이죠. 그래서 데릴사위가 되는 것에도 전혀 망설임이 없었습니다."

"참 잘하신 것 같은데요. 게다가 강한 사랑까지 있으시다면. 부인께 그만큼 사랑받으신다는 얘기잖아요."

"예, 그야 뭐." 하타케야마는 겸연쩍어하는 일도 없이 대답했다. "나도 아내를 사랑해요. 무슨 일이 있어도 꼭 지켜주고 싶다고 생각합니다."

"그렇게 말씀하실 수 있다는 건 참 멋진 일이지요."

"고맙습니다." 하타케야마가 머리를 숙였다.

이 사람은 아내의 불륜을 알고 있는 게 아닐까—. 닛타는 문득 그런 느낌이 들었다.

그리고 잠시 뒤에 호즈미 리사가 돌아왔다. 어땠느냐는 닛타의 물음에 그녀는 시무룩한 표정으로 고개를 저었다.

9

컴퓨터 화면에서 눈을 떼고 손끝으로 양 눈꺼풀을 마사지했다. 오랜 시간 들여다본 탓에 눈 안쪽에서 둔통이 느껴졌다. 목을 좌우로 움직이자 우두둑 어깨가 울렸다.

무심코 돌아보니 저만치 떨어진 자리에서 호즈미 리사가 입을 떡 벌린 채 자고 있었다. 금세라도 드르렁 코 고는 소리를 낼 것 같다.

옆에 빈 페트병이 있어서 휘익 던졌다. 정통으로 머리를 맞혔다.

그녀는 눈을 뜨고 둘레둘레했다.

이봐, 라고 닛타는 말을 건넸다. "잘 거면 딴 데 가서 자. 신경 쓰여."

"헉, 죄송합니다." 호즈미 리사는 손등으로 입가를 닦고 있었다. 침까지 흘렸나.

두 사람은 경찰서 안의 작은 회의실에 있었다. 난바라 사다유키와 하타케야마 레이코의 경력에 관한 자료를 살펴보며 두 사람의 접점을 찾아보는 중이었다. 하지만 현재로서는 아무것도 나온 게 없었다.

"이런 거 해봤자 아무 소용 없는데." 그렇게 말을 내뱉고 호즈미 리사는 급히 손을 내저었다. "아, 작업이 따분해서 하는 말은 절대 아니에요."

"왜 소용이 없어?"

"그 두 사람, 접점 따위는 없을 것 같아서요. 분명 7월 10일에 코르테시아오사카 호텔에서 처음 만난 사이예요. 이른바 하룻밤의 불장난이라니까요."

"어떻게 그렇게 단언할 수 있지?"

"그거야 뭐, 여자의 직감이랄까."

쳇 하고 닛타는 쏘아붙였다.

"그 직감이 맞는다면 난바라에게 하타케야마 레이코는 그리 대단한 존재가 아니라는 얘기가 되잖아. 그렇다면 그런 여자의 불륜이 발각되는 것 따위는 걱정할 것도 없이 진즉에 10월 3일의 알리바이를 주장했겠지."

"아, 그건 그러네요."

"그렇게 하지 않았다는 건 뭔가 깊은 사연이 있기 때문인 게 틀림없어. 바꿔 말하자면 그 사연만 알아내면 사건 해결에 다가갈 수 있단 얘기야. 괜히 쫑알거리지 말고 눈에 띄는 대로 자료를 샅샅이 잘 살펴봐."

"넷!" 호즈미 리사가 한쪽 팔을 번쩍 쳐들며 대답했다.

참 내, 나하고 장난치자는 거야 뭐야, 라고 닛타는 미간을 찌푸렸다.

수사는 여전히 난항을 거듭하고 있었다. 날마다 수많은 수사원들이 열과 성을 다해 뛰고 있는데도 이렇다 할 성과는 나오지 않았다. 오카지마 다카오의 주변에서는 역시 난바라 말고는 범행 동기가 있는 사람은 눈에 띄지 않았다. 하지만 난바라를 범인으로 지목할 수 있는 재료가 아무것도 없어서 요즘에는 혹시 뜨내기의 범행이 아니냐는 설까지 나오는 판이었다. 도둑질을 할 목적으로 몰래 들어온 범인이 오카지마에게 들켜버리자 말이 새어 나가는 것을 우려해 칼로 찌른 게 아니냐는 것이다. 전혀 있을 수 없는 얘기는 아니지만, 그렇다면 그 범인은 연구실 같은 데서 대체 뭘 훔치려고 했다는 것인가. 그러자 이번에는 시험 문제를 훔치려던 학생의 짓이 아니냐, 라는 진기한 설이 튀어나왔다. 물론 곧바로 부정되었다. 그런 건 연구실에 놓아두지 않기 때문이다.

난바라가 제삼자에게 범행을 의뢰한 게 아니냐는 닛타의 설은 아직 살아 있었다. 그러나 난바라의 주변 인물을 아무리 뒤져 봐도 그런 의뢰를 받아줄 만한 사람은 눈에 띄지 않았다. 그래서 다시 떠오른 것이 불법 사이트 설이었다. 인터넷상에는, 할 일이 없어 돈만 준다면 무엇이든 하겠다는 사람이 모이는 사이트가 몇몇 존재한다. 그런 곳에 접속해 살인을 청부해줄 사람을 구한 것이 아니냐는 얘기다.

하지만 이 설에 대해서는 난바라의 자산 등을 조사한 팀에서 반론이 나왔다. 그들에 의하면, 현재로서는 난바라의 계좌에서 큰돈이 움직인 흔적이 없고 애초에 살인을 의뢰할 수 있을 만큼 예금도 많지 않았다. 몇 년 전에 맨션을 매입한 탓에 오히려 빚이 있을 정도였다.

그 말을 듣고 닛타는 새로운 의문이 생겨났다. 난바라가 제삼자에게 살인을 의뢰했다고 한다면 그 보수는 무엇이었을까. 거액을 챙겨줄 수 없다면 상대에게 과연 무엇을 내주면 될까—.

컴퓨터를 들여다보며 그런 생각들을 굴리고 있으려니 돌연 이상한 멜로디가 들려왔다. 옆에서 호즈미 리사가 휴대전화를 집어 들었다.

"응, 나야. ……일하는 중이지, 물론. ……당연하잖아." 의자에서 일어나 문 쪽으로 다가가며 이야기하기 시작했다. 말투로 보아 친구나 가족인 것 같았다. "……에이, 뭔 소리야. 나도 1과 형사님 보좌하느라 힘들어 죽겠는데. 진짜라니까."

닛타는 놀라서 눈이 둥그레졌다. 상대가 경찰서 내부 사람인 모양이다.

“날마다 발품만 팔고 다닌다니까. 너, 발품이 뭔지 알아? 날마다 다리가 뻣뻣해질 만큼 심부름만 하고 다닌다는 거야. ……풀베기를 해? 와아, 재밌겠네. ……그래, 좋아. 교환해도 되는지, 나중에 형사님한테 물어볼게. ……응, 그럼 수고해.” 결국 밖으로 나가지도 않고 통화를 끝내더니 다시 자리로 돌아왔다. “미안합니다.”

“전화는 밖에 나가서 하라니까.”

“네, 죄송해요.”

“뭐야, 풀베기라는 건?”

“방금 전화한 친구, 교통과에서 근무하는 앤데 이번 사건으로 대학 구내와 인근에서 흉기를 찾는 데 동원됐대요. 오늘은 풀베기까지 하랬다고 툴툴거리는데요?”

“아이구, 그거 힘들겠다.”

관할 경찰서란 그런 곳이다. 허드렛일을 도맡아 하는 것이다.

“재미있겠다고 했더니, 그러면 나랑 일을 바꾸자네요.”

“그래서 교환해도 되는지 물어본다고 했군.”

“네. 풀베기와 탐문 수사, 어느 쪽이 편할까요.” 호즈미 리사가 고개를 갸우뚱했다.

닛타는 팔짱을 끼고 그녀를 흘겨보았다.

“편한 일이라는 건 없어. 특히 수사에 관해서는.”

“역시 그렇겠죠?”

"당연하지. 계장님이나 주임님이 수사원의 면면을 판단해서 적재적소에, 그리고 부담이 공평하게 돌아가도록 업무를 나눠주는 거라고. 뭐, 시험 삼아 그 친구하고 교환해보시든지. 그쪽 일이 얼마나 힘든지 금세 알……." 거기까지 말한 참에 닛타의 머릿속에 뭔가가 퍼뜩 떠올랐다. 그는 튕기듯이 벌떡 일어섰다.

흠칫 놀라며 호즈미 리사가 주춤 몸을 물렸다. "왜, 왜요?"

하지만 닛타는 대답하지 않고, 선 채로 눈을 감았다. 방금 퍼뜩 떠오른 생각을 정리하기 위해서였다. 어딘가에 모순점은 없는가. 서로 어긋나는 건 없는가.

이윽고 닛타는 눈을 떴다. 호즈미 리사가 어리둥절한 얼굴로 그를 올려다보고 있었다.

왜 그러시는데요, 라고 조금 겁이 난 기색으로 물었다.

"답을 찾아냈어." 그렇게 말하고 닛타는 문을 향해 성큼성큼 걸어갔다.

10

복도로 들어서자 회의실 문이 열리고 세 명의 인물이 나오는 참이었다. 닛타는 발을 멈추고 그들을 위해 길을 비켜주었다. 한 사람은 직속 상사가 아닌 관리관이고, 남은 두 사람도 다른 계의 계장과 주임이었다. 관리관은 노려보듯이 닛타를 흘끗 쳐다보고는 아무 말 없이 앞을 지나쳐 갔다. 주임도 그 뒤를 쫓아갔지만 계장만은 멈춰 섰다.

"얘기 끝났어." 계장은 각진 얼굴에 카리스마 넘치는 웃음을 보였다. "아주 좋은 점에 착목했더라고. 역시 대단해."

"별말씀을."

"이나가키 계장에게 내가 미리 얘기해뒀어. 닛타 형사 필요 없어지면 언제라도 우리가 데려오겠다고."

"고맙습니다."

계장은 닛타의 어깨를 툭툭 두드리고 복도를 건너갔다.

이곳은 하치오지미나미 경찰서가 아니다. 경시청 수사 1과에 들어온 참이었다.

닛타가 회의실 문을 노크하자 예에, 라고 부루퉁한 이나가키의 목소리가 돌아왔다.

안에서 이나가키와 모토미야가 기다리고 있었다. 서류를 몇 장이나 책상에 펼쳐놓고 있었다.

"음, 앉아."

이나가키의 말에 닛타는 그들 맞은편에 자리를 잡았다.

"그쪽의 사건 내용은 파악했나?" 이나가키가 물었다.

"방금 잠깐 봤습니다. 관할이 후카가와니시 경찰서지요?"

이나가키는 고개를 끄덕이고 서류 한 장을 손에 들었다.

"신고가 들어온 건 8월 2일 오전 7시 10분. 고토 구의 후카가와에 사는 주부에게서 집 앞 골목에 여자가 쓰러져 있다, 더구나 죽은 것 같다, 라는 연락이 왔어. 구급대와 경찰이 출동해서 사망 확인. 동시에 소지품 등을 통해 신원이 밝혀졌는데…….”

“인근 요식업소 종업원 이무라 유리, 28세.” 닛타가 뒤를 잇듯이 말했다. “목에 졸린 흔적이 있었다면서요.”

이나가키는 서류를 내려놓았다.

“긴자의 클럽에서 일하던 여자야. 마지막으로 목격된 건 8월 2일 오전 2시경. 점장과 동료 등에게 인사하고 클럽을 나갔고, 바로 근처에서 택시를 타는 모습이 목격된 거야. 택시에서 내려 자택인 맨션으로 가는 길에 습격을 받은 것으로 보고 있어. 사건 현장인 골목은 큰길에서 맨션으로 가는 지름길이었어. 뜨내기의 범행이 아니라 피해자의 평소 행동을 주시 관찰한 다음에 범행한 것으로 추정할 수 있지.”

“클럽 아가씨였다면 용의자 후보가 상당히 많을 것 같은데요.”

“공적인 자리에서 그런 소리를 하면 안 되지. 직업 차별이야. 실제로 업무상 트러블 같은 것도 없었고, 손님과 이상한 관계를 맺은 적도 없었어. 사생활도 깔끔하고 인간관계에서 다툼이 있었다는 얘기도 없어. 너무 깨끗해서 역시 뜨내기의 범행이라는 설도 꽤 유력했던 모양이야. 그러던 중에 피해자의 방에서 편지 한 통이 발견됐어.”

“편지요?”

“보낸 사람은 남성이고, 받는 사람은 피해자의 어머니였어. 그 어머니는 몇 년 전에 타계했어. 편지 날짜는 20여 년 전. 주로 어머니 쪽의 건강을 염려하는 내용이었는데, 그 밖에도 중요한 얘기가 적혀 있었어. 이 남자가 편지에서 이번 피해자를 자신의 딸이라고 인정한 거야. 자신이 죽을 때는 유산을 상속해주고 싶다, 라는 얘기도 있었어."

"그럼 그 남자라는 사람이……."

이나가키는 책상 위의 서류를 빙 돌려 닛타 쪽으로 밀어주었다. 그리고 그곳에 적힌 이름 하나를 손끝으로 가리켰다. "하타케야마 데루노부. 즉 하타케야마 레이코의 아버지야."

"아버지라면 분명 의식불명 상태라고 했었죠? 이미 회복될 전망이 없다고 했던."

"응, 맞아."

닛타는 고개를 끄덕이며 이나가키와 모토미야를 번갈아 바라보았다. "아, 일이 그렇게 된 거였군요."

"후카가와니시 경찰서의 특별수사본부에서는 피해자 이무라 씨가 하타케야마 레이코와 접촉했다는 증거는 잡지 못한 모양이야." 모토미야가 말했다. "단지 이무라 씨의 휴대전화에 하타케야마 데루노부의 전화번호가 등록되어 있었어. 몇 차례 발신한 기록이 있고, 마지막 발신은 올해 3월이었다고 하더라고."

"데루노부 씨가 쓰러진 건 그 뒤였네요. 무슨 계기로든 그가 쓰러진 걸 알게 된 이무라 씨가 하타케야마 레이코를 보러 갔을 가능성이 높군요." 닛타는 말했다. "자신이 데루노부 씨의 딸이라는 것을 주장하기 위해서."

"맞아." 이나가키가 턱을 끄덕였다. "피해자는 데루노부 씨에게서 정식으로 인지를 받지는 못했지만, 편지라는 증거가 있었어. 실제로 친자인지 아닌지는 DNA 감정을 통해 즉시 확인할 수 있고. 아마 재판에 들어갔다면 비적출자로 인정을 받았을 거야."

"인정을 받으면 비적출자라도 유산상속이 가능합니다. 그 반대로 하타케야마 레이코는 유산의 몇 퍼센트쯤은 빼앗기게 될 거고요."

"하타케야마가의 자산 대부분이 아직 부친 명의였던 모양이야. 게다가 하타케야마 레이코는 그 자산을 혼자서 모조리 상속할 것으로 내다보고 지금까지 공격적인 사업을 펼쳐왔어. 조사해보니 회사의 경영 상태가 딱히 좋지만은 않아서 아마 하타케야마 레이코는 부친 생전에 증여를 원했던 것 같아. 하지만 부친이 의식불명이 되는 바람에 그러지 못했지."

"즉 이무라 유리 씨의 등장은 하타케야마 레이코에게는 생각지도 못한 악재였군요."

"그걸 밝혀내고 후카가와니시 경찰서 특별수사본부는 아연 활기가 넘쳤던 모양이야." 모토미야가 오른쪽 뺨에 약간 비아냥거리는 듯한 웃음을 보였다. "드디어 강력한 범행 동기를 가진 사람을 찾아냈다고 말이지."

"근데 그 기대가 어긋났군요." 닛타는 이나가키에게로 시선을 되돌렸다. "하타케야마 레이코에게는 알리바이가 있었을 테니까요."

"맞아, 그것도 아주 완벽한 알리바이였어." 이나가키가 다시 서류 한 곳을 가리켰다. "7월 29일부터 8월 10일까지 하타케야마 레이코는 남편과 함께 캐나다 여행을 하고 있었어."

"해외였어요?" 닛타는 엉거주춤 허리를 들어 올렸다. "역시 대단하네요. 난바라와는 완전히 스케일이 다르군요."

"당연히 그 알리바이는 금세 확인이 됐지. 그래서 이번에 우리가 했던 것처럼 그쪽 특별수사본부에서도 하타케야마 레이코가 끌어들였을 만한 제삼자를 샅샅이 찾아봤는데 끝내 발견을 못 했다는 거야."

"게다가 그러던 끝에 특별수사본부까지 해산되어버렸군요."

"이봐, 고소하다는 식으로 말하지 마." 이나가키가 눈을 부라렸다. "우리도 아직 어떻게 될지 모른단 말이야."

"네, 알겠습니다. 그래서요, 앞으로 어떻게 하지요?"

"우선은 DNA 감정이야. 피해자 이무라 씨의 손톱에서 본인 이외의 DNA가 검출되었다고 하더라고. 거기서 난바라가 흑黑으로 나오면 즉시 합동 수사에 들어갈 거야. 자, 그 밖에 질문은?"

"없습니다."

좋아, 라고 이나가키는 자리에서 일어섰다. "감정 결과 나올 때까지 노닥노닥 놀면서 기다리면 안 돼. 미리 철저하게 준비해 두라고." 그런 말을 남기고 방을 나갔다.

닛타는 닫힌 문에서 모토미야의 얼굴로 시선을 옮겼다. 선배 형사는 입 끝이 아래로 잔뜩 휘어진 채 눈을 가늘게 뜨고 닛타를 쏘아보았다.

"뭔가 마음에 안 드시는 일이라도?"

모토미야는 쳇 하고 혀를 찼다.

"아주 신이 났겠다 싶어서. 대담한 추리가 딱 맞아떨어진 기분, 어때?"

"아직 딱 맞아떨어졌다고는 할 수 없죠."

"흥, 마음에도 없는 소리 하지 마. 좋아서 어쩔 줄 모르면서. 어쨌거나 대단하다, 대단해. 덕분에 우리 쪽 범인뿐만 아니라 다른 쪽 범인까지 한 방에 처리할 수 있게 됐잖아. 계장님도 어깨가 으쓱으쓱하신 모양이야." 모토미야는 넥타이를 느슨하게 풀면서 자리에서 일어섰다. 옆의 의자에 걸쳐두었던 상의를 집어 들었다. "자, 가자. 증거를 다시 싹 훑어봐야지."

"알겠습니다." 닛타도 일어섰다.

모토미야가 말한 닛타의 '대담한 추리'란, 이번 사건이 교환 살인이었던 게 아니냐는 것이었다.

난바라가 제삼자에게 살인을 의뢰했다고 한다면 상대에의 보수는 무엇이었는가. 큰 자산이 있었던 것도 아니라면 살인에 값할 만한 보수는 한 가지밖에 없다. 역시 살인이다. 이쪽이 죽이고 싶은 사람을 그쪽에서 죽여주고, 그쪽에서 희망하는 사람은 이쪽에서 죽여주는 것이다. 피해자와 실행범 사이에는 아무 연관도 없기 때문에 경찰에서 주변 인간관계를 아무리 조사해도 실행범에게로 와 닿을 일은 없다. 그리고 의뢰한 측은 완벽한 알리바이를 만들 수 있다. 그야말로 일석이조인 것이다.

그러면 난바라가 교환 살인의 계약을 맺은 상대는 과연 누구인가. 그 상대와의 관계 역시 경찰에서 절대로 알 수 없게 해야 한다.

그렇게 생각했을 때, 닛타의 머릿속에 하타케야마 레이코가 떠올랐다. 살인 혐의를 받으면서도 난바라가 그녀와의 관계를 줄곧 부정해온 이유, 그것은 그녀가 교환 살인의 거래 상대였기 때문이 아닐까.

만일 이 추리가 맞는다면, 과거에 일어난 미해결 살인 사건 중에 하타케야마 레이코가 의심을 받고 있고, 그렇지만 그녀에게는 철벽의 알리바이가 있었다는 사건이 반드시 존재할 터였다.

젊은 부하의 엉뚱한 추리에 계장은 뜨악한 얼굴을 하면서도 진지하게 귀를 기울여주었다. 그리고 얘기를 들은 지 5분 만에 관리관에게 전화를 해주었다. 후카가와에서 일어난 살인 사건에 대한 정보가 날아든 것은 그로부터 약 여섯 시간 뒤의 일이었다. 경시청 관내의 사건이었기 때문에 당연히 수사 1과가 관여하고 있었다. 조금 전 회의실에서 나오는 길에 닛타에게 말을 건넸던 계장이 그쪽의 실질적인 수사 책임자였던 것이다.

11

난바라 사다유키가 살인죄로 체포되었다. 구속영장을 발부받은 것은 후카가와에서의 살인 사건을 담당한 수사진이었다. 결정타는 역시 DNA 감정 결과였다. 피해자 이무라의 손톱에서 검출된 것과 난바라의 DNA가 99.9퍼센트 이상의 확률로 일치했던 것이다.

난바라가 전면 자백을 시작한 것은 후카가와니시 경찰서가 아니라 경시청 취조실에서였다. 구속영장이 후카가와 쪽 사건으로 발부되었다는 것을 안 순간에 난바라는 체념한 듯, 그리 크게 동요하는 일도 없이 담담하게 실토했다, 라는 게 취조관의 말이었다.

자백 내용은 곧바로 이쪽 수사진에게도 전달되었다. 요약하면 다음과 같은 것이었다.

난바라와 오카지마 다카오 교수의 관계는 작년까지만 해도 실로 양호했다. 기업과 공동 연구를 진행한 신소재의 개발도 서서히 목표 지점이 보이려 하고 있었다.

난바라는 이 프로젝트에 연구자로서의 인생을 모두 걸었다. 돌아보면 결코 순풍에 돛 단 듯 모든 게 순조롭기만 한 것은 아니었다. 조교 시절부터 모셔온 교수는 학내의 별 볼 일 없는 파벌 싸움에만 몰두하고 연구에는 전혀 적극성을 보이지 않았다. 지시하는 것이라고는 잡다한 일거리뿐이어서 난바라는 자신의 연구에 좀체 시간을 뺄 수 없었다. 그래도 그 교수가 파벌 싸움에서 이겼더라면 그나마 고생한 보람이 있었을 것이다. 하지만 결과는 그 반대였다. 교수는 타 대학으로 떠났다. 거의 추방되다시피 한 것이었다. 그 뒤에 난바라는 다양한 교수 밑에 붙었다. 〈극한점에 있어서의 MKE 제법〉은 그런 고난 속에서 태어났다. 그를 준교수로 만들어준 발명이자 그의 유일한 상품이라고 해도 무방한 것이었다. 그래서 그것을 프로젝트에 채용해준 오카지마 교수에게는 늘 감사하고 있었다.

하지만 마침내 실용화 연구에 들어서려고 하던 올해에 이르러 오카지마 교수가 방침의 전환을 주장하기 시작했다. 거의 채용 결정 단계에 들어선 난바라의 기술 대신 다른 기술을 도입하겠다고 나선 것이었다.

난바라로서는 도저히 받아들일 수 없는 일이었다. 오랜 세월에 걸쳐 쌓아 올려온 그의 독자적인 기술로 이미 특허까지 취득했다. 그것을 살려서 쓸 수 있다고 생각했었기 때문에 다른 온갖 불리함도 지금껏 꾹 참고 견뎌왔다.

그러나 오카지마는 이미 마음을 정한 듯 방침 전환의 준비를 착착 추진해나갔다. 기업과의 공동 연구이기는 해도 프로젝트의 총괄 책임자는 오카지마였다. 한낱 장기짝에 지나지 않는 난바라가 그런 흐름을 틀어막는다는 건 불가능한 일이었다.

그런 답답한 마음이 절정에 달한 참이던 7월, 업무차 오사카에 가게 되었다. 밤에는 코르테시아오사카 호텔에 투숙했다. 식사를 하고 한잔 걸치러 최상층의 바에 올라갔다. 혼자였기 때문에 카운터 자리에 앉았다.

옆에 한 여자 손님이 앉아 있었다. 장미 향기가 감도는 여자였다. 바텐더의 자그마한 실수를 계기로 두 사람은 말을 나누게 되었다. 그러자 그녀도 혼자라는 것이었다. 역시 업무차 오사카에 왔노라고 했다.

그게 하타케야마 레이코였다.

그 뒤의 대화도 재미있게 이어졌다. 오카지마와의 일로 내내 우울하기 짝이 없는 날을 보냈었는데 실로 오랜만에 즐거운 기분을 느꼈다. 하타케야마 레이코는 지성과 섹시함을 겸비한 여자였다. 그녀와 대화하다 보면 새로운 자신이 표출되는 것 같았다. 평소보다 더 술맛이 달고 뇌세포도 활발하게 작동하는 게 느껴졌다.

바의 폐점 시각이 가까워지자 난바라는 자기 방에 가서 한잔 더 하자고 청했다. 그녀는 흔쾌히 승낙해주었다.

성인 남녀 사이의 일이다. 룸서비스 샴페인을 마신 뒤에는 극히 자연스럽게 한 침대에 들었다. 하타케야마 레이코가 손가락에 낀 결혼반지는 그리 마음에 걸리지 않았다. 어차피 하룻밤의 관계일 뿐이라고 생각했다.

하지만 상황이 생각지도 못한 방향으로 흘러갔다.

술기운에 마음이 풀어졌던 것인지도 모른다. 섹스 뒤, 난바라는 오카지마와의 일을 그녀에게 이야기했다. 더구나 오카지마가 지금 당장 죽어버렸으면 좋겠다는 말까지 입 밖에 내버렸다. 지나치게 말이 많았구나, 라고 후회했다.

그런데 그 말에 대한 하타케야마 레이코의 반응은 뜻밖의 것이었다. 그녀는 그토록 증오스럽고 방해가 되는 사람이라면 죽여버리면 되지 않느냐고 했던 것이다.

난바라는 놀랐다. 지금껏 전혀 생각도 못했던 얘기였다. 아니, 전혀 생각하지 못했던 것은 아니지만, 선택지에서는 제외했던 일이었다. 오카지마가 살해된다면 가장 먼저 의심을 받을 사람이 바로 자신이라는 점을 잘 알고 있었기 때문이다.

사정이 그렇다고 말하자, 하타케야마 레이코는 눈에 요요한 빛을 띠며 한 가지 좋은 생각이 있다고 말했다. 그리고 실은 자신도 죽이고 싶은 사람이 있노라고 고백했다.

그렇게 하타케야마 레이코가 제안한 아이디어가 교환 살인이었다. 다시 말해, 오카지마를 그녀가 살해해주는 대신 난바라에게는 그녀의 타깃을 살해해달라는 것이다. 난바라와 하타케야마 레이코 사이에는 아무런 연결점도 없다. 따라서 두 사람의 공범관계를 경찰에서 알아챌 위험성 따위는 전혀 없었다. 물론 피해자의 인간관계를 통해 실행범을 알아낼 걱정도 없다.

난바라는 처음에는 황당한 이야기라고 생각했다. 하지만 하타케야마 레이코의 설명을 듣고 있는 사이에 점점 완벽한 아이디어인 것만 같은 마음이 들었다.

하지만 내가 과연 사람을 죽일 수 있을까—. 난바라가 그런 불안감을 밝히자 하타케야마 레이코는, 당신이라면 할 수 있다, 당신은 누구보다 실행력이 뛰어난 사람이다, 나는 그걸 잘 안다, 라고 말하며 미소를 지었다. 지그시 응시하는 그녀의 요요한 광채의 눈빛에 난바라는 마치 최면술에 걸린 듯이 살인 따위 간단히 해치울 수 있다는 자신감이 생겼다. 오히려 지금까지 그런 선택지를 제외하고 있었던 자기 자신이 기백도 뭣도 없는 인간으로 생각되는 것이었다.

그때부터는 난바라 쪽에서도 적극적으로 아이디어를 냈다. 둘이서 이야기를 나눌수록 말은 열기를 내뿜고 내용은 점차 현실적인 계획으로 발전해갔다.

두 사람의 대화는 새벽녘까지 이어졌다. 하타케야마 레이코가 방을 떠날 때, 그 계획은 지극히 구체적인 것이 되어 있었다. 코르테시아오사카 호텔을 체크아웃 한 당일에 두 사람은 즉시 선불 휴대전화를 구입했을 정도다. 이후 서로 연락을 주고받는 도구로 삼기 위해서였다.

또한 이때 이미, 먼저 실행에 나서는 건 난바라 쪽으로 정해졌다. 하타케야마 레이코의 부친이 언제 숨을 거두어도 이상하지 않을 정도로 위중한 상태이므로 한시바삐 실행에 옮기는 게 좋겠다고 그녀가 말했기 때문이다.

그래서 난바라는 그녀에게 교환 살인에 동의한다는 증서를 요구했다. 나중에서야 배반하는 것을 방지하기 위해서였다. 자필 서명 옆에는 도장까지 찍도록 했다.

그 뒤에도 몇 차례 상의를 거듭하면서 계획을 보다 구체적인 것으로 만들어갔다. 전화를 할 때마다 하타케야마 레이코는, 당신이라면 할 수 있다는 말을 되풀이했다. 내가 점찍은 사람인데 실패할 리 없다, 라는 말도 자주 들려주었다. 그때마다 난바라는 용맹한 피를 수혈받은 것처럼 온몸이 달아오르는 것이었다.

하타케야마 레이코는 남편과 함께 캐나다를 여행할 예정이 있었다. 바로 그 기간에 난바라가 그녀의 타깃인 이무라 유리를 처리하는 게 가장 적합할 것으로 생각되었다.

난바라는 며칠에 걸쳐 이무라 유리의 행동을 관찰했다. 이윽고 범행을 하기에 절호의 타이밍이 있다는 것을 알아냈다. 일을 마치고 자기 집 근처에서 택시를 내린 직후다. 심야에 그녀는 인적 없는 골목을 지나 집으로 돌아가는 것이다. 다행히 부근에 방범 카메라는 없었다.

물론 사람을 죽인다는 것은 두려운 일이었다. 과연 잘될지 불안했다. 하지만 그런 때에도 하타케야마 레이코의, 당신이라면 할 수 있다, 라는 말을 머릿속에 떠올리면 힘이 솟구쳤다. 또한 살해할 상대가 전혀 알지 못하는 사람이라는 것도 난바라에게서 현실감을 앗아 갔다.

그리고 날짜가 8월 2일로 바뀌고 약 두 시간 뒤, 난바라는 흉행에 나섰다. 골목길로 들어선 이무라 유리의 뒤를 밟아 그녀가 돌아보기 전에 등 뒤에서 목에 밧줄을 걸었다. 자그마한 몸집의 이무라 유리는 힘도 약해서 그다지 저항하지 않았다. 그녀의 사망을 확인하자 난바라는 즉시 그 자리를 떴다. 신기하게도 여전히 실감이 나지 않았다. 심장의 고동조차 평소와 똑같았다. 머릿속에 있는 것은 이걸로 오카지마도 사라진다, 라는 생각뿐이었다.

이무라 유리의 사체는 다음 날 아침에 발견되었지만 그로부터 며칠이 지나도 수사관이 난바라를 찾아오는 일은 없었다. 이윽고 하타케야마 레이코에게서 연락이 왔다. 아무래도 그녀에게는 형사가 들이닥친 모양이었다. 하지만 완벽한 알리바이가 있던 그녀가 재차 의심을 받는 일은 없었다.

그렇게 첫 번째 계획은 무사히 성공으로 끝났다. 그러자 난바라로서는 한시라도 빨리 오카지마 다카오를 처리해주었으면 하는 마음뿐이었다. 언제 실행에 옮길 거냐고 하타케야마 레이코에게 물었다.

첫 번째 사건과의 관련을 경찰이 알아차리지 못하게 하려면 한 달 이상은 시간을 두고 기다리는 게 좋다, 라는 것이 그녀의 대답이었다. 타당한 의견이라고 생각해서 난바라는 납득하고 받아들였다.

그리고 9월 말, 하타케야마 레이코에게서 연락이 왔다. 준비가 다 되었으니 원하는 실행 날짜를 정해달라는 것이었다. 난바라는 10월 4일을 제안했다. 그 전날부터 업무차 교토에 갈 예정이 있었기 때문이다.

그러자 하타케야마 레이코는 10월 3일 밤에 잠깐 만나도록 하자고 말했다. 최종적인 상의도 하고 싶고, 결심을 다지기 위해서라도 한번 보고 싶다는 것이다. 난바라는 물론 이의가 없었다. 다시 한 번 그녀를 품에 안을 수 있으리라고 생각하니 가슴이 뛰었다.

장소를 코르테시아오사카 호텔로 잡은 것에 별다른 의미는 없었다. 굳이 말하자면, 학회장이 있는 교토와 가깝고, 두 사람이 처음 만났던 곳이라는 정도였다.

10월 3일, 난바라는 되도록 다른 사람들의 눈에 띄지 않도록 조심하면서 코르테시아오사카 호텔로 갔다. 체크인은 하타케야마 레이코가 미리 해두기로 했다. 알려준 방으로 올라가 그녀와 재회했다.

그녀의 계획에 따르면 4일 밤에 칼을 사용해 오카지마 다카오를 살해할 것이라고 했다. 밤늦게까지 혼자 연구실에 남아 있는 일이 많다는 것은 난바라가 일러준 정보였다.

칼을 사용한다는 말을 듣고 난바라는 놀랐다. 여자 몸으로 과연 할 수 있을지 걱정스러웠다. 하지만 하타케야마 레이코는 여자이기 때문에 칼을 사용하지 않고서는 힘든 것이라고 대답했다.

다음 날 아침, 난바라는 호텔을 나와 교토로 향했다. 그날 하루의 알리바이를 확실하게 만들어둘 것, 그것이 그가 해야 할 일이었다. 실제로 점심때부터 밤중까지 수많은 사람과 접촉하고 다양한 장소에 자신이 있었던 흔적을 남겼다.

그리고 다음 날인 5일 낮, 기다리고 기다리던 소식이 날아왔다. 오카지마의 사체를 발견했다는 것이었다. 칼에 찔렸다는 말을 듣고, 계획대로 해낸 모양이라고 생각했다.

난바라는 하타케야마 레이코에게 연락했다. 그녀는 증서를 돌려달라고 말했다. 그래서 도쿄 역에서 만나기로 했다.

도쿄 역 구내 한쪽 귀퉁이에서 난바라는 그녀에게 증서를 돌려주었다. 서로의 얼굴을 쳐다보는 일도, 말을 나누는 일도 없었다. 헤어진 뒤에는 그녀와의 연락을 위해 사용했던 선불 휴대전화를 강에 버렸다.

모든 것이 순조롭게 잘됐다고 생각했다. 다이호 대학에서 형사를 만났을 때도 불안한 것이라고는 하나도 없었다.

그런데 형사가 뜻밖의 질문을 던졌다.

10월 3일 밤, 당신은 어디에 있었습니까, 라고.

12

난바라가 자백한 다음 날 아침, 닛타는 후카가와 쪽 사건을 담당한 수사원들과 함께 하타케야마 레이코의 자택을 찾았다. 임의동행을 청하기 위해서였다. 그녀뿐만 아니라 함께 살고 있는 남편 요시유키도 데려올 예정이었다.

보안이 철저한 고급 맨션이다. 일단 관리사무실에 사정을 말하고 정면 현관의 오토 로크를 해제하도록 했다. 하타케야마 부부의 집 앞에 도착하기 전까지는 경찰이 온 것을 눈치채지 못하도록 해야 한다.

그들의 집은 4층에 있었다. 문 옆에 나붙은 명패를 확인한 뒤, 형사 한 명이 차임벨을 눌렀다. 그는 관리사무실 직원 제복을 입고 있었다. 조금 전에 빌린 것이다. 다른 형사들은 집 안의 도어스코프에서 보이지 않는 위치에 몸을 숨겼다.

네, 라는 여자 목소리가 스피커에서 들려왔다. 하타케야마 레이코의 목소리였다.

"관리사무실에서 나왔습니다. 잠깐 확인할 게 있어서요." 변장한 형사는 느긋한 목소리로 말했다. 상당한 명연기였다.

이윽고 문 안쪽에서 기척이 들렸다. 자물쇠 풀리는 소리와 함께 문이 열렸다.

변장한 형사는 꾸벅 인사를 하면서 손으로 문을 잡았다. 경시청 배지를 그녀에게 제시했다.

"경찰입니다. 하타케야마 레이코 씨지요? 우리와 함께 가주셔야겠습니다." 나지막하게 가라앉은 목소리로 말했다.

닛타 일행도 하타케야마 레이코 앞으로 나섰다. 그녀는 눈을 부릅뜨고 "경찰이 대체 뭐 하는 거예요? 우리에게 왜 이러는데요?"라고 부르짖었다.

다음 순간, 집 안쪽에서 소리가 들려왔다. 우당탕탕 뛰는 소리였다.

닛타는 하타케야마 레이코를 밀치고 구둣발 그대로 집 안으로 뛰어들었다. 넓은 거실 건너편에 발코니가 있었다. 파자마 차림의 한 남자가 난간을 뛰어넘으려는 모습이 유리창 너머로 보였다.

닛타는 거실을 가로질러 달려갔다. 하지만 난간에 도착하기 직전에 남자의 모습이 사라졌다. 뒤를 이어 쿵 하는 둔탁한 소리가 울렸다. 닛타는 발코니에서 아래를 내려다보았다. 시들어가기 시작하는 잔디 위에 하타케야마 요시유키가 큰대자로 쓰러져 있었다.

하타케야마 레이코의 취조는 닛타와 모토미야가 맡기로 했다. 그녀를 취조실 안쪽에 앉히고 닛타가 정면에 마주 앉았다. 원래 상급자인 모토미야가 앉을 자리였지만 "이번 사건은 자네 거야. 마지막까지 처리해봐"라면서 양보한 것이다.

하타케야마 레이코는 침착해 보였다. 그녀가 가장 먼저 한 말은 "남편은 상태가 어떻습니까?"라는 것이었다.

"중상인 모양이에요." 닛타는 말했다. "4층 높이에서 떨어졌으니까요. 머리를 세게 부딪쳤는지 의식이 돌아오지 않고 있다고 합니다."

하타케야마 레이코는 시선을 떨구고 "그런 바보 같은 짓을"이라고 중얼거렸다.

"남편분이 왜 그런 짓을 했을까요?"

글쎄요, 라고 그녀는 천천히 고개를 기울였다. "왜 그랬을까요."

"당신을 지켜주기 위해서……. 아닙니까?"

"지켜주기 위해서?"

"자신이 죽으면 당신은 체포되지 않을 거라는 식으로 생각했겠지요. 당신과 난바라와의 관계를 밝혀낼 물증은 아무것도 없으니까요. 교환 살인은 난바라가 날조해낸 얘기라고 주장하는 것도 가능하기는 하다, 라는 얘기죠."

하타케야마 레이코는 똑바로 닛타를 응시하며 한 차례 심호흡을 했다. 그 강한 시선을 덤덤하게 마주 바라보면서 닛타는 다시 입을 열었다.

"남편분의 모발을 조사한 결과, 피해자 오카지마 다카오 씨의 차에서 채취한 모발과 완전히 일치했습니다. 그것을 증거로 남편분은 살인 혐의로 구속될 겁니다."

그녀의 눈에 서린 강한 빛이 조금 약해지는 것처럼 보였다. "그렇습니까."

"남편분의 의식이 돌아오면 자세한 사정을 들을 수 있겠죠. 하지만 남편분이 반드시 진실을 말하리라는 보장은 없습니다. 그리고 이대로 의식이 돌아오지 않을 수도 있어요. 자아, 어떻게 하시겠습니까. 난바라가 말하는 교환 살인이라는 건 엉터리고, 모두 날조해낸 얘기라고 주장하시겠습니까."

하타케야마 레이코는 입술에 희미한 웃음을 지었다.

"그런 주장, 재판에서도 통할 거라고 생각해요?"

"아니, 힘들 겁니다." 닛타는 즉답했다. "난바라는 이무라 유리 씨를 살해할 이유가 하나도 없어요. 하지만 그가 범인이란 건 사실로 밝혀졌습니다. 이 모순을 그의 자백 내용은 지극히 합리적으로 해소해주고 있어요. 게다가 당신 남편분의 범행도 설명이 됩니다. 내가 재판원으로 선발된다면 망설임 없이 유죄 쪽에 손을 들겠습니다."

그녀는 짧게 고개를 끄덕였다. 그 표정은 뭔가를 뚝 잘라내버린 것처럼 보였다.

닛타는 몸을 앞으로 내밀었다.

"하지만 아무리 생각해도 알 수 없는 게 있어요. 왜 당신 쪽에서 난바라를 배신했는가 하는 겁니다. 원래 계획대로 10월 4일에 실행에 옮겼다면 난바라에게는 완벽한 알리바이가 있었을 텐데요."

하타케야마 레이코는 후우 숨을 토해냈다. "그래서는 일이 잘못될 거라고 생각했어요."

"잘못되다니, 왜 그렇죠? 난바라의 알리바이가 확실하면 무슨 안 좋을 일이라도 있습니까."

"난바라 씨의 알리바이가 지나치게 완벽하면 경찰에서는 당연히 공범자의 존재를 의심할 거예요. 그러다 보면 교환 살인의 가능성도 떠오를 수 있겠죠. 하지만 난바라 씨의 알리바이가 허술하면 경찰이 진상을 밝혀내기는 어려워집니다."

"그래서 일부러 10월 3일에 난바라에게 만나자고 했군요."

"맞아요. 그에게서 알리바이를 빼앗기 위해서 만난 거였어요."

"분명 난바라는 알리바이를 빼앗겼어요. 그는 오사카에 갔던 일이나 호텔 이름까지는 실토하더라도 함께 있었던 사람에 대해서는 절대로 말할 수 없었습니다. 두 달 전에 자신이 저지른 살인이 자칫 잘못하면 밝혀질 테니까요. 당신 측에서 오카지마 교수의 사체를 교수실로 옮기고 자동차의 주차 위치를 바꿨던 건 사건의 발견을 늦추기 위한 것이었지요? 10월 4일에 사체가 발견된다면 난바라는 당신이 배반했다는 것을 알아차릴 테니까요. 그걸 알아채면 그에게 써준 증서도 받아낼 수 없었겠죠."

하타케야마 레이코는 고개를 끄덕였다. "네, 맞아요, 그런 거였어요."

"정말 연구를 많이 하셨군요."

"그걸 생각해낸 건 남편이었어요. 난바라 씨와의 교환 살인 계획을 얘기했더니 자기도 찬성이라면서 그다음 계획을 구체적으로 짜줬어요."

"바로 그 점인데요, 남편분은 당신과 난바라의 관계에 대해 어떻게 생각했을까요. 그리 마음이 편하지는 않았을 것 같은데요."

그러자 하타케야마 레이코는 얼굴을 좌우로 흔들었다.

"벌써 몇 년째 부부 관계가 없는 사이예요. 그래도 남편과 나는 최고의 동료이자 서로를 누구보다 잘 이해하는 사이입니다. 남편에게도 사귀는 여자가 있지만 나는 이의를 제기하지 않아요. 그래도 우리가 이혼하지 않은 건 그럴 이유가 없었기 때문이에요. 게다가 부부라는 직함은 사업상 이래저래 편리하죠."

"이른바 가면 부부라는 건가요? 하지만 남편분은 당신을 사랑한다고 했어요."

"물론 나도 그를 사랑합니다. 그래서 항상 사이좋게 지냈어요. 누구보다 신뢰할 수 있는 사람이에요." 하타케야마 레이코는 코끝을 치켜들며 자랑스러운 듯이 말했다.

그때였다. 문을 노크하는 소리가 들렸다. 모토미야가 자리에서 일어났다. 문을 열고 밖에 있는 누군가와 작은 소리로 몇 마디 나눈 뒤, 닛타에게로 다가와 귓가에 대고 속닥거렸다. 그 말을 듣고 닛타는 크게 고개를 끄덕이며 하타케야마 레이코를 보았다.

"좋은 소식이에요. 남편분의 의식이 돌아왔다는군요."

그녀는 눈을 감고 일단 가슴에 고인 숨을 천천히 토해냈다. "아, 다행이다……."

"남편분은 범행을 인정했다고 합니다. 그리고 당신에게 전언이 있었어요."

"전언?"

눈꺼풀을 연 그녀의 얼굴을 지그시 바라보며 닛타는 말했다. "지켜주지 못해서 미안하다, 라고 했답니다." 그리고 다시 말을 이었다. "누구보다 신뢰할 수 있는 사람이라는 말은 사실인 모양이군요."

하타케야마 레이코는 "그러니까 내가 말했잖아요"라면서 빙긋이 웃었다.

"또 한 가지, 궁금한 게 있어요." 닛타는 말했다. "장미 향수에 관한 겁니다."

13

하타케야마 레이코 건을 검찰에 송치한 이틀 뒤, 닛타는 하치오지미나미 경찰서로 나갔다. 특별수사본부에 쌓여 있는 여러 가지 자료를 경시청으로 실어 나르기 위해서였다. 앞으로의 취조 및 추가 수사는 경시청을 거점으로 진행하기로 결정되었기 때문이다.

특별수사본부가 설치된 강당으로 가자 곧바로 호즈미 리사가 달려왔다.

"닛타 씨, 사건이 해결됐네요. 수고하셨습니다." 힘차게 말하고 깊숙이 머리를 숙였다.

"리사 씨도 열심히 잘해줬어. 계장님이 다시 정식으로 인사하겠다고 했어."

"정말입니까? 와아, 감격." 호즈미 리사는 자신의 두 주먹을 나란히 턱 밑에 댔다.

"그리고 나도 잠깐 할 얘기가 있어."

"뭔데요?"

"여기서 얘기하긴 좀 그렇고, 지금 시간이 비는 모양인데 잠깐 따라와." 그렇게 말하고 닛타는 출입구를 향해 발을 옮겼다.

비밀 이야기를 할 적당한 장소가 생각나지 않아 옥상으로 나가봤다. 마침 아무도 없었다.

닛타는 호즈미 리사를 향해 몸을 돌렸다.

"이제 슬슬 내막을 밝혀야지? 여기는 엿들을 사람도 없어. 여태껏 숨기고 있던 거, 다 털어놔."

동그스름한 얼굴의 여성 경찰관은 경계하는 기색으로 한 걸음 뒤로 물러났다. "무, 무슨 얘기예요?"

닛타는 재미없다는 표정으로 오른손을 내저었다.

"시치미 떼지 말라니까. 장미 향수 얘기 말이야."

"예?"

"리사 씨가 오사카 출장에서 돌아온 날 말이야. 한바탕 보고를 마친 뒤에 느닷없이 난바라를 처음 만났던 때의 얘기를 했어. 장미 향수 냄새를 맡았다고 했던가. 근데 그거, 거짓말이었지?"

호즈미 리사는 겁에 질린 얼굴로 주춤주춤 물러섰다. "아, 아닌데……." 말끝이 흐물흐물 약해진다.

"대충 넘어가려고 해봤자 소용없어. 실은 나도 후각에는 상당히 자신이 있거든. 하지만 그때 난바라에게서는 향수 냄새 같은 건 나지 않았어."

"아니, 그게 그러니까요, 제가 개코로 통할 정도로 냄새를 잘

맡……."

"근데 그 뒤에 하타케야마 레이코를 만났을 때는 그 여자의 짙은 향수 냄새를 알아차리지 못했어? 얼렁뚱땅 말을 돌리긴 했지만 나는 그때부터 훤히 다 알아봤어."

"글쎄 그때는 코 상태가……."

"하타케야마 레이코 본인에게도 확인했어. 10월 3일에 장미 향수를 썼느냐고. 그 여자는 부인했어. 누군가 알아보는 걸 피하기 위해 그날은 일부러 향수를 쓰지 않았다는 거야. 즉 난바라의 옷에 냄새가 옮겨 갈 일이 애초에 없었단 얘기야."

호즈미 리사는 눈이 동그래지더니 이어서 몇 번이나 깜빡거렸다. 콧구멍도 벌름벌름 커졌다.

닛타는 한 걸음 쓱 내밀어 그녀에게로 다가갔다. "어때, 이래도 계속 시치미를 뗄 거야? 다이호 대학에서 처음 난바라를 만났을 때 옷에서 장미 향기가 났었다고 계속 우길 거냐고."

호즈미 리사는 거북한 듯 목을 움츠렸다. "죄, 죄송해요……."

닛타는 흥 코웃음을 쳤다.

"드디어 실토하는군. 처음부터 뭔가 이상하다고 생각했었어."

"나도 이래저래 사정이 있었다니까요."

"예에, 그러시겠지요. 나도 그런 것 같아서 여태까지 아무 말 안 했어. 자, 이제 말해봐. 왜 그런 거짓말을 했지? 내가 상상컨대 코르테시아오사카 호텔에서 뭔가 잡아냈던 거 같은데?"

"예, 맞습니다. 하지만 그걸 증언으로 쓸 수는 없었어요."

"무슨 얘기야?"

"설명하자면 얘기가 길어지는데……."

그렇게 전제를 한 뒤에 호즈미 리사가 털어놓은 이야기는 뜻밖의 내용이었다. 그녀의 이야기의 주인공은 어느 총명한 여성 프런트 클러크였다. 그 여자는 호즈미 리사가 보여준 사진 속 남자가 7월 10일에 호텔에서 숙박했었다는 것을 기억해냈다. 게다가 장미 향기를 단서로 그 남자와 다른 여자 손님의 단 하룻밤의 불장난을 추정해냈다. 그리고 그 여자 손님이 다시 10월 3일에 호텔에 나타났다는 데서 그때의 남자, 즉 난바라도 함께 숙박했을 가능성이 높다는 것까지 알아냈다.

"근데 그건 모두 상상일 뿐이니까 증언으로 취급하면 곤란하다고 그 여자가 신신당부를 했었어요. 그래서 어떻게 해야 하나 생각 끝에……."

"생각 끝에 장미 향기가 옮겨 갔다는 거짓말을 지어냈군?"

죄송합니다, 라고 다시 한 번 호즈미 리사는 머리를 숙였다.

닛타는 얼굴을 찌푸리며 목뒤를 긁적였다.

"그건 위험한 거짓말이었어. 사건이 해결되었으니 망정이지, 혹시 그 프런트 클러크의 추리가 어긋나기라도 했으면 큰일 날 뻔했잖아."

"그렇죠? 네, 진짜 다행이네요." 호즈미 리사는 자신의 가슴을 쓸어내리며 웅웅, 하고 고개를 끄덕였다.

"뭘 남의 일처럼 얘기하고 있어? 그래서, 이름은?"

"예?"

"이름을 말하라고, 그 프런트 클러크의."

그러자 호즈미 리사는 천만의 말씀이라는 듯 강하게 고개를 가로저었다. "그건 말 못 해요."

"왜?"

"절대로 말하지 않기로 약속했어요. 여자 대 여자의 약속이에요." 그렇게 말하고 두 손으로 입을 가려버렸다. "게다가 그 여자, 이제 그 호텔에 없어요. 어제 내가 감사하다는 인사라도 하려고 전화했는데 다른 곳으로 옮겼다고 하더라고요."

닛타는 쳇 하고 혀를 찼다.

"한번 만나보고 싶었는데 말이야, 그 총명하신 여성 프런트 클러크."

"엄청 미인이에요. 언젠가 또 만날 수 있었으면 좋겠네요."

닛타는 입가를 구부린 채 먼 곳으로 시선을 던졌다. 도쿄 하늘이 붉게 물들어가고 있었다. 사건 하나를 이제 막 해결하고 난 참인데도 뭔가가 시작되는 전조인 것 같은 예감이 들었다.

에필로그

이제 30분 정도면 날짜가 바뀌려는 시각이다. 체크인 하는 투숙객은 역시 줄어들었다. 그래도 예약 목록으로 봐서는 이제부터 들이닥칠 손님이 적지 않을 것 같다. 오늘 밤에는 진탕 술에 취한 손님은 오지 않았으면 좋겠는데, 라고 야마기시 나오미는 손목시계에 시선을 떨구고 나서 생각했다.

어젯밤 오전 2시가 넘어서 찾아온 남자 손님은 정말 지독했다. 호스티스인 듯한 여자의 부축을 받으면서도 제대로 걸음을 떼지 못해 프런트 앞에서 주저앉아버린 것이다. 당연히 얘기를 주고받을 만한 형편이 아니었다. 호스티스가 남자에게 큰 소리로 물어봐가면서 숙박표에 이름과 연락처를 적어주었다. 얇은 드레스에 코트 하나 걸친 그 여자를 보고 나오미는 진심으로 가

엷어졌다.

코르테시아도쿄로 돌아와 한 달 가까이 지났다. 역시 오사카와는 분위기가 미묘하게 다르다. 처음 돌아왔을 때 적잖이 당황했을 정도다. 무엇이 어떻게 다른지, 실은 잘 알지 못한다. 굳이 말하자면 이쪽에서는 더욱더 빈틈을 보일 수 없다는 것 정도일까.

그런 생각을 하고 있으려니 정면 현관으로 한 여자가 들어왔다. 삼십 대 중반쯤일까. 면바지에 검은 니트 셔츠와 카디건이라는 차림새였다. 요즘은 밤이면 완연히 날이 쌀쌀해졌다. 그 옷차림으로 춥지나 않을지, 남의 일이지만 내심 걱정스러웠다.

여자가 곧장 프런트로 다가오는지라 나오미는 머리를 숙였다.

"어서 오십시오."

"잠깐 물어볼 게 있는데요." 여자가 말문을 열었다. "오늘 밤이 호텔에 마쓰오카 다카시라는 사람이 왔을 텐데, 몇 호실인지 좀 알려주실래요?"

"마쓰오카 님 말씀이십니까."

"간단히 알려줄 수 없다는 건 나도 잘 알아요." 나오미의 경계심을 눈치챘는지 여자가 즉각 말했다. "하지만 나를 믿으셔도 돼요. 사정이 있거든요."

"어떤 사정인지 여쭤봐도 될까요?"

나오미가 묻자 여자는 수줍은 듯한 미소를 지으며 고개를 끄덕였다.

"실은 방금 전에 뉴욕에서 귀국한 참이에요. 나리타 공항에서 직접 여기로 달려왔어요."

"그러십니까, 뉴욕에서……." 저도 모르게 상대의 온몸을 훑어보고 있었다.

"아, 짐은 미리 집으로 보냈어요. 내가 왜 이쪽으로 달려왔느냐면, 사실 오늘 밤에 남자친구가 여기에 투숙했거든요. 우리가 원거리 연애라서 벌써 1년 넘게 못 만났어요. 그 남자친구가 바로 마쓰오카 다카시 씨예요."

"네에, 그러시다면 남자친구분께서도 무척 기다리고 계시겠네요."

하지만 여자는 고개를 저었다.

"근데 그게 그렇지 않아요. 내가 오늘 밤 귀국한다는 거, 그 사람한테는 말을 안 했거든요. 갑자기 일정이 정해져서 미리 연락을 못 했어요. 하지만 그걸 거꾸로 이용할 생각이에요. 갑작스럽게 방으로 찾아가 깜짝 놀라게 해주는 거죠. 왜냐면 오늘이 그 사람 생일이거든요."

"아하, 그런 말씀이시군요." 나오미는 크게 고개를 끄덕였다.

"그러니까 방 번호 좀 알려주세요. 이런 기회, 두 번 다시 없을 거라고요. 제발 부탁이에요." 그녀는 신께 기도라도 하듯이 가슴 앞에서 두 손을 맞잡았다. 그 눈에는 부디 불쌍히 여겨달라는 기색이 감돌았다.

귀찮은 일이 생겼네, 라고 나오미는 생각했다. 심정적으로는 도와주고 싶었다. 하지만 규칙이라는 게 있다. 게다가 눈앞의 여자에게서는 정체 모를 위험한 향기가 나고 있었다. 호텔맨으로서의 후각이 그것을 감지했다.

나오미는 손 밑의 단말기를 두드렸다. 마쓰오카 다카시라는 이름은 금세 눈에 들어왔다.

"있나요?" 여자가 물었다.

나오미는 고개를 갸우뚱해 보였다. "여기 데이터에는 없는데요."

"그럴 리가 없어요. 잘 좀 보세요." 여자의 목소리에 짜증스러운 여운이 섞였다.

"그분, 본명으로 숙박하셨을까요?"

"그럴 거예요. 가명을 쓸 이유가 없어요."

"알겠습니다. 예약 방법에 따라 이쪽 데이터에는 올라오지 않는 경우도 있습니다. 알아보고 올 테니 잠시만 기다려주세요."

여자가 고개를 끄덕였다. 나오미는 실례합니다, 라고 말하고는 자리를 벗어나 뒤쪽 문을 열고 사무실로 내려갔다. 즉시 내선전화 수화기를 들고 마쓰오카 다카시의 방으로 걸었다.

네, 라는 젊은 남자의 목소리가 들려왔다.

나오미는 짤막하게 사정을 설명했다. 정말 그들이 연인 사이라면 여자의 멋진 깜짝 이벤트를 망쳐버리는 짓이 되지만, 어쩔 수 없다고 판단한 것이다.

그러나 여자의 인상과 차림새 등에 대한 설명을 들은 마쓰오카는 단박에 부정했다.

"그거, 다 거짓말이에요. 절대로 내 방 번호 알려주지 마세요. 그보다 그 여자 좀 쫓아주면 안 될까요?"

"그러시다면, 그런 손님은 오늘 밤에 이 호텔에 오시지 않았다고 하는 건 어떨까요."

"아, 그게 좋겠네. 잘 부탁합니다."

알겠다고 말하고 나오미는 수화기를 내려놓았다. 심호흡을 한 차례 한 뒤에 사무실을 나섰다.

"어때요, 있죠?" 나오미의 얼굴을 보자마자 여자가 물었다.

"유감스럽게도 마쓰오카 다카시 님은 저희 호텔에 오시지 않은 것 같습니다."

여자의 미간에 짙은 주름이 새겨졌다.

"그럴 리 없어. 거짓말하지 말라고!" 즉시 말투가 험악해진다. "틀림없이 이 호텔에 왔다니까. 본인에게서 들은 거니까 틀림없어. 잘 좀 알아봐요!"

나오미는 애써 침착한 목소리를 짜냈다.

"네, 일단 예약은 하셨어요. 하지만 직전에 취소하신 것 같아요. 그분은 오늘 밤 이곳에서 숙박하고 계시지 않습니다."

여자는 입술을 깨물며 노려보았다. 나오미는 깊숙이 머리를 숙였다.

"좋아요, 그럼 더 이상 부탁하지 않겠어요. 나한테도 방을 준비해주세요."

"방 말씀이십니까."

"그래요, 싱글이든 트윈이든 상관없어요. 나도 이 호텔에 투숙할 테니까 방을 달라고요." 여자는 부르르 화를 내는 태도로 말했다.

점점 더 일이 귀찮아지는구나, 라고 나오미는 생각했다. 방을 잡은 뒤에 자기가 직접 마쓰오카 다카시를 찾아 나서려는 것이다. 빈방이 남아 있으니 호텔로서는 나쁜 얘기는 아니다. 하지만 마쓰오카는 여자를 쫓아달라고 했다. 현시점에서 마쓰오카는 손님이지만 이 여자는 손님이 아니다. 그렇다면 어느 쪽의 말을 우선하느냐 하는 것은 이미 정해진 일이다.

"죄송합니다만 오늘 밤은 만실이라서 준비해드릴 수 있는 방이 없습니다. 다음에 다시 이용해주시기 바랍니다." 그렇게 말하고 다시 머리를 숙였다.

여자의 눈이 치켜 올라갔다.

"그럴 리가 없잖아요. 평일 밤인데 빈방이 하나도 없다니, 말이 돼요?"

"죄송합니다."

"아, 알겠네. 사정 급한 거 알고 한몫 잡아보시겠다? 오케이, 그렇다면 스위트든 로열 스위트든 다 좋아요. 돈이라면 얼마든지 만들어볼 테니까. 아무튼 나한테 방을 달라고요."

마음이 동하는 말이었다. 귀찮기도 하고, 이참에 로열 스위트를 팔아보자는 생심이 들어버렸다. 마쓰오카 다카시에게는, 쫓아내려고 했지만 꼭 이 호텔에 묵겠다는 사람을 거절할 수 없었다고 변명할 수도 있다. 하지만…….

"정말 죄송합니다." 나오미는 다시 머리를 숙였다. "오늘 밤은 그런 방도 모두 찼습니다. 양해해주시기 바랍니다."

여자는 침묵해버렸다. 어떤 표정인지, 고개 숙인 나오미는 알 수 없었다.

"그래요?" 이윽고 여자가 말했다. 오싹할 만큼 차가운 말투였다. "당신, 마쓰오카에게 전화했었죠? 그놈이 뭔가 말한 거야. 그렇죠?"

나오미는 대답하지 않았다. 어떤 대답을 하든 상대는 받아들이지 않을 터였다. 이런 때는 계속 머리를 숙이는 수밖에 없다.

"알았어요, 됐다고요!"

카운터를 찰싹 내리치는 소리와 함께 여자가 떠나는 기척이 느껴졌다. 그래도 한참 동안 나오미는 머리를 들지 않았다.

"나오미 선배, 이제 갔어요." 옆에서 젊은 프런트 클러크가 말했다.

나오미는 자세를 바로잡았다. 분명 그 여자의 모습은 눈에 들어오지 않았다.

"대단한 사람이네요." 후배가 작은 소리로 말했다. 처음부터 끝까지 곁에서 지켜본 모양이다. "대체 두 사람 사이에 무슨 일이 있었던 걸까요."

"대충 짐작은 가는데……." 나오미는 더 이상 얘기하지 않고 입을 다물었다.

그리고 잠시 뒤에 내선 전화가 울렸다. 방 번호를 보고 나오미는 숨을 고른 뒤에 수화기를 들었다.

"마쓰오카 님, 무슨 일이십니까?"

"아까 그 일, 어떻게 됐나 싶어서요." 조심스럽게 묻는다.

나오미는 한 호흡 쉬었다가 입가에 웃음을 만들었다.

"조금 전의 여자분이라면 이미 가셨습니다만."

"그래요? 저어……, 어땠어요?"

그걸 왜 나한테 묻나, 라고 나오미는 생각했다. 그렇게 신경이 쓰인다면 자기가 직접 만나면 될 일 아닌가.

"요구가 받아들여지지 않아 좀 불쾌해하시기는 했습니다만."

"화 많이 났어요?"

"글쎄요, 상당히 큰소리를 내기는 하셨습니다."

"그래요? 이미 헤어진 여자예요. 근데 그쪽에서는 못 헤어지겠다는 거예요."

"그러십니까."

아마 그런 일일 거라고 짐작했다. 자세한 건 알고 싶지도 않지만 아마도 여자 쪽의 잘못만은 아닐 것이다. 남자가 자기 사정만 앞세우며 강제로 관계를 끊었던 것이리라. 그런 게 아니라면 굳이 숨을 필요도 없다.

"아무튼 미안해요."

"아닙니다. 염려 말고 편안한 시간 보내시기 바랍니다."

고맙다면서 마쓰오카는 전화를 끊었다. 나오미도 수화기를 내려놓았다.

본심을 말하자면 그 여자 편을 들어주고 싶었다. 하지만 호텔맨으로서는 그렇게 할 수 없다. 아무리 한심하기 짝이 없는 인간이라도 그게 호텔 손님이라면 그들이 쓰고 있는 가면을 지켜주는 게 호텔맨의 임무인 것이다.

제각각 일그러진 가면이기에
더 추하고 아름답다

두뇌를 작동시켜야 하는 수많은 오락 중에서도 추리소설은 독특한 자리를 차지하고 있다. 그림이나 영상 없이 오로지 문자만으로 이루어진 수많은 페이지를 읽어 내려가면서 독자는 상상력으로 서서히 가상의 세계를 구축한다. 거기에 추리력을 더하여, 작가가 치밀하게 깔아둔 복선을 하나하나 정복하며 꽁꽁 감춰둔 문제의 정답(범인)을 찾아내고 나아가 그 의미를 길어 올린다. 그래서 추리소설에서는 다른 어떤 오락보다 자발적인 지성의 재미를 만끽할 수 있다. 추리소설에 유난히 시리즈물이 많은 것은 일단 두뇌 안에 구축된 세계에 다시 다양한 인물과 새로운 사건이 더해지면서 추리의 신경세포가 유기적으로 확장되고 그만큼 연속성을 가진 재미를 만들어내기 때문일 것이다.

히가시노 게이고의 작가 데뷔 25주년을 기념하여 2012년에 〈매스커레이드 시리즈〉가 새롭게 시작되었다. 우리에게 이미 익숙한 〈가가 형사 시리즈〉와 〈갈릴레오 시리즈〉의 뒤를 이어 오랜만에 나온 새 시리즈라는 점에서 큰 주목을 받았다. 그뿐만 아니라 호텔이라는 한정된 장소를 무대로 설정한 것도 앞으로의 전개에 큰 기대를 품게 했다. 오만하지만 두뇌 명석한 '엄친아' 형사 닛타 고스케와 투철한 프로 의식을 가진 총명한 호텔리어 야마기시 나오미. 여러 가지 면에서 대조적인 두 주인공이 서로 갈등과 화해를 거듭하며 '아직 벌어지지 않은 사건'을 쫓는 독특한 주제의 『매스커레이드 호텔』이 그 첫 작품이었다. 시리즈를 시작하면서 작가가 독자에게 밝힌 소회를 인용해보자.

언젠가 호텔을 무대로 한 소설을 써보자고 마음먹고 있었습니다. 단순히 무대로 사용할 뿐만 아니라 호텔 그 자체가 주역이 되는 소설입니다. 기사나 보고서를 쓸 때의 규칙에 5W1H라는 것이 있습니다. '언제, 어디서, 누가, 무엇을, 왜, 어떻게 했는가'를 명확히 밝히자는 규칙입니다. 미스터리의 경우, 이런 요소 중 몇 가지를 수수께끼로 만들고 그것을 풀어나가는 게 재미있는 점이지만, 이번에는 '어디서'라는 것만은 애초부터 호텔이라는 장소로 정해졌습니다.

하지만 호텔을 무대로 한 이야기가 지금까지 없었던 것은 아닙니다. 그랑기는커녕 영화 등에서는 수많은 명작이 탄생했습니다. 그 대표 격은 뭐니 뭐니 해도 영화 「그랜드 호텔」이겠지요. 동일한 장소에 모인 복수複數의 인물들이 갖고 있는 각자의 드라마를 동시 진행으로 묘사한다는 기법이 매우 참신해서 그 뒤 '그랜드 호텔 형식'이라고 불리게 되었습니다. 소설로 말하자면 군상극群像劇입니다.

이번에 호텔을 무대로 한 소설을 쓰면서 제일 먼저 생각한 것은 이 그랜드 호텔 형식을 채택하느냐 마느냐, 라는 것이었습니다. 독자의 눈에 보이지 않게 진실을 감춰둔다는 목적을 생각하면 이 형식은 매력적입니다. 다양한 인간의 시선을 통해 호텔을 묘사한다는 것도 큰 장점이라고 생각되었습니다.

그러나 숙고 끝에 이 형식은 채택하지 않기로 했습니다. 그랜드 호텔 형식은 소설가에게는 매우 편안하고 편리한 기법입니다. 호텔을 무대로 한 소설을 쓰자고 생각했을 때, 얼른 기대고 싶었던 마법의 도구라고도 할 수 있습니다. 그렇기 때문에 더더욱 그것을 채택하지 않는 것으로 어느 누구도 생각지 못한 이야기를 만들어낼 수 있으리라고 기대한 것입니다.

그러면 어떤 기법을 쓸 것인가. 그랜드 호텔 형식=군상극에서는 병행(竝行, parallel)하여 여러 편의 드라마가 동등한 점유율을 갖고 펼쳐집니다. 이번에는 그것을 병행이 아니라 시리즈로 만들어보자고 생각했습니다.

거기에서 시점을 두 사람의 인물로 좁혔습니다. 형사와 호텔리어입니다. 그들의 눈을 통해 차례차례 찾아오는 손님들을 그

려내는 것으로 호텔이라는 세계를 전달해보고자 한 것입니다. 당연히 그들은 서로에 대해서도 관찰합니다. 형사의 시점에서 본 호텔리어는 어떤가, 호텔리어에게 형사는 어떤 인간으로 비치는가. 극히 자연스럽게 이야기의 주제는 '프로페셔널이란 무엇인가'라는 것으로 귀결되었습니다. [중략]

독자 여러분께서도 멋진 호텔의 세계를 충분히 즐겨주셨으면 합니다.

—《청춘과 독서》2011년 9월호에서

무대를 '호텔'이란 공간으로 제한하고 그곳을 중심으로 다양한 인물들의 사연이 펼쳐진다. 나아가 그 중심을 관통하는 키워드는 바로 '매스커레이드(가면)'다. 인간은 누구라도 가면을 쓰고 살아간다는 전제가 시리즈의 밑바탕에 깔려 있다. 거기에 가면을 지켜주려는 호텔리어와 가면을 파헤치려는 형사의, 때로는 갈등하고 때로는 협력하는 관계가 수수께끼를 증폭시키는 주요한 요소가 된다. 호텔, 가면, 대립하는 두 주인공—. 대형 추리물 시리즈를 받쳐주는 탄탄한 삼각 구조가 그렇게 만들어졌다.

2년여 만에 출간된 이 시리즈의 두 번째 책은 특이하게도 첫 책의 그다음 이야기가 아니라 시간을 거슬러 올라가 닛타 형사와 나오미 호텔리어가 만나기 이전의 사건을 펼쳐 보인다. 〈매스커레이드 시리즈〉의 전야(前夜, eve)이자 닛타와 나오미라는 주인공 콤비의 탄생 비화秘話인 셈이다.

닛타도 아직 신입 형사였고 나오미 역시 입사 4년 차의 새내기 호텔리어로 일하던 시절이라 곳곳에서 좌충우돌, 아직 미숙하면서도 순수한 힘이 엿보인다. 다른 시리즈의 주인공들보다 한층 젊은 나이에, 매우 개방적이고 자기주장에 거침이 없다. 투철한 직업의식과 섬세한 관찰력, 대담한 발상의 전환으로 사건을 풀어나가는 가운데, 서로가 서로를 알지 못하는 상태에서 묘하게도 두 사람에게는 접점이 있었다. 만난 듯 만나지 않은 듯, 아슬아슬한 이 접점이 재미있다. 게다가 서로를 의식하기 전부터 두 주인공이 태생적으로 갖고 있는 '지키려는 자'와 '파헤치려는 자'로서의 갈등이 사건 해결에 중요한 단서로 작용하고, 독자의 눈에 보이지 않게 감춰두는 치밀한 복선이 여기에 숨어 있다.

『매스커레이드 호텔』에서 닛타 형사에게는 '노세 형사'라는 매력적인 파트너가 있어서 소설에 재미와 긴장감을 더해주었다. 이번 『매스커레이드 이브』에서도 닛타 형사의 파트너로서 매우 재미있는 캐릭터가 등장한다. 관할 경찰서 생활안전과 소속의 '호즈미 리사'는 단지 머릿수를 채우기 위해 급히 차출된 여형사. 두뇌 명석한 닛타와는 달리, 힘과 사명감은 넘치지만 걸핏하면 꾸벅꾸벅 졸거나 아예 입을 떡 벌리고 자기도 한다. 의욕적으로 내놓는 추리는 매번 엉뚱한 헛다리 짚기. 하지만 웬만한 타박에도 기죽지 않는 대범함, 발품을 팔며 열심히 뛰는 모습에 저절로 응원의 한마디를 해주고 싶은 정감 어린 캐릭터다. 게다가 수사가 궁지에 몰릴 때마다 스스로는 깨닫지 못하는 가운데 중요한 단서를 쓰윽 내밀어주는 '타고난 복덩이'라는 점이 더욱 재미있다.

작가도 앞서 언급한 바 있는 '그랜드 호텔 형식'은 영어권에서는 앙상블 캐스트ensemble cast라고 불리기도 한다. 주인공을 한 사람으로 한정하지 않고 여러 명의 캐릭터가 등장하는 스토리 라인을 병행하여 이끌어 가거나 에피소드별로 다른 캐릭터에 초점을 맞추는 기법이라고 한다. 〈매스커레이드 시리즈〉에 '노세 형사'와 '호즈미 리사 형사'가 중요한 조역으로 등장한 것은 이 기법을 매우 유효하게 활용한 예라고 할 수 있다. 이러한 기법에 주목하면서 읽어보면 소설을 읽는 재미가 배가될 것이다. 나아가 추리소설을 쓰고자 할 때, 의지할 단초가 될지도 모른다.

살다 보면 누구나 가면을 쓰게 되지만 그 표정은 어느덧 제각각의 모양으로 일그러진다. 세월과 사람과 상황에 부대끼면서 제각각 일그러졌기에 더욱 추하고 더욱 아름다운 것인지도 모른다. 애써 지켜주려는 영웅의 가면이 있는가 하면 이기심으로 그것을 이용하려는 추한 가면이 있다. 선량한 가면 밑에 감춰진 추한 민낯을 똑똑히 봐버렸는데도 그것을 미처 다 파헤쳐내지 못하는 분함도 있다. 소설의 성공을 위해 씌워준 복면과 소중한 가족을 위해 뒤집어쓴 가면, 열광하는 자들이 쓴 위장의 가면이 뒤얽히면서 흥미로운 추리의 공간이 펼쳐진다. 인간성을 상실한 연구자의 사이코패스 가면, 신비로운 향기로 사람과 사랑을 홀리는 가면의 민낯에는 섬뜩한 오한을 느끼게 된다.

어느 때보다 치밀한 복선의 정통 미스터리 시리즈로 돌아온 히가시노 게이고, 그 제2탄이 선사하는 두뇌 오락을 마음껏 즐겨주시기 바란다.

2015년 8월
양윤옥

매스커레이드 이브

지은이 히가시노 게이고
옮긴이 양윤옥
펴낸이 김영정

초판 1쇄 펴낸날 2015년 8월 21일
초판 15쇄 펴낸날 2024년 1월 17일

펴낸곳 (주)현대문학
등록번호 제1-452호
주소 06532 서울시 서초구 신반포로 321(잠원동, 미래엔)
전화 02-2017-0280
팩스 02-516-5433
홈페이지 www.hdmh.co.kr

ISBN 978-89-7275-746-7 03830

* 책값은 뒤표지에 있습니다.
* 파본은 구입처에서 교환해드립니다.